殷文

著名中学师生推荐书系

燕子来时

叶兆言/原著　贾龙弟　柯萍/编注

中国出版集团

东方出版中心

编注者说

　　如果说写作是一场寂寞的买卖,那么散文创作则是这一场买卖中自我回归的轻灵守望,守着这灵魂的摊儿,不急不躁,不止不辍,或古或今,或喜或悲,袒露真实的自己,悄声呼唤美好的人性,等待懂得的人轻轻推开虚掩的门扉。

　　本书所编选的散文,以"记忆·感悟"为主题,共分五个单元,分别是对岁月、人物、风景、生活以及家的记忆和感悟。选文涉及了叶兆言先生对生活的城市、对遇到的人、对自然风景、对社会生活、对历史人物、对家庭亲人的几个散文写作板块。风格上以他恬淡自然、风趣幽默、智慧儒雅的文风为主。从内容上看,无论是写历史大人物,还是写现实小人物,无论是回忆逝去的亲人,还是写不安的乡愁,无论是写平常花草,还是写生存智慧,往往发人之所未发,言人之所讳言,都从生活琐事中品味出人物的独立人格与个性,在看似不经意的回忆中蕴藏对民族、历史、人文的深邃思索,呈现出不一样的视角,彰显厚实庄重的格调和深重的悲悯情怀。这些散文,长短由之,小大随意,收放自如,幽默犀利,自由穿梭于现实和历史,涉笔成趣,言出有味。先生将深厚学养注入饱满结实的文字肌理,秉持文化与平民的双重视角,在平和素朴的字里行间满溢着坦诚挚情,充盈着对美好人性回归的呼唤,充溢着积极向上的力量。这些作品锦绣其外,翠羽其中,彰显出非凡的才情、识见、韵致和境界。

　　"若使牡丹开得早,有谁风雪看梅花",写出了梅花的凌寒独自开的风韵,也巧妙地说出了人爱富贵的"牡丹"、不是气候逼迫不赏瘦寒之"梅"的现实。玉兰花经春风一唤醒,呼啦啦全开,盛极一时,先生既写花的盛开,也写花的颓败,"好花不常开,春归如过翼,一去就无踪无影",愈美的事物愈发停留得短暂,来不及赏玩已和着春归去,恰如青春,恰如爱情,恰如那扶摇而上九万里的时光,转眼已随了流水。这样的认知和感触,如同自然天籁,声声萦怀。在自然灾害面前,先生深深自责地写道:"而我,一个所谓的文化人,只能一直揣着惭愧之心,在惴惴不安中打发时光。"先生其实一直是灵魂的摆渡人,却说自己什么都没有做而心生愧怍。读这样一个伟大灵魂反躬自省的文字如同雨过青山,泪洗良心。"况且马放了,心没有放,款捐了,昧心钱黑银子赚得更凶,还是没有用。""霎时间,我产生了一种很极端的情绪,想冲下楼去,将那个按喇叭的司机痛骂一顿。你可以按几声喇叭,可是不能按这么长的时间。除非是世界末日,否则一个人无论什么理由,都不应该这样蛮横地按喇叭。"率性而为的文字掷地有声,如同菊梅傲立,暗香浮动。

文学作品源于生活,叶兆言的散文更是与生活息息相关,是从白昼到黑夜的不断交迭更替中熬煎出来的,带有烟火的味道。"写作是一种燃烧,不同的人有不同的创作方式,发出的热能也不尽相同……21世纪的文学前景看不出有任何好转的迹象,社会在进步……技术越来越发达,离文学的本性也越来越远。有些困难,就算是雨果重新活过来,恐怕还是解决不了。"(《雨果难忘》)叶兆言认为,散文不应该简单沦为所谓寄托,它曾经是而且仍将是作家考核现实的一种直接方式,散文应该指向生活真实。他的散文中融入生活的点滴元素,叙写生活的情节,笑谈生活的趣事,内容真实,以生活为底色,有骨头有肉,与华而不实、徒具花容月貌的散文相比,独具蕙兰之质,洋溢着生活的气息。

在《窗前一丛竹》中,先生写道,"窗前有竹可喜可贺,我喜欢笋柱往上窜的倔劲","春天里百花齐放,飞莺舞燕招蜂引蝶,竹子要慢一拍,就不凑那份争春的热闹了。"这直窜云霄的倔劲,是为争一缕天光、一滴雨露而不甘人后的志气;这不凑热闹的冷静,是对自我的正确认知后的冷静思考,不嫉妒他人的盛放,也不放弃自己的追求,以适合自己的步履,向着远方的天空,安静地成长。倔强地生长,安静地生长,都应是生活常态。没有倔劲,不逼自己一把,永远不知道自己有多优秀;不安静,易为环境与他人所扰,终不可能有所成就。

对陈旧人事物的记叙描写,本是朝花夕拾,叶兆言却能以新的思索、平民的视角、作家的担当为基点,去缀珠成文,身手之佳,有如探骊取珠。在《旁若无人》《我穿睡衣我怕谁》中,以平民视角、市井的口吻,于独特的趣味中显忧思,在随性的调侃中扬人文关怀。面对穿睡衣自由自在出入公共场所的男男女女,作者不无忧虑地觉察"我们不知不觉中,便在刻意模仿那些本该批判的对象";面对公众场合旁若无人的聒噪,作者警醒仍旧我行我素的人们,"如果我们的日常生活,全然不能在乎别人,丝毫不考虑他人感受,永远是旁若无人,又怎么可以希望自己孩子突然得道成仙,成为处处会想到别人的君子或者雷锋"。面对"喜欢由着自己的性子做事,不太考虑后果"的李先生,先生写道:"谈起李先生,谁都忍不住要摇头,都觉得可笑,然而人惟有可笑,才觉得可爱。人无癖则不可交,有的人永远长不大,岁月已改,痴心不变。"这些文字具有一种丰满的生活质地和历史质地,又绝不回避大量的生存病相,蕴藏着深深的人文关怀。

叶兆言通过抒写这些历史的、现实生活的人和事,努力探讨现代知识者和文化人的人格、心灵与性情,力求还原历史人物,揭示人性弱点,借以反思历史和现实,呼吁良好的人文生态,传达出对于人生和生存的终极关怀,写出了自己的气度与风范。

在平实的叙述中寓含趣味,有诗意,有情趣,是一种生活态度。在《梁启超》中,叶兆言写道,有人问梁启超信仰什么主义,梁说:"我信仰的是趣味主义。"有人又问梁的人生观拿什么做根底,梁说:"拿

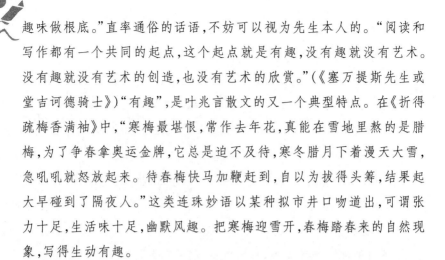

趣味做根底。"直率通俗的话语，不妨可以视为先生本人的。"阅读和写作都有一个共同的起点，这个起点就是有趣，没有趣就没有艺术。没有趣就没有艺术的创造，也没有艺术的欣赏。"（《塞万提斯先生或堂吉诃德骑士》）"有趣"，是叶兆言散文的又一个典型特点。在《折得疏梅香满袖》中，"寒梅最堪恨，常作去年花，真能在雪地里熬的是腊梅，为了争春拿奥运金牌，它总是迫不及待，寒冬腊月下着漫天大雪，急吼吼就怒放起来。待春梅快马加鞭赶到，自以为拔得头筹，结果起大早碰到了隔夜人。"这类连珠妙语以某种拟市井口吻道出，可谓张力十足，生活味十足，幽默风趣。把寒梅迎雪开，春梅踏春来的自然现象，写得生动有趣。

读叶兆言散文是一种美的享受。这些以小说家笔法写就的散文随笔，看似漫不经心，实则匠心独运，雅致考究，文笔简练，语言平实，风格质朴，看似平平淡淡，却蕴藏着无穷的文学艺术魅力，令人读后思遥虑远，余味无穷。这些美好的文字恰像三五知己灯下促膝长谈，或直抒胸臆，或旁征博引，或幽默谐趣，在淡淡的氛围中，自有一种念旧怀远而又推陈出新的韵味，在不知不觉中给人以美的熏陶。

在一个集体盲从、热衷快速向前奔跑的时代，我们该如何才能更有效地守住那些已为数不多的优秀文化和传统、信仰和精神，是一项伟大而艰巨的事业。而传承历史、关注当下的文学无疑让这一事业的完成变得更加真切生动、有趣有效。叶兆言数十年如一日地镇守着这份文学的使命，他始终是一个仰望星空思索、脚踏实地寻找的人，一个肩担风雨、心怀智慧的行者。

目 录

第三单元　旧日风景

燕子来时
●
著名中学师生推荐书系

第四单元 生 活 感 悟

第五单元 家 庭 忆 注

第一单元

DI YI DAN YUAN

岁月印痕

逝去的岁月不是云烟,而是一场深深浅浅的印染,时光之水涤荡不尽历史的痕迹,抹不去一座城市的记忆。故乡南京慈祥温暖宽厚纯朴的模样,在作者赤子之心上有最深的刻痕。那里的路、桥、人,那里的流水、母校、教室,那里的乡音、老房子,甚至砖瓦上的文字,都镌刻着岁月走过的痕迹,承载着不灭的记忆,总是在无数个岁月年轮的缝隙里穿梭交织,极惹人怀念,宛如儿时心中那只远飞的纸鸢。

砖瓦上的老南京

大约二十年前，在江西一次文化人聚会上，主办方准备了笔墨，请大家题词留念。记得在场的文化名流，部级副部级领导好几位，厅级不胜枚数。人家意思也简单，花钱搞了隆重笔会，留下领导墨宝，便是日后广告，未来的炫耀资本。

于是论资排辈，最大的领导先写。这也是官员们为什么要练毛笔字的原因，真不能写，此时必定尴尬。先推托，然后呢硬着头皮涂鸦，赶快走人。我喜欢袖手旁观，看一会便溜之大吉。江苏有三位作家，我和王干，那时候还能够勉强冒充青年作家，还有一位陆华兄，身份是《扬子晚报》的副刊主任。

遇到这种场合，领导碍于情面不得不写，我等不擅书法的蹭会者，可以理直气壮拒绝，早早地回宾馆打扑克。题词活动仿佛酒桌上喝酒，不能喝的请自便，能喝的会情不自禁跳出来。一直觉得陆华当时的行为过分，奋勇上前敷衍几个字就算了，领导都走光了，他被好几个美丽的女孩子围着还在写，一直在写，没完没了。后来他告诉我，那天晚上很过瘾，爽了好几个小时，刚开始是题字，后来索性画起画来。

就像善饮的喜欢显摆酒量一样，能写一手好字的哥们，遇到这机会，往往忘乎所以。陆华大约也觉得过分，笑着说写字好玩，说写着写着，时间不知不

> 语出犀利，道尽功利。

> 正所谓"技痒"也者。《文选·潘岳〈射雉赋〉》："屏发布而累息，徒心烦而技痒。"徐爰注曰："有技艺欲逞曰技痒也。"关键在一"逞"字上，心理作祟。

3

觉便过去。不久前一次朋友聚会，突然发现过去的作协会员们，现如今都到书法家协会去厮混了，陆华便是典型例子，他的兴趣完全转移，跟我说过去的许多年，基本上都在玩字画，玩古玩，其中最用力，也最让他如痴如醉，是折腾南京的古代砖瓦。

有人非要等到退休，才称心如意地干点想干的事。年龄一天天增大，玩心却一天天加重，陆华对古代砖瓦的兴趣让人吃惊，一说起来就头头是道，不仅能说，而且风吹日晒直接介入，登高爬低现场细察，将自己发现的有精彩铭文和特殊符号的城墙古砖，原汁原味地用宣纸拓录下来。这是项艰巨工程，尤其他这样一把年纪的老人。功夫不负有心人，数以千计看下来，数以百计拓下来，再仔细研究把玩，断代考证，挥毫写成说明文字，日积月累终成大观。很显然，砖瓦上的老南京，太值得玩味。

南京作为六朝古都，真正遗留的文物并不多，残存大量历史信息的古代砖瓦，显得非常珍贵。这些玩意不是有心人根本看不到，而世界上怕就怕"认真"二字，怕就怕遇上喜欢钻牛角尖的。20世纪80年代，文化人兴趣都在文学上，有一种虚假的繁荣，时过境迁，玩文学的越来越少，大家不再拥挤在独木桥上，想玩什么就玩什么，只要玩得高兴，玩得精湛，玩什么都一样。

想想也是，兴趣一来挡也挡不住。诚如作者言"世界上怕就怕'认真'二字"，能认真地提起兴趣干好一件事，足矣。

燕子来时

著名中学师生推荐书系

4

路曼曼其修远兮

"路曼曼其修远兮,吾将上下而求索。"这句话,很多有志向的年轻人都喜欢写下来,镶在镜框里,挂在墙上激励自己。这里的路,自然是指前面的路,人活着,就得往前看。前途光明,然而光明并不等于一帆风顺。路是人一步一步走出来的,是道路就一定曲折。人活着,不能总往前看,身后有余忘缩手,眼前无路想回头,有时候,未必就真是走投无路,人们也不妨歇下脚来,回头看看自己走过的足迹。

出自屈原《离骚》,表达了屈原"趁天未全黑探路前行"的积极进取心态。现在一般引申为"不失时机地去寻求正确方法以解决面临的问题"。

在与南京有关的老照片中,我所见最古老的一组,摄于 1888 年。不看文字介绍,还真不明白怎么一回事。就说那张鼓楼旧影,拍摄者大约是站在今日的珠江路口,架着老式的三脚架,忙乱了好半天才为后人留下这一珍贵的历史镜头。显然是位外国人,因为一百多年前,摄影这门技术,也只有洋鬼子才能掌握。照片上的历史,有时胜过一大堆洋洋洒洒的文字,不过一百年出头一些,当时南京鼓楼一带,竟然如此荒凉。时至今日,谁都知道从鼓楼到新街口这一段的中山路,是南京最繁华的一段,它的繁华已经很有些年头,这里是北京的王府井大街,是上海的南京路。

"竟然"一词蕴含了多少讶异与不甘。

类比,使"繁华"形象化具体化。

我感兴趣的,是从鼓楼门洞里穿过的那条石板路,这条昔日的交通要道,远远地从江边过来,曲曲

弯弯,细细长长,把城南和城北连成了一片。这样的石板路最适合人走,想当年,古城南京到处都是这样的路。据《白下琐言》记载:

> 从石城门至通济门,长街数里,铺石皆方整而厚……今被车牛碾之破损,良为可惜。

始建于明洪武年间的石板路,熬到19世纪末,已经变得破烂不堪,这一点,从任何一张关于南京的老照片上,也能隐约看出一斑。这样的石板路,在某种意义上,是旧中国的缩影。<u>在城市建设中,它是盛极一时的象征,也是落伍的见证</u>。到了1894年,也就是中日甲午海战那年,当时的两江总督张之洞突然心血来潮,下决心修一条马路。

新修的马路从江边起,穿下关码头,由仪凤门即现在的兴中门入城,沿旧石板路,一路拓宽,浩浩荡荡,终于到了鼓楼这里;然后拐弯向东,从北极阁山脚下,经过总督署,也就是民国时期的总统府,蜿蜒向东南,一直到达通济门。这是南京历史上的第一条马路,并不宽,宽的地方不过10米,仅可行走人力车和马车,而且不是今天常见的柏油路。

南京的路,随着洋务运动蓬勃发展起来。路从来就是现代化的标志之一。众所周知,南京的繁华,向来是集中在城南的秦淮河一带,鼓楼已经是这个城市的北郊。在清朝末年,位于更北面的南京下关码头,已成为重要的通商口岸,江边的惠民河里,停泊着大大小小的商船,由于惠民河和秦淮河相通,各种货物必须从这里源源不断地送往城南。城市交通

石板路是有历史的,是古代高等级道路,但它已不足以承载现代文明。

秦淮河大部分在南京市境内,是南京市最大的地区性河流。历史上,其航运、灌溉作用,孕育了南京古老的文明,被称为南京的母亲河,也被称为"中国第一历史文化名河"。

燕子来时 ● 著名中学师生推荐书系

6

中的水路,逐渐被陆路替代,这是一个谁也不能改变的现实,秦淮河在南京的交通史上,有着十分重要的地位,然而时过境迁,坐船太慢,而且深受限制,不改变已经不行。人们想在市内流动,穷人靠自己的脚走,有钱的就坐轿子,坐马车,坐人力车。河运已经严重落伍,通往市区的道路,突然之间,变得十分重要。

　　我感到非常遗憾的是,作为南京市内重要特色之一的小火车再也见不到了。这条铁路建于1907年,成本极其低廉,仅花了四十万两银子,用的时间也不多,只有一年又两个月,因为铁轨比一般的火车略窄,市民习惯称其为"小火车"。南京的小火车,一共营运了五十年。开始时有七个站,沿途有白下路,是今天长白街那一段的白下路,自然已经是城南。然后督府衙门,也就是国民党时期的国府,俗称总统府。再下来的一站,是无量庵,也就是今天的大钟亭那里,据说现在还有一个地名叫"车站路",这一站跨得很远,中间经过了东南大学,经过北极阁,经过鼓楼。然后丁家桥,然后三牌楼,然后是下关,下关应该说已是终点,然而又拐了一个弯,设了一站叫江口。说来很可笑,当时建造这条铁路时,很重要的一个目的,就是为督府衙门运水,总督大人要喝江水,没有自来水,就天天派车去江边打水。在江边至今仍有"龙头房"这一地名,总督大人的手实在太长了,他要拧的自来水龙头,竟然有十几里路远。

　　真不该低估了小铁路对南京市民的福祉,它的作用几乎相当于地铁,虽然看上去貌不惊人,像只难看的丑小鸭,可是它作为市内交通工具,实实在在地

即江宁铁路,于国民党执政时期,易名为京市铁路,南京人俗称"小火车"。修建之时,在铁路由下关入城的金川门处一米多深的地方,工人们突然掘出一块大石碑,石碑上竟然刻有"此路变成铁,大清江山灭"十个大字。果然不出几年,清王朝被推翻了。这一奇闻至今还为老南京们津津乐道。

读来有捶胸顿足之感！"小火车"的消失成为"艺术化"南京的败笔。

简单粗暴的行事准则，必然带来不可估量的价值损失。

给南京的老百姓带来了极大的方便，成为坐不起马车和人力车的穷人的福音。便宜而且实用，是城市交通的第一要素。废除这段铁路是个巨大的失误，首先，它和南京今天最主要的交通线中山大道，起点一样，却完全不重复，走的是两条路。由于铁路的拆除，两侧的繁华便没有来得及建立起来。只要仔细研究南京的地图，就能发现今日南京的繁华，其实是随着中山大道发展的，它所经过的区域，逐渐成为南京的黄金地段，这样的黄金地段，完全有可能因为有市内铁路的存在，由一条线变成两条线。

世界上很多著名的城市，都没有拆除市区的铁路，它们不仅保留了铁路，还保存着有轨或无轨电车。当城市交通堵塞和环境污染这些问题姗姗来迟的时候，南京市内的铁路已经不复存在。也许在决策者的眼中，火车应该在乡村的田野上撒野，而沿途居住的老百姓，也为它飞奔时发出的巨响感到不耐烦。小火车一度的确成为城市中的怪物，它经过时，交叉路口的行人便要中断好几分钟。简单的解决方法便是拆除铁轨，大家似乎并没有意识到它潜在的价值。市内铁路巨大的承载能力，自从建成以后，就没有充分发挥出来，根据历史记载，这条铁路发挥最大的作用，只是著名的南京保卫战时的调兵遣将，输送军火。

对于事实上并不如何发达的南京来说，一条市内铁路显得有些提前，由于中山大道的建成，市内交通多年来并没有什么太大压力，市区内的铁路，很长一段时间内，都显得不伦不类，更多的时候是闲置在那里。它的班次太少，一天中运行不了几趟。它的站距太远,不妨计算一个今天的 31 路公共汽车,行驶路线和距离大致相近,然而 31 路车多达十五个车站,几乎是它的两倍。南京市内的小火车最终惨遭淘汰,说白了,不是因为它过时,陈旧不堪,而是因为它来得提前了一些,缺少科学的经营管理。

南京这样的中等城市,在过去,交通不是大问题。南京的马路在全国曾经首屈一指,甚至世界上也一度名列前茅。大家预见不到后来会堵车,会突然发现必须要砍树,要蛮不讲理地把道路拓宽再拓宽。原有的铁路早就没有踪影,想一步到位发展地铁,经济实力又受到限制。早知今日,何必当初,如果旧的铁路还在,完全可以改造成一条新型的交通线,换上新式的机车,新的防震性能极好的铁轨,增加车站。这样的市内交通,再也不是乡间火车的概念,而是一个巨大的市内交通传送纽带,是现成的公交专用线,它不停地运转着,仿佛城市中的动脉,源源不断地把人们送到自己想去的地方。市内铁路将成为古城南京的一大景观,铁轨两侧可以拓宽,走汽车,就像香港街头和许多欧洲城市中常见到的一幕,有轨电车缓缓开过,看上去十分古老,但是实际上非常现代,因为这样的城市到处都涌现出历史的感觉。

路是城市的脉络,要想了解一个城市的历史,最好的办法,就是对道路的演变进行考察。道路发展了,一个城市的面貌,必然随着改变。路变了,人也会跟着改变。南京城市的设计者,曾经是非常地有眼光。除了市内铁路之外,还修建了今天仍引以为自豪的中山大道,即今天的中山北路、中山路、中山

对于"小火车"的价值,需要时间来证明。但又有多少这样的"不讲理"在客观上推动了历史的发展?

历史就是在新旧交替中不断前行。

此为"文眼"。无论是中山大道,抑或人生之路,"上下求索"之际,"眼光"承载了前行的方向。

南路和中山东路。那些记忆中充满温馨的林荫大道,曾给古城南京带来了巨大的荣耀。人们一提起南京,首先想到这里第一流的绿化,而绿化的突出标志,便是栽在中山大道两侧和街中绿岛上的梧桐。天知道南京一共有过多少棵梧桐树,很多地段都是以每排六棵树的队形,整齐地向前延伸,一出去就是十几里,遮天蔽日。这是国内任何城市都不曾有过的奢侈和豪华。

熟悉历史的人都知道,南京的道路发展,和为孙中山先生举行的"奉安大典"有关。奉安大典只是一个借口,有了这个堂而皇之的借口,中山大道应运而生。中山大道全长一万多米,比当时号称世界第一长街的纽约第五大街还长,然而其修建并不容易。1925 年,孙中山在北京病逝,这时候,还是北洋军阀时代,国民党只是在野党,只能根据总理的遗愿,在紫金山为孙中山修一个墓。修墓历经艰辛,靠大家的捐款,修了好多年,一直到 1929 年,国民党已经得了天下,一期二期工程才勉强完工。定都南京的国民政府声势浩大地将孙中山先生安葬了,其庞大的扫尾工作,直到 1932 年 1 月,即孙中山先生安葬在中山陵之后的第三年,才全面结束。

奉安大典,原定在孙中山逝世后两周年的纪念日进行,即 1927 年的 3 月 12 日。在 1926 年的 3 月 2 日的奠基仪式上,葬事筹备处主任干事杨杏佛当众宣布,一年后工程完成,即行移棺安葬。结果安葬的日期,由于工程迟迟不能完工,一再延期,直拖到四年以后的六月一日,才将孙中山灵柩从北京迎回南京。说起来让人都不敢相信,全长十二公里,实际上

1872 年,一位法国传教士在南京石鼓路种下了南京第一棵法国梧桐树,其浪漫的名字也随着南京行道树栽种的历史而流传开来。1928 年,为迎接孙中山"奉安大典",国民政府在中山南路等沿途栽种了两万棵悬铃木(南京人称其为法国梧桐),成就了如今中山路等街道绿荫蔽日、连绵不断的梧桐盛景,为南京留下不可多得的文化遗产。

即 1929 年 6 月 1 日,在南京举行的孙中山先生葬礼。该大典是由南京国民政府前后历时四年而举行的国葬,备极隆重。

杨铨(1893—1933),号杏佛,经济管理学家,社会活动家。

燕子来时 ● 著名中学师生推荐书系

只花了九个月的时间便匆匆建成的中山大道，在原计划中并不存在，中山大道是借题发挥的产物。

历史的偶然性可见一斑。

说穿了，还是因为国民党得了天下，南京成为民国的首都。近水楼台先得月，南京的市政当局，果断地抓住城市建设千载难逢的机遇。机会来之不易，来之不易的机会一定不能放过。市政当局决定利用迎接先总理灵榇的机会，把南京的道路状况彻底改善一下。当然有一些急就章，而且还带些蛮干，说上就上，雷厉风行。南京的大路，似乎注定和下关有关。这一次又是从江边开始，洋洋洒洒，从南京的西北角，画了一道大斜线，一直修到了位于城东的紫金山下。

中山大道一下子彻底改变了南京的面貌。这是一次决定城市命运的大举措，它带来了无尽的好处，然而也给当时的南京老百姓带来很多痛苦。由于任务重，时间急，许多细节问题，没有得到妥善解决，修路经过之地，很多住家和店铺被强行拆迁，有的人没地方可去，于是就风餐露宿。市民组织了请愿团，静坐游行示威，以孙中山先生的民生思想为武器，斥责市政当局只知道修路，不顾老百姓的死活。当时的南京特别市市长刘纪文是个铁腕人物，他知道既然是修路，靠婆婆妈妈绝对不行，要来就来硬的，亲自带人到现场督拆房屋。他不怕得罪人，也以孙中山先生的遗训为盾牌，进行辩护，说发达首都市政，先在兴筑大道，"实秉总理遗志"，目的是为"建设艺术化之新南京"。

刘纪文（1890—1957），国民党政要。由其主持栽种中山路之"法国梧桐"，被称为"世界一流"，真正做到了"甘棠留荫后人看"。

想当初，现代化的推土机，这种刚刚从西方引进的庞然大物，将成片的房屋无情地推倒之际，正是赛珍珠躲在南京撰写《大地》之时。这位因为《大地》一书获得诺贝尔奖的美国女作家，曾对南京市政当局的野蛮行为，表示过强烈的不满和抗议，她觉得不管什么样的政府，给老百姓过上太平日子，享受幸福的生活，这才是最重要的。她觉得新成立的国民政府，根本就不应该劳民伤财，陷市民于水深火热之中。几年以后，赛珍珠不得不承认，对于南京的改造是成功的，修路造福于南京市民，已成为一个明显的事实。

另一位美国作家爱泼斯坦，曾在他的著作中写下自己的见闻，他把当时的南京，比喻成一座带有普鲁士色彩的官府，比喻成一个气势非凡的新首都。在这位美国人的眼里，南京在战前更像是一座西方的城市，它一下子前进了许多年，和世界上许多强国的首都相比，丝毫不逊色。艺术化几个字，在当时，还真不能算是瞎说，眼见为实，事实胜于雄辩，为了修路，老百姓咬紧牙关吃了些苦，受了些罪，然而此次修路的甜头，直到今天还在滋润着南京人。

先是有了大路，然后才有路边的树，种了树，后人才能乘凉。不能不说当年修建中山大道，是有眼光的大手笔，是为父母官的德政。当时市政当局的远见，实在应该为后来的领导干部所效仿。只要思路正确，改变一个城市的面貌，有时候是指日可待的。中山大道彻底改变了南京，此后许多年，南京的道路状况，在国内一直处于领先。到了 20 世纪 90 年代，虽然很多高大的梧桐树，被令人心痛地砍去了，但是瘦死的骆驼比马大，就算是砍了那么多的树，似乎还找不到几个城市的绿化，能和南京相媲美。

话题仍然回到前面提到过的市内小铁路上，如果这条轶路还在，和中山大道共同成为城市交通的主干道，经过现代化改造和科学管理，配备与之交叉的立交桥，南京今日的交通，也许就是另一副模样，不仅畅通无阻，而且还能最大限度地保留住树木，保留住古城特有的品质。如果是那样，南京城的绿化依旧，看上去既带有古典意味和浪漫情调，让人赏心悦目，让人仿佛置身于一座城市的绿岛上，又同时是一座十分完善的现代化城市，车水马龙，有条不紊，一点也见不到落后的痕迹。如果再有些远见的话，现在就把地铁线路规划好，在适当的时候，凑足了经费，再配备上地铁，人们在这座城市中的流动，将变得更方便更快捷。

如果这样，南京这样的城市将变得独一无二。国际化大都市这样的字眼，让北京和上海们去享受吧，南京将成为一个优美典雅的城市，这个城市以人的舒适和温馨为第一位，就像中山大道开始动工时，南京那位固执的市长说过的一样，这个城市已不是水泥森林，它将成为一件"艺术品"。

六朝人物与南京大萝卜

一

一个城市,怎么样才能适合居住,并没有什么一定之规。大致的标准,无非物价低一些,气候好一些,人情和民风淳朴一些。过去曾有"上有天堂,下有苏杭"之说。其实这也不过是为了说着押韵,念起来顺口,苏杭并不一定特指苏州和杭州。苏杭显然是一个大概念,它代表富庶的长江下游地区,也就是我们现在常说的江浙沪三角洲。

南京在历史上,显然是一个适合居住的城市。浙江钱塘人袁枚在南京住了下来,他理由很简单:"爱住金陵为六朝。"他亲自设计了随园,并写诗把随园的来历、特色以及名声都加了注:

买得青山号小仓,一丘一壑自平章。
梅花绕屋香成海,修竹排云绿过墙。
嵌壁玻璃添世界,张灯星斗落池塘。
上公误听园林好,来画庐鸿旧草堂。

袁枚是大才子,进士出身,做过几任县太爷。三十三岁时,突然厌倦了官场,急流勇退,在南京小仓

袁枚(1716—1797),钱塘(今浙江杭州)人,字子才,号简斋,晚年自号仓山居士、随园主人、随园老人,清朝乾嘉时期代表诗人、散文家、文学评论家,倡导"性灵说"。其文笔与纪昀齐名,时称"南袁北纪"。

燕子来时 ◎ 著名中学师生推荐书系

山买了一大块地,修了随园,从此过着谈笑皆鸿儒、往来无白丁的名士生活。袁枚自称:"不作公卿,非无福命只缘懒;难成仙佛,又爱文章又恋花。"这是一个会享乐也确实享到乐的旧式文人。《白下琐言》中对随园作了这样的描述:"门外竹径柴篱,引人入胜,山环水抱,楼阁参差,处处有画图之妙。城中名园,无出其右。"

随园的名气实在太大了,结果乾隆皇帝下江南,竟然专门派了人去画随园图,以备修皇家花园时参考。当时南京有许多漂亮的私家花园,随园是其中的佼佼者。

袁枚不是六朝人物,却向往着过一种六朝人物的生活。六朝人物晚唐诗,这是中国许多文人的精神寄托。袁枚处在清朝的盛世,却享受着没落时代的闲情逸致。他少年得志,中年辞官,潜心著作。写诗,成为当时的诗坛盟主;写散文骈文,皆取得不太差的成就,有《小仓山房集》、《随园诗话》、《子不语》等。袁枚最引起人们议论的,除了一大帮姨太太之外,还有一大群跟他学写诗的女弟子。"素女三千人,乱笑含春风",何等气派。

直到已成为八十衰翁,袁枚还为某太守要禁秦淮娼妓,跳起来打抱不平。他写了一首让人不得不笑的诗:

> 繁戟横排太守衙,威行八县唤民爷。
> 如何济世安民略,只管河阳几树花。

好一位风流老人,似乎一眼就看透了官家的把

为南京掌故笔记。清代甘熙撰,合10卷。专记金陵山水、名人遗事等,详细查考利病、沿革,内容包括名胜古迹、经济状况、文化生活、风俗人情等,共570多则,是研究明清南京地方历史的重要文献。

六朝的风流与晚唐的绮旎,是中国古代士大夫阶层不变的精神家园。

此诗嘲讽县太爷作为父母官"在其位不谋其政"。全诗被引用,足见作者对袁枚敢骂、善骂的赞赏。

我国古代的文字狱以清代最为残酷暴虐,"清代三百年,文献不存"。其目的在于压制汉族人的民族独立反抗意识。

戏,无非是想通过禁娼,捞点银子用用,所谓"官分买笑金"是也。清朝的文字狱说起来让人害怕,好在只要不反对皇上,骂骂当官的,也没什么大不了。袁枚是大名士,大名士皆是掌握尺度的高人,知道该怎么骂。他写这样的诗,果然没有引起任何祸端。

二

南京历史上,像袁枚这样的名士,绝非个别现象。作为一个适合居住的城市,南京的优势在于它能够拥有、并能欣赏这样的名士。南京是一个理想的养老之地,有无数可以效仿的先贤,在这里做雅人或者做俗人都合适。中国人讲究叶落归根,可是事实上,那些来自农村的做官人,并没有回到老家去寿终正寝。许多人恰恰都选择在南京养老送终,这是一个充满了暮气的城市。这里的怀古气氛,对老人来说,是一个很好的安慰。

并非衰败,而是有一种成熟的韵味。

王安石选择了南京为结束自己生命的地方,类似的例子很多。王安石为自己的隐居之地,取名为"半山园",而另一位清朝的扫叶楼主人龚贤,则将自己的住所,以"半亩园"命名。自古江南出才子,才子们更多的是喜欢以南京为他们的活动场所。六朝在国运上并不强盛,但是对于文化人来说,六朝人物却始终是大家乐意效仿的。清末四大公子之一的陈三立,也就是著名学者陈寅恪的父亲,因参与戊戌变法,被革职永不叙用,他老人家晚年就长居南京,在中正街筑散原精舍打算颐养天年。陈三立的诗艰涩

陈三立(1853—1937),江西义宁人,被誉为中国最后一位传统诗人,"同光体"重要代表人物。"卢沟桥事变"后,其为表明立场绝食五日,不幸忧愤而死。

奇崛,为风流一时的同光体诗坛盟主。他定居南京的时候,门人后辈以诗文请益者,络绎不绝。

和其他城市有所不同的,南京从来不以土著的名人为荣。很难找到像南京这样没有地方主义思想作怪的大城市。六朝人物并不意味着一种籍贯,而是代表了一种精神,代表了一种文化上的认同。富贵不能淫,贫贱不能移,威武不能屈,六朝人物究其实质来说,是一种精神上的贵族。

大家都知道南京现代有一位著名的书法家林散之,但是知道林散之老人有一位好朋友邵子退的人一定很少。邵子退是安徽和县乌江镇人。如果看一下地图,就会注意到和县虽然属于安徽,其实紧挨着南京市,历史上,乌江镇屡属南京管辖,其民风以及语音与南京很接近。邵子退生于清末民初,既未应举,又没有进新式学堂,因为其家境比较富裕,一肚子的学问,全靠家教和自学。他钻研古文诗词,尤爱书法艺术,并因此和林散之成为密友。

邵子退逝世以后,林散之当即作《哀子退》一首:"从今不作诗,诗写无人看;风雨故人归,掩卷发长叹。"林散之以书法闻名,但是对诗自视甚高,也像齐白石老人一样,觉得自己的诗比字还好。老朋友逝世,林散之竟以不再写诗为誓,而且整整一个冬天和书法绝缘。一次他甚至对求书者说:"你如能把邵子退救活,我就写!"由此可见两人之交情。

邵子退曾一度执教乌江小学,学校要填报履历表,邵慨然叹曰:"余乃布衣之士,无可报填!"其实邵子退结交的,皆是高明之辈。以他的经历,无论从商,还是从政,都会有一番作为,但是他却成了当代

近代学古诗派之一。"同光"指清代"同治"、"光绪"两个年号。其主要特点是主体学宋,同时也学唐之韩愈、孟郊、柳宗元。

这是一个对文化、思想等兼收并蓄,海纳百川的城市,无怪乎成为文人拥趸。

近代版的"高山流水觅知音"吧。

陶渊明,小学老师当不了就不当,秉祖宗之遗训,以耕读为家风,自得其乐。与老友闲话,为老妪作诗,不以文人自居,也不屑与俗吏交往,终生布衣,不改其衷。

我初次接触到关于邵子退的文字时,就好像读到了一些神话故事。邵逝世于1984年,当我看到他写的诗,画的画,还有那些书法作品,以及他对林散之老人书法的评论,吃惊程度难以想象。在我看来,六朝人物早就是过去,早成为无法模仿的历史,但是邵子退的故事,似乎正在说明,即使到了今天,只要我们修身养性,古迹仍然可以追寻,时光仍然可以倒流。如果我们细心去找,六朝人物不仅可以在郊区寻觅,甚至可以在闹市中发现。

抗战胜利后,一帮社会名流被召集到了一起,征选南京的市花。于是各抒己见,有人提议梅花,有人提议海棠,还有人提出了樱花。意见没有得到统一,人们互相攻击,尤其是对提议樱花者攻击最凶。樱花是日本的国花,而日本和中国的旧恨未消,岂可以樱花做市花。征选市花最终不了了之。一位名人打岔说南京的代表不是什么花,而应该是大萝卜。

很多人谈起南京人的愚蠢时,都忍不住要摇头称南京人为大萝卜。南京大萝卜无所谓褒贬,它纯属纪实。用大萝卜来形容南京人,再合适也不过。南京人永远也谈不上精明。没人说得清楚这个典故从何而来,虽然有人考证历史上的南京的确出过大萝卜,但是从食用的角度来说,南京人爱吃的,无论过去还是现在,都是一种很小的杨花萝卜。

南京大萝卜是对南京人一种善意的讥笑。《金

燕子来时 ●

著名中学师生推荐书系

18

陵晚报》和东南大学正态调查中心联合发放了一百八十份调查试卷，回收有效答卷一百七十一份。在南京大萝卜这个话题上，最集中的三种看法是"淳朴"、"热情"和"保守"，这三个特征从三个方面，确证了南京大萝卜是"实心眼"的特点。这次调查的结论有几点耐人寻味，对于南京大萝卜的回答，被调查者中南京本地人对于南京人的评价，远没有外地人评价高。也就是说，南京大萝卜的形象，在外地人眼里，要比在南京人自己的眼里可爱得多。情人眼里出西施，南京人眼里的西施不是自己身边的人。

南京大萝卜从某种意义上来说，是六朝人物精神在民间的残留，也就是所谓"菜佣酒保，都有六朝烟水气"。自由散漫，做事不紧不慢，这点悠闲，是老祖宗留下来的。有时候，一些词语上细微的变化，却代表了不同的文化。譬如说"六朝金粉"，所谓金粉，其实就是脂粉，但是从来不说六朝脂粉，南京从来就不是一个有脂粉气的城市。同样，"六朝烟水气"，就其本质，烟水和烟火也没什么区别，可是若说南京有"烟火气"，那就太俗气了。

南京是大城市中相对不太看轻农民的一个城市。在民工进城打工的潮流中，农民朋友一定会有深刻的体会。这也是南京大萝卜的一个可爱之处。我上中学的时候，南京人喜欢用"二哥"来形容乡村人，这典故源于"工人老大哥"称呼，农民兄弟自然只好屈居第二。有一段时间，"二哥"是土包子和傻帽的代名词，南京人不是用此称呼来侮辱农民兄弟，而是用来自嘲和调侃自己身边的人。南京大萝卜的身上没有太多的城市优越感。

"六朝烟水气"一词脱胎于吴敬梓的长篇讽刺小说《儒林外史》。书中写到天长才子杜慎卿过江来南京，发出"真乃菜佣酒保，都有六朝烟水气"的感慨。"六朝烟水气"的"气"是幽远清逸的气质，是深深氤氲着的文化气韵，在它的浸润之下，南京人便比别处要多几分风流雅韵，多几许恬淡从容。这是地气和人气的结合，是山野路人都能感受到的气息，是南京特有的自然神态之美。

南京人仅仅换了几个字，就将生活变得"阳春白雪"。接地气，却又不俗气，高！

19

要想在今日的南京人身上,见到六朝人物的遗韵,已经不是件容易的事。一切早已经走了样,请看一篇报道:

月薪虽高问津者少　南京人冷落"下脚活"

本报讯　进入冬季以来,大大小小的澡堂、浴室生意格外火爆。随着浴客们的骤增,一些浴室乃至酒店纷纷向社会招聘修脚工、擦背工、采耳工。尽管一些招聘单位许诺了三千至四千元的月薪,但"重赏"之下仅吸引了一大批来宁打工者,城里人问津者则寥寥。一家酒店招聘一位心细的女性采耳工,结果上门应聘的仍是打工妹。另一家浴室招聘擦背工,原本看好能聊善谈的本地青壮年,然而最终却无一位南京人报名。

有关择业专家认为,眼下南京就业形势比较严峻,一些下岗者嘴上说只要工资高,活儿苦一点没关系,可一旦机遇摆在面前,却又畏缩于世俗偏见。看来,南京人真该更新一下就业观。

仅仅是以怕苦来解释南京人的就业观,并不能说明问题。怕苦几乎是所有城市人的通病,南京在这一点上并不过分,就像笑贫不笑娼有时候也会变成风气一样,南京人对于"下脚活",一向抱一种观望态度。南京浴室里的服务人员,绝大多数是苏北的扬州人。在浴室里干跑堂,这是扬州人的专利,老实说,很多南京人想的是自己不应该去抢别人的饭碗。

燕子来时　◎　著名中学师生推荐书系

　　甚至都不能说南京人鄙视"下脚活"，帝王将相，宁有种乎？南京人只是本能地想到，这个活我能干，那个活我不能干，并不深入地想为什么。南京是一个传统的消费城市，在这个城市里，有许多看上去似乎并不高尚的工作，一直有人去做，菜佣酒保茶博士，南京人毫无怨言地都干过，因此没必要用清高这样的字眼来拔高南京人。侍候人并不是什么不得了的罪过，靠本事吃饭，永远是天经地义的。

　　南京大萝卜在许多事情上都有些迟钝。月薪三千至四千元怎么说也是一个诱惑，几乎是一个效益不太好的工厂工人工资的十倍。不能说南京人对于钱无动于衷，谁也不会与钱有仇。<u>我们只能说南京是一个不太善于抓住机遇的城市</u>，这个城市里，更多的是一些不太善于抓住机遇的人。

　　　　　　　　　　六朝遗风在南京人和南京城上的体现，雅俗之间见真性情。"机遇"的抓住与否，有时候并不是个人意愿所能达到，而是精神与行动的有力结合。南京的雍容与恬淡是造就"不太善于"的源头。

文明程度的城市

一项调查数据显示,南京在十五个省级城市中,文明程度倒数第二。当地媒体不打算炒作这事,有记者不甘心,打电话过来质问,对此有何看法,想不想发表一点意见。我无言以对。记者感慨说,南京号称最有文化,文明的那个程度如此不堪,是不是有点说不过去。

我不知道南京算不算最有文化的城市。什么叫最有文化,这提法本身就很没文化。对于文明程度,也同样抱很大疑问,无法具体的东西一旦具体,无形变得有形,肯定十分搞笑。青菜一块五一斤,肉十几块五百克,三星级酒店多少银子住一晚,这些数目可以明码标价精确比较,而文明的那个程度,究竟怎么才能计算出来,真是天知道。

有人很迷信这样那样的数据,因为背后是专家,是博导和某某团队。幸好我还认识好几位大博导,也知道太多专家,各个领域的都有,都有不小来头。恕我不够恭敬,甚至有点小人之心,这年头,许多排名难免潜规则,科学的老虎皮下,不科学的事情比比皆是。不是不肯相信调查数据,经验告诉我,对于这些那些数据,我们不可不信,也不可全信。

譬如某个数据是在公共汽车上得到的,看年轻人给不给老同志让座。同一个城市,不同时间,不同

燕子来时

著名中学师生推荐书系

车次,数据肯定不一样。有人的地方就有江湖,就有各色人等,抽样跑几户人家,随便打一两次出租,在街头用小本子记上一会,这样的客观公正只能骗领导。习惯了笼统和模糊,就成了摸象的盲人,成了井底的青蛙。坚决相信自己知道的那点局部就是全部真相,这可不叫学问。

又见领导躺枪……不过,话说回来,对数据流有所企图的,是否正是其人呢?

说到文明程度,也就是五十步和一百步,都是中国人,爹妈都差不多,排名第一和最后,差距远不是大家想的那么巨大。说白了,还得靠法律和法规。没有规矩,不成方圆。强调某地的文明程度,排名靠前便放爆竹庆贺,引以为豪,排名落后便痛哭抢地,自哀自怨,实在没那个必要。

坚持依法治国。文明的有无,不仅仅是人民道德的反映,更是靠为政者的强制力保证实现的。

中国人到国外仍然喜欢大声说话,洋人来中国也随地吐痰和插队,既是习惯,更是活生生的现实。改变陋习有很多种手段,用调查数据来警示只是其中之一。不管怎么说,我并不一味反对排名,尽管不是很相信它。文明必须配套,必须要有环境,精神文明首先得有物质基础,别老是跟天天挤不上公交的上班族念叨让座,跟拿着低保的弱势群体大谈美化环境。

经济基础决定上层建筑。

还有后半句:要拿镜子多照照自己……

事实上,我最想说的只是,我们的眼睛不要像手电筒似的,总是盯着别人。文明不是做给别人看的,两千多年前的孔子强调克己复礼,换成今天的大白话,就是别去管人家的闲事,先从自己做起再说。

出自《论语·颜渊》:"颜渊问仁。子曰:'克己复礼为仁。一日克己复礼,天下归仁焉!为仁由己,而由人乎哉?'"儒家强调约束自己,是达到仁的境界的修养方法。最基础的文明就是从自身做起!

23

关于桥

之 一

江南的桥数不胜数,小桥流水人家,人从桥上走,水自桥下流,一切都很平常。春城三百七十桥,夹岸朱楼隔柳条。童年记忆中,桥和平地差不多,桥连着路,路接着桥,人俯在桥栏上,孩子气地往河里吐口水。记忆中的桥面上都很干净,那水也不像今天这等肮脏,小孩子站在桥上,除了吐口水,想不出还能干别的什么事。

第一次对桥有深刻印象,"文化大革命"刚开始,一个大些的小男孩,十分神秘地问我们,能不能找到一条路,不经过桥,就能抵达夫子庙。这问题引起了好奇心,充满了挑战意味,我们因此逃学,走了差不多整整一天,遇到桥就绕路,没有路便回头,脚底下磨出了水泡,小腿肚开始抽筋。

通往夫子庙有很多条路,大路小路,柏油路,水泥路,还有那鹅卵石铺的路,所有的路都踩遍了,终于得到答案,不过桥,只能隔岸观望。

我们用同样的问题问别的孩子,问那些什么事都已明白的大人。得到的答案大同小异,所有刚听到这问题的成年人,都不相信不过桥,就到不了夫子

语出《乐天寄忆旧游,因作报白君以答》,意指江南水城之春日水波荡漾,桥景众多,岸美城美,风景无限。

极具生活化的场景,儿时的思绪便荡漾开来了……

全称"无产阶级文化大革命",是1966—1976年期间给党、国家和各族人民带来巨大灾难的内乱。

燕子来时

著名中学师生推荐书系

24

庙。没有人相信我们能把所有的路都走完，一个上年纪的老人说我们是胡说八道，一起探路的小男孩则被母亲用鞋底狠狠地打屁股，理由是外面这么乱，冒冒失失乱闯，天知道会闯下什么祸。我们成了一群说谎的孩子，大家都觉得这些孩子太天真了，夫子庙又不是孤岛，它就在市中心，有那么多条路，又是大家经常要去的地方，有的人甚至天天走过。

经常去，天天走过，临了，对自己是不是过桥这么简单的小问题，却不得不产生疑义。可笑的是，大人常常不愿意在小孩子面前，承认自己的无知。大人总是对的，即使错了也是对。那时候不知道去找地图看，也许拿张地图出来，大家立刻无话可说。很长时间里，我们的小脑袋瓜里总被这问题纠缠，我是个信心不足的孩子，更多的时候宁愿相信自己错了。

虽然那条路根本不存在，然而我还是在怀疑，也许有条秘密的通道被我们漏了过去，这条路直通夫子庙，用不着经过任何一座桥。

之　　二

文化大革命越来越激烈的时候，我去了农村外婆家，在那上小学。小学校建在河坡上，有座窄窄的木桥，小孩子眼里就算很高，很悬，人在上面走，能听见叽叽咔咔的摇晃声。

夏天到了，一下课，差不多所有的男孩，都脱了短裤，光着屁股争先恐后地往河里跳。我是个城市里的小孩，刚开始众目睽睽之下，真有些不好意思。当时的情况下，大家已经光屁股了，如果你穿条游泳

在大人眼里，孩子永远是无知的。殊不知这一回，从实践中得到真知的孩子们成了大人们的榜样。

此种"鹤立鸡群"的感觉定不好受。所以，人有的时候得学会适应环境，诚如《庄子·山木》云："入其俗，从其令。"

裤,反而显得有些怪。不仅是农村的小男孩,就是大人,下河也光屁股。唯一的例外是我们的语文老师,他是个复员军人,当过兵的,讲究文明,记得当时有人讥笑他,说:"你又没两个鸡巴,怕谁看呀!"

乡下孩子游泳,清一色的狗爬式,就听见扑通扑通的水声,扑腾了半天,人却前进不了多少。我比所有的乡下小孩都游得快,三十多米的河面,我已经游到头了,那些乡下孩子,至多才游到一半。

桥上有几个女孩子在看我们戏水,因为有女孩子看着,我越游越快。乡下的小孩比不了速度,就和我比胆大,比谁敢从高高的桥上往下跳。那桥确实有些高,刚开始,谁也不敢跳,大家胆颤心惊地翻过桥栏杆,做出要跳的模样,比划了半天,不敢撒手,一撒手,人就会掉下去。

女孩子们在一旁叽叽喳喳地看着,终于有个叫和尚的调皮蛋,一不小心,像下饺子似的,平躺着掉了下去,嘭的一声,溅起很高的水花。女孩子一片声地惊叫,站在桥栏外面的小男孩,不约而同赶紧翻过栏杆,回到安全的桥面上,扶着栏杆往桥下看。和尚已经冒出了水面,这一摔,胆子摔大了,湿漉漉地重新回到桥上,越过栏杆,二话不说又往下跳。

和尚是第一个敢从桥上往河里跳的小男孩,刚开始,就他一个人敢这么做。渐渐地,敢从桥上往下跳的孩子多起来。我几次下狠心,闭上眼睛想往下跳,就是不肯最后撒手。同伴们跑过来推我,扳我的手指,用最难听的话刺我,最后还是没有敢跳。

敢不敢从高高的桥上跳下去,说穿了,是心理障碍,很后悔自己当初的胆小。直到现在,胆怯仍然伴随着我,其实当时咬咬牙心,真跳下去,后来的情况会完全不一样。有些事,小时候不敢做,长大了,更不敢。如今,我可以在水里不间断地游上一个小时,但是让我从游泳池边上往下跳,仍然有一种由衷的害怕。

之　三

与外婆家隔河相望的村子,叫河东村。至今不知道这村叫什么名字,因为只有外婆村上的人才会这么叫。人家是河东,自己这边自然是河西了。河东河西共一个老祖宗,都姓姚,姚家祠堂在河西村,当时是文化大革命期间,也没什么祭老祖宗一说,祠堂改成了小学,印象中,两个村子的感情一直不太好。

一条小河将两个村子隔开了,一座桥又将两个村子连起来。这座桥大家都叫它"乌龟桥",不知道为什么取这么一个名字,怀疑有讹错,也许是"五归桥",或"吾归桥"。

两个村上的孩子常常隔河对扔土块,一边扔,一边捡最下流的话骂。有时候已是成人的小伙子,也会加入这种无聊的干仗。河东村有个屠户,养了一条狗,那狗因为经常有肉骨头填肚子,毛色光亮,见生人就叫,就想咬。河西村的人往东去走亲戚,必定经过河东村,那狗也坏,成群结队的人走过,只是吠,遇上单身的胆小的,咬牙切齿地便要扑过来。

河西村的人恨透了这条狗,算计着想把它打死了吃肉。那狗有灵性,知道有人想吃它,任你怎么哄

欺软怕硬的主。狗如是,人更甚。

都不过桥。河东村的人往西走，也会遇上同样麻烦，河西村上养了条狗，虽然瘦，见了河东村的人就凶神恶煞。河东村的一个小伙子，和河西村的一个姑娘偷偷好上了，两人在桥下的桑树林里上演了一场罗密欧和朱丽叶，姑娘肚子说大就大了，于是也顾不上同姓不能结婚的祖训，匆匆办了喜事。可惜好景不长，婚后并不幸福，尽管只隔一条河，姑娘再也不愿意回娘家，而且和丈夫也一点不恩爱。

莎士比亚的著名戏剧作品，讲述了两位青年男女相恋，却因家族仇恨而遭不幸。

连接两个村子的桥年久失修，常常会有人掉下去。好在河也不深，出了几回事，都是有惊无险，都没死人。一个小脚老太掉到了河里，一个挺着大肚子的孕妇也掉到了河里，恰巧都有人在一旁看到，刚栽下去，便被救了起来。我在农村待了两年多，耳边屡屡响起大人的关照：

"过桥小心，别掉到河里去！"

桥是东西交通的必由之路，至今我仍然不明白，为什么不齐心合力，把那桥修修好。记忆中，有很多闲散的日子，憨厚的年轻人在墙角里晒太阳，没完没了地打扑克，花很大的气力搭"忠"字牌楼，就是不肯去修桥。当年总以为修桥是一件很了不得的事情，后来我才知道，那桥真要修，一点也不困难。

要修的不仅是桥本身，更应该是人心。不管河东河西世仇多深，后生们定然是没经历过那段"惨痛"历史的，怨仇到底从何而来？

关于流水

之 一

上中学时,有一次看见一位居民,从门前的秦淮河里捞起条金鱼。很大的一条,可能是别人放养,也可能是天生,反正那鱼的颜色,和一般的缸养金鱼不一样,是青色,大尾巴。捞起这条金鱼的人,把鱼放在一个大木脚盆里养着,不少人围着看,纷纷猜测这鱼的来头。连续很多天,我们放学路上的一个重要内容,就是去看那条鱼还在不在。那人想把这条大金鱼卖了,可是一直没有买主。

那年头,若有人举着一根钓竿,在秦淮河边钓鱼,不能算是发疯。秦淮河里确实有鱼,不仅有鱼,还有小虾,孩子们河边玩耍,眼疾手快,用捞鱼虫的小网兜迅速出击,便能有所收获。关于流水的概念,我其实到了很久以后,才逐渐明确起来。童年的记忆中,河水永远在流,这和现在见到的情况完全不同。小时候见到的都是活水,不像现在,动不动就是臭水潭。

小桥流水人家,是典型的江南特色。记得 80 年代初期,秦淮河排水清淤泥,几个喜欢收藏的朋友闻讯,赶过去淘换宝贝,高高地卷起裤腿,光着脚跳下

每当看到此句,总有股温暖萦绕心间。怪不得马致远于旅途中见此风物,不免"断肠"。

第一单元 岁月印痕

河，从几尺厚的淤泥中，搜寻前人留下来的文物。忙了几天，把能搜集到的破青瓷碗，有裂纹的花瓶，断的笔架，还算完整的小鼻烟壶，喜气洋洋地都席卷回家。说起来都是有上百年的历史，喜欢古董的朋友就好这个，他们博古架上的供品，有很多好玩意其实就是埋在河底的垃圾。过去年代里走红的妓女，失意的文人，无所事事的贩夫走卒，得志的和不得意的官僚，未必比今天的人更有环保意识，有什么不要的东西往河里一扔，便完事。

　　不妨想象一下，河水不流，又会怎么样。壤非壤不高，水非水不流。流水不腐，秦淮河要是不流动，早就不复存在。正是因为有了秦淮河，我们才可能在它的淤泥里，重温历史，抚摸过去。这些年来，人们都在抱怨秦淮河水太臭，污染是原因，水流得不畅更是原因。流水是江南繁华的根本，流水落花春去也，看似无情，却是有情。是流水成全了锦绣春色，江南众多的河道，犹如人躯体上的毛细血管，有了流水，江南也就有了生命，就有了无穷无尽的活力。

之　二

　　"昨夜月明江上梦，逆随潮水到秦淮。"这是王安石诗中的佳句。如果说水乡纵横交错的河道，是毛细血管，长江就是大动脉。大江东去，奔腾到海不复还，古人把百川与大海汇合，比喻为诸侯朝见天子。长江厉害，更厉害的却是大海。

　　江南水乡的人，对潮起潮落有特殊的感受。水往低处流，长江下游，受到潮汐的抵挡，水位迅速变化。以我外婆家后门口的石码头为例，潮来潮去，一天之内的落差，可以有一两米高。清晨起来，河水已泛滥到了后门口，站在门外稍稍弯腰，就可以舀到水。到了下午，滔滔的河水仿佛脸盆被凿了个洞，水差不多全漏光了，要洗碗洗菜，得一口气走下去许多级台阶才行。

现在的江南，已很难看到潮起潮落。到处修了闸，水位完全由人工控制。<u>人的日常生活，和潮汐几乎无关。</u>要说这种变化，也不过是近二三十年的事情。我在农村上小学的时候，吃完饭，大人把锅碗瓢盆放在河边的码头上，慢慢地涨潮了，河水漫上来了，到退潮以后，容器里常会有小鱼留下来，慌慌忙忙地游着。那鱼是一种永远也长不大的品种，一寸左右，大头，看上去有些像蝌蚪。

水乡的男孩子没有不会捉螃蟹的，秋风响，蟹脚痒。三十年前，江南水乡，到处可以见到螃蟹，河沟里，田埂旁，捉几个螃蟹来下酒，谈不上一点奢侈。流水是螃蟹的生命线，水流到哪里，哪里就有螃蟹的足迹。如今是在梦中，才能重温当年捉螃蟹的情景。要先找螃蟹洞，发现了可疑洞穴，便往里泼水。如果有一道细细的黑线涌出来，说明洞里一定有螃蟹，于是就用一种铁丝做的钩子，伸进去，将那螃蟹活生生的揪出来。

这是一种野蛮操作，螃蟹会受伤，受了伤很快会死，死螃蟹绝对不能食用，所以不是吃饭前，一般不用这种下策。聪明的办法是用草和稀泥和成一团，将洞堵死，然后在旁边做上记号，隔三四个小时再来智取。取时手穿过堵塞物，沿着洞壁慢慢伸进去，抓

环境的变迁使得人的生活样式慢慢走了样，从前的日子不复存在，只是存在于记忆中了。

深刻的记忆，在世事变迁中不曾挥去。

住螃蟹的脚，另一只手拿开堵塞物，螃蟹也就手到擒来。螃蟹意识到氧气不足的时候，会不得不往洞口爬。如此捉蟹的方法，关键是要掌握好时间，太短了，手刚伸进去，螃蟹还未进入昏迷状态，仍然要往后逃，太长，便会憋死。

之　三

苏州人嘴里，河与湖发同样的音。这种巧合，反映了江南人对水的看法，在长江下游的人眼里，河与湖没什么太大区别。

我有个亲戚阿文在江南水乡插队当知青，按辈分，比我小一辈，按年龄，却比我大了差不多十岁。他长得非常帅，而且聪明，一转眼，在乡下已经当了五年知青，中学里学过的教材仍然不肯丢，没事就看书，还偷偷自修英语。他中学学的是俄语，当时中国和苏联关系紧张，原来学的那点俄语根本没什么用。记得有一次说好了一起去赶集，他兴冲冲借了条船回来，笑着说：

"明天我们一起坐船去，我正好要去接一个人。"

在水乡，船是最重要的交通工具。知青下乡，首先要学的就是摇橹。我曾经尝试过许多次，划不了几下，橹就会掉下来。第二天一大早，阿文打扮得干干净净，扛着一个橹接我来了。那天走了很多路，去镇上的路并不遥远，可是船在镇边上停了一下，就马不停蹄继续赶路。去镇上只是一个幌子，我因此跟着他坐了整整一天的船，还饿得半死。后来才知道他要去接的人，是个女孩子，是阿文朋友的女朋友。

特定历史时期的称谓。指从20世纪50年代开始到70年代末期，从城市下放到农村做农民的年轻知识分子。

1958年后，中苏之间接连发生的"长波电台"、"联合舰队"和"炮轰金门"等事件，使得中苏两党出现了明显裂痕。特别是1969年到1978年间，双方在边境地区剑拔弩张，甚至还在东段的珍宝岛和西段的铁列克提接连发生了一定规模的武装冲突。中苏间人员往来中断，双边的业务交往也几近停滞。

燕子来时 ● 著名中学师生推荐书系

春光明媚，正是菜花开放的季节，菜花金黄，麦苗青翠，天空中飘着大朵大朵的白云。阿文的朋友<u>被推荐上了大学</u>，在大学里学地质，他有个同学生病回乡，就便托这位同学带封信给他的女朋友。

我不知道为什么那信要托人带，而不是直接寄，并且要绕个大弯子，由阿文带着她去取。很多事一直也没有弄明白。阿文和女孩子显然很熟，她生得极小巧，皮肤很白，戴个大草帽坐在船头。我至今仍然能记得草帽上的一行红字，"将革命进行到底"，日晒雨露，字迹已斑驳脱落。一路上，大家都不说什么话，我觉得很闷，很无聊。终于到达要去的地方，见到了那位同学，在那吃了饭。女孩子看完信，似乎有些不太高兴，老是冷笑。

后来就是回程，先送女孩子。女孩子也是知青，是上海人，回去同样没什么话，半路上，她突然开口，冷笑说："我们真倒霉，来时逆水，回去，又是逆水。"船在航行，坐船上的人并不太在意水的流向，经她一提醒，我才注意到水流很急，难怪我们的船慢得够呛。

阿文笑着说："你倒什么霉，吃苦的是我，涨潮落潮全赶上了。"

我们披星戴月，很晚才到家，阿文活生生地摇了一天的橹，没有一点疲劳的样子。整整一天，他都是很兴奋，我当时有种感觉，觉得阿文是有点喜欢那女孩子，因为喜欢，所以兴奋。当然只能是喜欢，没什么别的意思，毕竟是他朋友的女友。<u>岁月如流水，许多年过去了，往事不再，女孩子据说后来和一个毫不相干的人结了婚，阿文对这事闭口不谈。</u>

1970 年至 1977 年，大学招生实行群众推荐、领导批准和学校复审相结合的方式。后来人们把这些从工农兵中选拔的学生称为"工农兵大学生"。

正所谓："落花有意随流水，流水无心恋落花。"流走了少年的浪漫，也助推了少年的成长。

第一单元 岁月印痕

33

失去的老房子

江南青砖瓦房的柔美与静谧、北方四合院的宽广和热闹，都具有别样的风情。

燕子来时 ●

是不是很像咱们说的："今天你们以学校为荣，明天学校将以你们为荣！"环境造就了人，有底蕴的老房子，是对文化人最直接的滋养。

江南老房子和北方的四合院，似乎有明显的区别。我曾去过茅盾的故乡，参观过徐志摩和郁达夫的老房子。四合院更体现中国传统文化中古老的东西，而江南殷实人家的老房子，多多少少都有些近代城市的味道。茅盾的故居，便是一个典型的南方商家，有门面房和库房，同时又有文化氛围，是个既做生意又能读书的地方。徐志摩的家后来是县银行的所在地，一看那豪华的气派，就知道他们家一定比茅盾家更有钱。

郁达夫故居有两处，一在富阳城中，地方不大，是一栋很有书卷气的小楼，另一处在杭州，也就是著名的"风雨茅庐"，这地方长期被一个派出所占用着。文化人居住过的老房子，就算我们没有亲眼目睹，也可以从文化人自己或别人写的文章中略知一二。文化人的名气越大，他们居住的老房子，越会被当作文物保留下来。

老房子诞生了一代文化名人，而文化名人们的声誉又使得老房子得以保存。19世纪末出生的文化名人，绝大多数都有比较好的经济环境，虽然不一定大富大贵，但是真正出身于穷人家庭的，事实上很少。文化人很容易哭穷，喜欢痛说革命家史，只要我们有机会参观他们的故居，就可以明白他们有时候并不全是说的真话。譬如郁达夫的"风雨茅庐",千万不能仅仅从字面上去理解,那实际上是一栋非常美丽的房子,有那么点日本式风格,丝毫不比今天省长的房子差。

随着旧城区的改造,老房子正在迅速变为历史。往日老掉牙的故事,也随着老房子的消逝,越来越模糊。除了当作文物的老房子,大片旧城区都将被夷为平地,一栋栋火柴盒似的新楼房拔地而起,硕果仅存的老房子,都将成为记录过去岁月的活化石。要想知道一个人的历史,要想重温逝去的时代,只要我们有机会走进他所居住过的老房子,我们便会很直观地走向从前回到过去。可惜大多数的老房子不可能保存下来,也没有必要保存。我们毕竟是生活在现实之中,我们不能没有历史,现实和历史放在同一架天平上,自然是现实更重要。当我们缅怀老房子的时候,谁又不是渴望着住进新房子呢。

南京的老房子,由于地理位置的特殊,说南不南,说北不北。虽然也是地处江南,和江浙交界之地的江南,完全两回事。南京的老房子几乎没有自己固定的风格,很多人发了财出了名,就到这来定居。历史上的南京名人,没几个是土生土长的南京人。南京长期以来一直是个遭受入侵的城市,外来文化很容易便在这块土地上扎了根。我认识的一个朋友,是回民,他的家族几百年前就在南京定居了,就定居在我们称之为老南京人集居的城南。在我认识的朋友中,好像没有资格比他更老的南京人了。

在过去的一百多年里,南京人经受过不少灾难。

无奈之情溢于言表。其实,比老房子的消逝更令人揪心的是那些在老房子里的生活记忆,也随之烟消云散了。

历史用来铭记,现实用来开创。毕竟人类文明在不断前行,固步自封显然不是明智之举。站在老百姓的立场上来说,也应是端在手里的白米饭比记忆里的山珍海味实实在在得多。

先是太平军入城，然后又是曾国藩攻进南京，曾文正公被认为是封建社会的完人，可是他当时却得到了"曾剃头"的封号。二次革命时，被革命军撵出南京的张勋，气势汹汹卷土重来，三日不封刀。还有日本人制造的震惊中外的南京大屠杀。屠城这样的惨剧对于地道的南京人来说，一点也不陌生。南京的老房子们，能在战火中幸存下来，实在是一件不容易的事。著名的洪秀全的天王府，毁灭于火海之中，大火同样不止一次烧毁了夫子庙。繁华一时的太平路，也是由于日本人的放火，直到这十几年来才重新变得繁荣。

有一个叫江驴子的人，据说是太平天国时期专门替天朝养驴子的。太平天国灭亡以后，江驴子不知靠什么办法，谋得一小笔横财，使他不仅躲过了杀身之祸，而且在风头过去之后，替自己盖了一片很漂亮的房子。这房子之大，今天的人提到，总是免不了连声感叹。和做过官的人比起来，江驴子算个什么东西，但是多少年过去了，他的旧宅却成了一家省级剧团的所在地，一百多号人连同家属都住在这里。

我最初的记忆，就产生在这一片老房子之中。多少年来，我一直不明白，为什么一百多年前一个养驴子的人，他盖的房子会那么大，大得简直就是座庄园。大大小小的房间之多，根本没办法计算。我在江驴子的老房子里，只住过很短的一段时间，当我的记忆变得越来越清晰的时候，我们家搬到了附近的一栋洋楼去住。我在那里开始上小学，开始经历轰轰烈烈的"文革"，开始上中学，然而江驴子的老房子，一直是我玩耍的地方。我儿时的小朋友几乎全住在那里,我们在一起打游击,讲故事,干一切孩子们所热衷干的事。

在这座一百年前建造的老房子里,仅仅和我同年的小男孩,就不下十名。大大小小的孩子加起来有几十个。在我读书的年代,由于学习从来就不是件重要的事,老房子里能有这么多的孩子在一起玩,实在是一件快乐无比的事。孩子们太多了,多了就要闹别扭,常常你不理我,我不理他,一会儿和好,一会儿打架,吵个没完。弟弟挨揍了,便回家搬救兵,把哥哥请出来。记忆中,大人似乎很少出来过问小孩子的事,原因大约是都在同一个单位,大家熟悉,不值得为小孩子的事红脸。

老房子里没厕所,家家都用马桶,新新旧旧的马桶,大白天的就搁在大门口。记得过年炸爆竹,调皮的孩子把一串鞭炮拆散了,点着了,往搁在外面晒太阳的马桶里扔,然后盖上马桶盖。这种游戏照例是从大笑开始,到挨骂结束。<u>还是因为没有厕所,孩子们玩着玩着,难免就地方就撒尿,结果老房子凡是个角落,就臭烘烘一股臊味。</u>

老房子有一个很大的园子,在那儿盖了一个剧场,还留下一块不小的草地。孩子们经常在草地上打滚。<u>珍宝岛</u>事件以后,盖防空洞成了一件大事,草地上建起了一个最简易的防空洞。防空洞成了孩子们游戏的好场所,大家想方设法溜进去玩。直到坑道里捡到了一枚充满臭鸡蛋味的避孕套,才不敢再去。

老房子里没有什么太多的秘密,邻居之间拌嘴,夫妻之间吵架,几乎全是公开的。老房子全是平房,

浓郁的生活味,读来不免失笑,所有人的童年都是如此的一样,又都不一样。

珍宝岛事件是指中国和苏联因珍宝岛的归属问题于1969年在岛上发生的武装冲突。

37

窗户很矮，墙也不厚，声音稍稍大一些，外面都听得见。有一次派出所来抓人，径直往里面走，大家都跑出来看，就看见一个老太太被抓走了，说是现行反革命。

老房子里死了人也是件恐怖的事，哭声很轻易地就传得很远，孩子们忍不住要去看热闹，看的时候不怕，看过了后怕，到晚上睡觉便做噩梦。

老房子里长大的孩子们，彼此之间，好像没有产生过什么爱情故事。我的童年和少年时代，男女之间，都有一种近乎仇恨的敌意。在学校里，男孩女孩不说话，在一个院里住着，也都跟不认识一样。不知不觉都长大了，女孩子先发育，开始懂得打扮。男孩子却躲在一起说下流话，说谁的奶子鼓了起来。

终于有一个不争气的男孩子出了丑，他在公用的厨房里，突然鬼迷心窍，抱住了邻居的一个女孩子，不分青红皂白，就在人家腮帮上啃了一下。女孩子要比男孩子大两岁，而且也不太漂亮。这事可真有些了不得，那年头还没有电视，许多人都把接吻的"吻"念成"勿"。女孩子像触电般怔了半天，猛然如丧考妣大哭起来。结局自然是那个不争气的男孩子被父母像揍贼一样，痛打一顿。这事一时间成了老房子里最大的新闻，男孩子们都觉得这事挺好玩，也都明白这事最丢脸。和女孩子说话都不对，这么干，不是已经接近流氓了吗，真没出息。

燕子来时

◉

著名中学师生推荐书系

纯真年代的男孩女孩，从小就知道谈情说爱的"可耻"，正如《草房子》里喜欢纸月的板仓的男孩子们，是用欺负纸月的方式来引起她关注的。

对母校的记忆

我对母校最强烈的记忆,说出来有些不雅,那就是忘不了宿舍厕所里浓郁的尿骚气。这种焕发着青春气息的味道,如此强烈,如此汹涌澎湃,仿佛划一根火柴就可以燃烧起来。不知道现在的情况如何,反正那时候真了不得,时至今日,那气味仍然让我心有余悸,一想到就头晕。二十二年前,我成为南京大学的一名学生,在校读书期间,我庆幸自己可以经常逃回家去,晚上想几点睡觉就几点睡觉。住在学校里则没有这样的运气,学生宿舍晚上十点钟熄灯,到时候铁定拉电闸,对于那些想用功读书的人来说,十点钟就结束战斗,实在太早了,拉了电闸以后,想发愤,只好到厕所那边去,因为只有这里的灯是长明的。

这样的场景真是让人难忘。在令人窒息的尿骚味中,同学们皱着眉头,或站或坐,在那昏黄的过道灯下,用功读书到深夜。我没有任何指责晚上十点钟熄灯制度的意思,事实是,当时如果不这样强制,一代大学生的身体,就有可能被弄坏。不是所有的人都能在厕所的强烈气味里坚持下去,刺鼻的骚味在某种意义上,对同学们的身体起到了保护作用,人们终于被熏得睁不开眼睛,不得不乖乖地回房间睡觉。还可以举一个差不多的例子,譬如吃了晚饭,去

多少年之后,这种味道仍能够激发起作者对母校无尽的怀念。心悸的不仅仅是那气味,更应该是那青葱岁月里的往事。

挑灯夜读、自习抢座,"清新"的学院风刮过。

39

1977年，由于"文化大革命"的冲击而中断了十年的中国高考制度得以恢复，中国由此重新迎来了尊重知识、尊重人才的春天。作者于1978年就读南京大学，时值"恢复高考"后一年，故有此奇景。

燕子来时 ●

著名中学师生推荐书系

"四年"较于"十年"，"苦读"的意义不在于短时间的"爆发"，而应是"活到老，学到老"的长久滋养。

阅览室教室自习，大家得像做生意的小商贩一样，早早地赶到那里，稍稍迟一点就可能没位子。有一段时间，去教室抢座位，差不多成为一件大事，好不容易占到的位子，仿佛是自己抢到的地盘，绝对不肯轻易放弃。如果不是定时熄灯制度，废寝忘食的莘莘学子，不知会用功到几点。一句话，对那些只知道苦读的学生来说，不强制就不行。

当时学校里的许多活动，都和确保有效的苦读分不开。譬如体育锻炼，我们这一届学生，年龄相差悬殊，岁数最大的，差不多可以做最小的父亲，于是见到这样的场景一点也不足为奇，有人跑步，有人打球，还有人打太极拳，当然也有人身体本钱好，什么也不锻炼。各种锻炼的功利性显而易见，在读本科的四年里，我差不多每天都坚持打排球，这在当时，颇有些不务正业的意思，因为当时苦读的气氛太强烈，一个人不是成天捧着书，天天出现在操场上噼里啪啦地打排球，就很容易给人误解。大学毕业的时候，同学们互相赠言留念，很多人在给我的留言中，都觉得我是个快乐会玩的人，言辞中充满羡慕，大学生活太刻苦了，在他们的记忆中，像我这样能每天打排球的人，就已经是最幸福最懂得享受的同学。

毕业以后，我一直在想，如果我们这一代学生，始终能像在大学读书时那么用功苦读，那么玩命，结果又会怎么样。这是一个不切实际的浪漫主义的想法。人不会永远在臭烘烘的厕所边苦读，不应该也没必要，十年寒窗苦，这里的十年，已经是一个很长的数字，而在大学里读本科，毕竟只有四年。我在校学习期间，那是一个为了知识可以不要命的年代，当时最耀眼的大英雄是陈景润,所有的人都拼命读书。那时候看重的,不是学历,不是职称,眼睛里只有单纯的知识,说为读书而读书一点也不过分。那时候没人去想为什么要苦读,更不会想苦读了以后会怎么样,苦读成为一种风气,人生活在这种风气中,很自然地就心甘情愿地用功读书了。

南京大学的苦读是有传统的,有趣的是,从来就没有一位老师要求我们应该如何苦读。在科学的春天里,关照学生用功读书显然有些多余,这就好像一辆汽车的油门已经踩到底了,没必要再提醒司机还应该怎么加速。对于同学们来说,苦读既是一种无形的压力,也是一种当然的习惯,大家生活在苦读的磁场之中,不知不觉就这么做了。回忆当年,最能让人感到亲切的,也就是这种盲目的苦读。历史上,南京大学的前辈就以苦读闻名。辛亥革命以后,有一种流行的说法,那就是要做官去北京,因为这里是北洋政府的所在地,要发财去上海,因为这里是十里洋场,而真要读书,最好的选择就是到南京,因为在这里,除了能读些书,什么也得不到。"三更灯火五更鸡,正是男儿读书时",这诗句是对我们前辈的形象记录,老辈人提到南京大学学生的苦读,总是忍不住要啧嘴激赏。

如果说现在仍然感到有什么遗憾的话,那就是自己当年读书还不够刻苦。在不同的场合,面对不同的人,我不止一次说过自己不是什么好学生。直到现在,我仍然常常梦到考试。我害怕考试,一度曾经对考试充满敌意,然而又不得不由衷地赞扬考试制度。如果不是恢复高考,我不可能成为大学生,也

"文革"十年中,高考的缺席耽误了青年人的命运。"苦读"是时不我待,力争朝夕的心理渴望的真实写照。

语出茅盾《健美》:"我们这十里洋场实在还不过是畸形的殖民地化的资本主义社会。"旧时上海的租界区域因外国人较多,洋货充斥,称为"十里洋场",特指其市场繁荣。

语出颜真卿的《劝学》,后两句为:"黑发不知勤学早,白首方悔读书迟。"全诗着一"勤"字。

人大多会有此遗憾。正如徐文长奇联所说:"好读书不好读书,好读书不好读书。"

不可能考上研究生。再也没什么比考试更公平的竞争。我由衷地感谢母校给我提供的苦读机会，苦读的意义不仅在于学到了什么，关键是给了我一种方法，养成了一种自然而然的习惯。时至今日，我仍然经常提醒自己，应该始终保持一种学生心态，我希望自己永远能当一名学生。

正如作者前文所说之"四年"和"十年"，"活到老，学到老"是人生的美好状态。

燕子来时 ◉

著名中学师生推荐书系

文化中的乡音

乡音正变得越来越有文化，它有个通俗的同义词叫土话，土鸡价格看涨，原汁原味的土话行情，也跟着上升。披上文化外衣，乡音成为一个时髦词，说来让人感到脸红，我对它并没什么好感。有些话可以想，最好别说，一说出来刺人耳朵，很可能大逆不道，招骂。

譬如从来不喜欢南京话，我热爱南京，真的很热爱，可是真不喜欢南京话。南京话是我的家乡话，是我的乡音。梦里不知身是客，作为一种交流工具，平时很少去想，你不太会去想自己是否喜欢家乡话。家乡这玩意，跟岁月一样，只有在离开时，只有在怀念中，才能感觉到它的亲切，才能感觉到它的存在。

历史地看，金窝银窝不如自己的草窝，南京人喜欢南京，南京人说本地话，天经和地义，跟文化完全沾不上边。你真的不太会去想我们正在使用的这种方言土话，有一个很文雅的名字叫乡音。跟什么人说什么话，易懂为准绳，方便是原则。在南京说南京话，自然而然，与喜欢不喜欢没多大关系。说了也就说了，喜欢也就喜欢了。热爱和喜欢方言肯定没什么错，过分热爱和喜欢，就会有些幼稚。不止一次被追问要不要"保卫南京话"，我总是忍不住要笑，南京

很独特的逻辑，按理说"爱屋及乌"才是，这不由让人产生了往下看的欲望。

语出李后主《浪淘沙·帘外雨潺潺》，意指流离失所。此句意在引出下句的"家乡"之悟。

纵观古今吟咏"家乡"之作，无不是在作者背井离乡之时而作。中国人的"家园之思"实则具有儒学的内涵：孝悌忠信中见真性情。

一战后的西班牙内战中，共和国军队进行的首都保卫战。历时三年，马德里陷落，内战结束。马德里军民为保卫共和国首都浴血奋战、宁死不屈的精神，鼓舞了欧洲各国人民的反法西斯斗争。

1942 年希特勒实施了他蓄谋已久的"蓝色计划"，计划一举拿下斯大林格勒和高加索，但严寒的天气令德军惨败。苏军从此转入战略反攻，并掌握了苏德战场上的主动权。

一个"最"，一个"才"，把"耸人听闻"推至了有效果的顶点。没有"之一"，也没有其他途径。

燕子来时 ◎ 著名中学师生推荐书系

话又不是一战后的马德里，又不是二战中的斯大林格勒，不保卫会怎么样。同样，南京话也不是 1937 年的首都，在日本鬼子的攻击下说沦陷就沦陷。

很多煞有介事的问题，没有被提出来之前，根本不是问题。这年头，耸人听闻最有效果，耸人听闻才有效果。为问而问，为号召而号召，口号喊得响亮一些，自然会有人听见，然而口号终究只是口号，吓唬人只是吓唬人。乡音与方言和土话相比，内容差不多，表现形式略有不同。感觉上，乡音两个字很抒情，可以入诗，也适合写散文。现实生活中方言是活生生的，作为一个词汇却难免静止，它仿佛文绉绉的书面语，只适合在论文里写。乡音是动态的，飘浮在空气中，更容易进行文化上的炒作。会叫的孩子有糖吃，差不多是同一个玩意，我们更习惯说"乡音袅袅"，方言一旦成了乡音，文化含金量立刻提升很多。

南京话是我的母语，现实生活中，我特别能够理解那种要保卫南京话的悲愤心情。以我居住的地方为例，那里是南京西北角，过去是穷乡僻壤，现在居住人口主要是省级机关干部和高校老师，因为学区房，因为文化素质稍稍高一点，房价变得奇贵。如果紧挨着这一段美丽的秦淮河散步，会发现耳边都是别人的乡音，你可以听到各式各样的苏北话，或者是江南的吴侬软语，本土的南京话成了弱势群体，除了上学的小孩子还在说。

现如今，很多城市都存在类似情形，外来户越来越阔，当地居民越来越穷。自己的故乡正在成为别人的家乡，三十年河东，三十年河西，风水轮流转。我们说南京这个城市宽容，说它从来都不排外，其实还有个潜台词,还有另外一个真相,就是这个城市事实上也没什么能力可以排外。不仅南京如此,上海北京省会县城,大小城市都一样。历史有它的自身规律,习惯性的逆来顺受也好,自身不够努力也罢,现实就是现实,结果就是结果。文化学者告诉我们,在明朝的时候,南京话曾是中国最流行的普通话。我不知道这话靠不靠谱,是不是自说自话的意淫,反正感觉非常自恋。很显然,对自己方言和乡音的得意,对消逝的过去感觉良好,往往都会附加了一份失意与无奈在里面。

事实上,在公共场合,只有大人物才会肆无忌惮地说方言。混得好的人可以任性,可以用不着迁就别人,他们用方言发号施令,说着人们听不太懂的乡音,自有种不可一世的霸气。领导人对下属,黑社会老大教训马仔,老和尚开导小和尚,都可以随心所欲地说家乡话。下属对上司,学生对老师,同一个方言区例外,你必须夹着舌头顺应,得说人家能听懂的话,你必须迁就别人。电影《金陵十三钗》中的妓女都说很地道的南京话,这完全是一种想当然,事实上,无论在哪个城市,本土妓女都占少数,因为这个行当毕竟不光彩,要离家乡远一点才对。妓女应该南腔北调,说带着自己乡音的普通话,为什么呢,因为她要为别人服务,就应该迁就别人。

小时候,除了会说南京话,我还能说一口很不错的北京话和江阴话。小孩子学语言很快,不知不觉就会,不知不觉就让第一母语南京话变得生疏。在外地待久了,一旦回到家乡南京,舌头仿佛打结,一下子改不过来。记得刚去学校上课,往往不敢开

"想当年"是人们经常挂在嘴边的话语。其实,这不是炫耀,而是失意,是现实的失意与过往的骄傲的不平衡。

口说话,就怕同学讥笑。人是群居的动物,语言是用来交流的,在大众场合,一旦你发出来的音调与别人不一样,显出了一些特别,立刻会成为一个相当严重的问题。

这也是我为什么不是很喜欢方言的原因,方言成群结队人多势众,大家都躲在家里说一样的话,一样的腔调,你可以感到一种集体的力量。依靠着本土优势,方言有其天然的保守性,它永远是从众的,随大流的,排外的,自以为是的。任何人的方言都可能精彩,都可能独一无二。我们有足够理由为自己的方言自恋,但绝不能因为方言而迂腐。

相对而言,我更喜欢乡音,乡音既是方言,又不是方言。乡音是孤寂的,和家乡一样,只有背了井离了乡,你才能够感觉到它的存在。老乡见老乡,两眼泪汪汪,几个南京人在外地相遇,尤其是在国外的街头碰上,一开口冒出几句南京话,这个感觉很温暖。他乡遇故知是意外,能听到久违的家乡话,更是一种惊喜。在家千日好,出门一时难,方言是在家称王,乡音是离家暗自神伤。

少小离家老大回,乡音无改鬓毛衰,乡音里全是历史,全是城市和乡村的记忆。二十多年前在台湾,我听到一群当年的官太太说南京话,有一种说不出的沧桑感。她们打扮时髦,涂着浓浓的口红,用一种很异样的眼神打量着大陆同胞。听说我来自南京,眼睛里立刻放出光来,问我在哪个学校读书,家住在什么地方。然后又告诉我自己过去住哪里,在哪所女子中学读书,天天从哪条街上走过。印象中,南京话永远是很土的,那天在台北,我突然觉得自己的乡

说到底,方言就是用来交流的。如果死守着其间所谓的“文化”味,反倒会因循守旧、裹足不前。

作者的“方言”与“乡音”之辨令人不禁点头称是。

语出贺知章《回乡偶书·其一》,既抒发了久客伤老之情,也充满了久别回乡的亲切感。

音变好听了，竟然有了些洋气，用今天的时髦话，就是有些牛逼了。

在西南角的云南，在西北角的青海，我也遇到过类似情形。都是历史留下来的南京移民，说起来很遥远，云南的南京人是明朝迁过去的，青海的南京人是什么时候迁过去的我已经忘记，反正也有很长时间，已经传了好几代人。别时容易见时难，当年一道圣旨，举族而迁，不想去也得乖乖地去。白云苍狗人生无常，离家的南京人身处异乡，顽强地保持着乡音，他们跟我说着他们的南京话，老祖宗留下来的腔调，跟今天的南京话已有很大差别，隐隐地觉得有点像，又不太像，真的不太像。

乡音中的最大文化是悲欢离合，乡音能够袅袅，能够余音绕梁，能够昆山玉碎凤凰叫，芙蓉泣露香兰笑，并不是因为它好听，而是包含了有意思的民间故事。乡音来自民间，发源于底层，是人生的一部分，必须有点人情，有点联想，有点沧桑感。换句话说，乡音必须得有故事，有故事才好玩，才值得品味。

"别时容易见时难"语出李后主《浪淘沙·帘外雨潺潺》。

语出杜甫《可叹》："天上浮云似白衣，斯须改变如苍狗。"后人借"白云苍狗"来慨叹人事和世态的变迁迅速、出人意料。

两句均指音乐的优美。前者语出《列子·汤问》，后者语出李贺的《李凭箜篌引》。

无论是"桥"、"流水"、"老房子"、"乡音"，都深藏着作者记忆里的人、事、情。

单元链接

中学语文课本里郁达夫《故都的秋》，老舍的《想北平》，雅-伊瓦什凯维奇的《肖邦故园》，都是对故乡风物人情的抒写，是岁月印痕的重现。故乡的一草一木，一山一水，一人一事，无不牵动着爱乡思乡的赤子之心。本单元所选的文章，秉承作者纯朴自然、坦诚真挚、儒雅恬淡而寄意遥深的创作风格，再现古城南京的风韵。

有了本单元的阅读，结合教材所学，相信同学们对叙写故乡风物的不同创作风格有更加准确的认识，也更能体会到平实语言背后的深情，以及强大的语言驾驭技巧。

第二单元

DI ER DAN YUAN

人物闲话

　　织文如锦,飞丝绕缕。曼妙妙的几点勾勒,描画出活脱脱的人物形象。梁启超是一只灵活机动的雄鹰,搏击长空,用犀利的目光锁定他感兴趣的任何猎物,少年得志,老而有成,虚心善学,如鱼得水,活得有滋有味;朱自清则是一池微漾的秋水,认真平和而有气节,在自己的天地里固守一方日月。

　　莎士比亚的作品是丰满的乳房,有着挤不完的奶水;雨果的著作,洋溢着火一样的激情,他的文字从一开始就在燃烧,从头燃烧到尾,到处闪烁着思想光芒的句子。

梁启超

康有为是块顽固不化的老石头,他是个认死理的家伙,一意孤行,一条路走到黑。他的弟子梁启超正好相反,灵活机动,说变就变,所谓见异思迁,看谁好就跟谁学。从运气上来说,梁启超也更好一些,他十七岁就中了举人,少年得意,而他的恩师中举却要晚得多。梁启超是识时务的俊杰,活到老,学到老,他拜康有为为师的时候,康还没有中举,在科举时代,一个有功名的人,能拜无功名的布衣为师,其好学精神由此可见一斑。梁启超在《三十自述》中曾表明他为什么拜师康有为:

梁启超(1873—1929),号任公。清光绪年间举人,中国近代思想家、政治家、教育家、史学家、文学家。中国近代维新派、新法家代表人物。

> 其年秋,始交陈通甫。通甫时亦肄业学海堂,以高才生闻。既而通甫相语曰:"吾闻南海康先生上书请变法,不达,新从京师归,吾往谒焉。其学乃吾与子所未梦及,吾与子今得师矣。"于是乃因通甫修弟子礼事南海先生。时余少年科第,且于时流所推重之训诂词章学,颇有所知,辄沾沾自喜。先生乃以大海潮音,作狮子吼,取其所挟持之数百年无用旧学更端驳诘,悉举而摧陷廓清之。自辰入见,及戌时退,冷水浇背,当头一棒,一旦尽失其故垒,惘惘然不知所从事,且惊且喜,且怨且艾,且疑且惧,与通甫联

床竟夕不能寐。明日再谒，请为学方针。先生乃教以陆王心学，而并及史学西学之梗概。自始决然舍去旧学，自退出学海堂，而间日请业南海之门，生平知有学自兹始。

陈通甫是康有为的大弟子，英年早逝，曾被戏为康门的"颜回"，他死了，大弟子头衔自然而然落到梁启超的身上。康有为一生能成气候，翻云覆雨，与梁启超这么一位得力助手有极大关系。宣传和鼓动是梁启超的强项，他所创造的"新民体"在民国初年影响极大，除此之外，他一生都是个好学生，在今后的发展中，无论如何得意，虚心好学见贤思齐的作风不改，这一点也正好和他的老师相反。1897年，湖南时务学堂聘请梁启超为总教习，这一职务最初想让康有为担当，但是身为湖南巡抚公子的陈三立认为梁"所论说，似胜于其师，不如舍康而聘梁"，于是梁启超到长沙宣传维新思想。在长沙不过两个月，他有了一批得意弟子，戊戌以后，梁流亡日本，这些弟子也跟到日本，其中最著名的便是蔡锷。袁世凯称帝，蔡锷云南起兵，再造共和，梁启超起着十分重要的幕后作用。

梁启超尊师，并不说明他没有自己的思想。早在戊戌变法前，他和康有为在学术上，就有一些分歧。到后来，分歧越来越大，他们的政治理想南辕北辙，但是他从来不敢忘本，仍然执弟子礼甚恭。一日为师，终身为父，吾爱吾师，吾更爱真理，这两点都在梁启超身上得到充分体现。康梁并称，我更喜欢梁启超，其中最重要的理由，是觉得梁启超天真，有人

新民体：又称新文体或报章体，是梁启超在报章杂志上创立的新的散文创作体裁。因发表于《新民丛报》而得名。

亚里士多德打十七岁起就跟随其师柏拉图学习，时间长达二十年之久。对亚里士多德来说，柏拉图既是他非常崇敬的恩师还是他的挚友。然而，在探究真理的道路上，亚里士多德毫不掩饰他在哲学思想的内容和方法上与老师所存在的严重分歧，毫不留情地批评自己恩师的错误。

燕子来时 ●
著名中学师生推荐书系

52

情味，不是总板着一张老师面孔。梁启超的书法不能和乃师相比，他的字出自张迁碑，拙而敦厚，明澈见底，和他为人一样。康梁的共同点，都是国学功底深厚，不排斥外国的东西，不仅不排斥，而且拼命吸收。顽固派一眼看穿了把戏，譬如叶德辉就直截了当地说他们："其貌则孔也，其心则夷也。"

和同时代人相比，康梁对夷的关注，确实超乎寻常，说他们赞成全盘西化，未必有什么大错。我不知道梁启超的外语水平究竟如何，读他的文字，屡屡觉得他孜孜不倦正在学外语。戊戌之后，流亡日本，他开始和弟子一起学日文，显然是学通了，日后一些注明梁启超的译文，很可能是日文的转译。在外语学习方面，针对有人认为日本人的观点来自西方，要想了解西方，应该直接学英文，他有一些很实用的观点：

> 学英文者经五六年而始成，其初学成也，犹未能读其政治学、资生学、智学、群学等之书也。而学日本文者，数日而小成，数月而大成，日本之学，已尽为我有矣。天下之事，孰有快于此者。夫日本于最新最精之学，虽不无欠缺，然其大端固已粗具矣。中国人而得此，则其智慧固可以骤增，而人才固可以骤出，如久餍糟糠之人，享以鸡豚，亦已足果腹矣，岂必太牢然后为礼哉。

古代帝王或者诸侯祭祀社稷时，牛羊豕三牲全备为"太牢"。学习在于效果，只要有效果就行。梁

是不是应了一句
广告语：用疗效说话！

53

启超的虚心善学,在同时期实属罕见,尤其是在功名显赫的前提下,他仍然像一个好学的小学生。五四运动爆发的那一年,他已经四十七岁,去欧洲游历考察,在船上,他开始发愤学法语,这次出远门,是一年多的时间,他不仅学法语,而且学英文。在家信中,他对自己的学习生活作了这样的描写:

> 吾在此发愤当学生,现所受讲义:一、战时各国财政及金融,二、西战场战史,三、法国政党现状,四、近世文学潮……

梁启超死后,据说留下藏书十万卷,遗著一千四百万字。他是一位真正的多产作家,如果不勤奋好学,不可能完成这么多字数,毕竟只活到五十多岁。人的生命是有限的,创造力也是有限的,在有限中能做出这样的骄人成绩,绝不是仅仅"天才"两个字就能打发。康有为之落伍,应该说和不接受新事物有关。梁启超能给后人留下深刻印象,有多方面的原因,中国近代史上的几件大事,戊戌变法,护国反袁,轰轰烈烈的五四运动,他都是最重要的领导人之一,或是台前活动,或是幕后奔走。多年来,很少有人提及他在五四运动中的地位,其实当年学生所以能闹起来,并且惊天动地,和正在巴黎的梁启超向国内致函报告和会消息有直接关系,青岛问题成了事件的导火索,梁启超警告政府,严责各全权代表,万勿在不平等和约上签字。我们习惯于把五四运动称之为自发的学生运动,充分的史料证明,当时的学生运动,有政府默认的一面,因为让国内学生这么闹

三个"有限",一个"绝不是",作者的敬佩之情溢于言表。

一下,有利于外交人员在谈判桌上讨价还价。

　　说到底,梁启超还是个书生,在政坛上,他不止一次有过机会,但是仕途得意不是他的人生目的。辛亥革命之后,也就是民国元年,他到达北京,"都人士之欢迎,几于举国若狂,每日所赴集会,平均三处,来访之客,平均百人",在给女儿的信中,梁按捺不住得意心情,说自己"日来所受欢迎,视孙黄过数倍"。孙黄是指孙中山和黄兴,和这些职业的革命家相比,书生梁启超显得十分幼稚。在当时,革命党人和袁世凯既斗争又统一,处于中间位置的梁启超因此成为双方拉拢的焦点。凭他的资格和声望,捞个大官做不成问题,成问题的是他的性格不适合做官。作为国内温和派的代表人物,他有着很好的群众基础,他的受欢迎也说明当时确实存在着深得民心的第三条道路,这条道路能否走通是另外一回事。<u>梁启超当过司法总长,还当过财政总长,都是很快就辞职,官场之黑暗,不是他这种书生可以忍受的。</u>

　　梁启超晚年是清华四大教授之一,他的兴趣广泛,学问渊博,各大学都竞相聘请他去讲课。一些学校为了竞争,竟开出千元一月的高价,按当时的生活水准,这是一个天文数字。特殊的人才,通常都有异秉,有人问梁启超信仰什么主义,他想了想,说:"我信仰的是趣味主义。"有人又问他的人生观拿什么做根底,他回答说:"拿趣味做根底。"这种直率通俗的话,康有为绝对不会说。梁启超说自己做事总是津津有味,而且兴会淋漓,在他信奉的词汇里,什么悲观,什么厌世,一概不存在。他曾坦白说,自己所做的事,大都是失败,或者严格地说没有一件不是失

　　对这个社会保持一定的距离和足够的警惕,是在浑浊世界中仍不失赤子之心,拥有人格独立的前提。历代中国文人的那种清高和天真,梁启超该是深受熏染,这也是梁更受后人喜爱的原因吧。

梁启超曾说,凡职业都是有趣味的,只要你肯继续做下去,趣味自然会发生。人生能从自己职业中领略出趣味,生活才有价值。

孔子有言:"知之者不如好之者,好之者不如乐之者。"趣味能让一个人走得更远。

败,然而总是可以一边失败,一边继续做,他不仅能从成功中获得乐趣,更能从失败中获得乐趣。人生不仅仅为了成功,他坦言自己生活的每一分钟都是积极的,向上的,因为积极向上,所以活得有滋有味。孔子说过"学而不厌,诲人不倦",是人都可能学习,都可能教育别人,难得的只是真正做到"不厌不倦",如果没有趣味做支撑,不厌不倦便不可能,也失去了意义。趣味是燃料,是精神活动的源泉,仔细想想,还真不能说梁启超的话没道理。

■ 朱自清

朱自清先生的《背影》，差不多是识字的人，就一定读过。文章结尾处又一次写到背影，差不多是点题的意思，"我读到此处，在晶莹的泪光中，又看见那肥胖的，青布棉袍，黑布马褂的背影"。儿子像父亲，印象中，朱自清也应该是这么一个背影。我见过他写《背影》时的照片，胖胖的，很憨厚的样子。他的朋友说起来，总说他不高的个子，白白的，人长得结实，做事认真，喜欢喝一点酒。当然是抗战前，抗战后，刚刚五十岁的朱自清成了一个瘦老头，体重只有三十多公斤。

这或许是中国教授们抗战前后的最好写照，抗战前，教授绝对是个人物，吃香喝辣，生活优裕，可是和日本人一打仗，教授便从神坛上走了下来，为衣食操心，像闻一多，因为穷，竟然靠替人刻图章贴补家用，他当时的润例是"牙章每字一千元，石章每字六百元"。闻一多学美术出身，早年喜欢雕刻，有了这种技艺，因此可以得意洋洋地成为"手工业劳动者"。朱自清没有这样的本事，至多也是到中学里去兼课，他的胃病早在昆明时就很厉害，如果当时有条件医治，结果就完全不一样。

日本人打败了，中国人的日子并没有立刻好起来。通货膨胀弄得民不聊生，美国人有些看不下去，

《背影》是现代作家朱自清于1925年所写的一篇回忆性散文。反映了一种在旧道德观念的冰水退潮时，人与人之间的关系——特别是父子关系中最真诚、最动人的天伦的觉醒。这也是文章中蕴藏的革命性的历史内容及思想意义。吴晗《他们走到了它的反面——朱自清颂》："《背影》虽然只有一千五百字，却历久传诵，有感人至深的力量，这篇短文被选为中学国文教材，在中学生心目中，'朱自清'三个字已经和《背影》成为不可分割的一体了。"

规定在美援的份额中,必须有一部分用来拯救中国高级知识分子。据说朱自清最后借钱做的手术,刚开始以为是盲肠炎,后来发现仍然是胃溃疡,已经破了一个洞,一切都太迟了,进医院再也没出来。他临死时曾对夫人说,自己在拒绝美援的宣言上签过字,大丈夫一言,驷马难追,无论日子怎么难过,坚决不买政府配售的美援平价麦粉。朱自清拒绝美援的理由很简单:

> 为反对美国之扶日政策,为抗议上海美国总领事卡德和美大使司徒雷登对中国人之污蔑侮辱,为中国人民之尊严和气节,我们断然拒绝具有收买灵魂之一切施舍物资,无论为购买或给与的。

这种声明颇有些赌气,人活一口气,该赌气的时候还是得赌。挨饿的滋味固然不好受,然而也不能为了肚子就不顾原则,高风亮节的陶渊明不为五斗米折腰,苏格拉底被人诬告,他的学生劝他逃跑,他拒绝了,理由是自己是一名遵纪守法的公民,与其违法而生,不如遵法而死。

闻一多的性格,按中国老派人的说法,属于狂,张狂的狂,闻是一座火山,要爆发就爆发。朱自清一点也不狂,在气质上更近于狷,狂者进取,狷者有所不为,闻是拍案而起,朱却只是拒绝。郭绍虞先生说闻是"嫉恶如仇",朱是"从善如归",严格意义上讲,这两个人并不是一路货色。王瑶先生曾经说过,朱自清和闻一多之间的私交,"并不如一般所想象地那

燕子来时 ●

著名中学师生推荐书系

么深";闻一多遇难后,为了出版《闻一多全集》,在两年多的时间里,朱自清"无时不在为闻先生的遗作操心",直到死前一日,还在为此事烦神。他这么做,绝对不仅仅是因为私谊,很重要的一点,是他觉得闻的遇难是中国学术界的大损失,而出版全集可能是对这种损失的一种弥补,是对死者的最好祭奠。

　　30年代鲁迅到北京省亲,各大学闻讯,纷纷派人去邀请讲学,朱自清以系主任的身份,亲自出马,好不容易见到鲁迅,却被拒绝。朱不死心,三天以后又一次去请,仍然被拒绝。鲁迅这次省亲在北京待了十多天,分别去五所大学作了演讲,偏偏冷落了清华,朱自清一定觉得很没面子。鲁迅的倔有时是很难解释清楚的,他到了北京,碰到胡适,胡开玩笑说他又卷土重来,鲁迅立刻翻脸,说我马上卷土而去,绝不抢你饭碗。胡被他弄得很狼狈,只好涎着脸说你还是老脾气不改。鲁迅对清华出身的人没什么好感,朱自清没有招惹过鲁迅,但是只好代清华受过。我查过朱自清日记,想看看他当时的感受,除了"访鲁迅,请讲演,未允"之外,没别的记录。

　　朱自清是一个十分平和的人,对于属于五四时代的人来说,平和不是什么好事,因此他取字"佩弦",意思要像弓弦那样将自己绷紧。可是江山易改,本性难移,显然只是良好的愿望而已。吴组缃曾说过一件事,一位学生打电话到朱自清家,说有几本要看的书找不到,让朱速去图书馆帮着找一找。朱自清似乎有些生气,因为这实在没什么规矩,差遣系主任犹如使唤老妈子,然而学生的没规矩,又充分说明平时并不太把没架子的朱自清放在眼里。大家的

鲁迅的性格则是千百年来受压迫、被奴役的中国人觉醒后的反抗性格。对敌人,他横眉冷对,他的杂文像匕首,像投枪,犀利无情;待人民,他甘为孺子牛,任其驱策。他的爱憎是如此的鲜明,他的性格是如此的刚直,他的文笔是如此的冷峻。毛泽东评价说:"鲁迅的骨头是硬的,他没有丝毫的奴颜和媚骨,这是殖民地半殖民地人民最可宝贵的性格。"

鲁迅日记的相关记载有:1932年11月24日,"上午朱自清来,约赴清华讲演,即谢绝"。一个"即"字,可见其干脆之状。

印象中，朱既没架子，又太认真，很多学生都怕上他的课，汪曾祺就说过朱的课太枯燥，而且分数给得十分抠门。朱自清的文学批评课曲高和寡，选修的学生极少，有时是三个人，空旷的教室里只有三个人，朱一样要点名，他就是这么一丝不苟。

有关朱自清做人的认真，很多文章中提到。他始终是个谦谦君子，对什么人都毕恭毕敬，天忽然转凉，妻子怕他冻着，让刚上小学的小女儿去学校送衣服，他接过衣服，会当着众人的面很认真地对女儿说"谢谢"。这一代人在思想上绝对趋新，习惯上却常常从旧，朱自清以散文闻名，也写新诗，和朋友交往，更愿意用旧诗唱和。他从来不发表自己的旧诗，大约觉得这是应该淘汰的玩意，写了只配给朋友看，以手抄的形式在私下流传。朱自清最知心朋友应该是俞平伯，但是与他有旧诗唱和的人却不在少数，譬如吴宓，他们是清华多年的同事，朱丧妻再娶，婚后很幸福，吴一直很羡慕。有一次，吴感慨中连写两首诗，一首怀念与前妻所生子女，一首是写给毛彦文女士。吴从不隐瞒自己对毛的追求，他甚至公开发表自己的情诗。但是他只给朱看前面的一首诗，也许觉得在这方面，朱和自己会有同感，因为也有前妻生的子女，至于后一首，想到朱那么严肃正经，还是不让他看为妙。

通常熟悉的都是朱自清前期的散文，就文章而论，朱后期的散文比前期的更好。一个人一生的努力，常常会被影响所害，朱的一些所谓代表作都在前期，大家熟记了这些篇目，因此也就不太在意他后期的作品。其实朱自清一直在努力克服自己早期散文

燕子来时

著名中学师生推荐书系

中的缺点,这些缺点或许由于他为人太好的缘故,很少有人指出。对于研究者来说,发现这些缺点并不十分困难,朱自清前期散文首先是难免造作,譬如《匆匆》,譬如《荷塘月色》,都有堆砌辞藻追求华丽的毛病,而《阿河》这一篇,在对一个年轻女佣的描写上,活脱创造社的腔调:

> 这全是由于她的腰;她的腰真太软了,用白水的话来说,真是软到使我如吃苏州的牛皮糖一样。不止她的腰,我的日记说的好:"她有一套和云霞比美,水月争灵的曲线,织成大大的一张迷惑的网!"而那两颊的曲线,尤其甜蜜可人。她两颊是白中透着微红,润泽如玉。她的皮肤,嫩得可以掐出水来……"我很想去掐她一下呀!"她的眼像一双小燕子,老是在滟滟的春水上打着圈儿。

新文艺腔是朱自清后来坚决要去掉的东西,这也是新文学的通病,他在语文教学上投入了很多精力,目的就是为了消灭这种拿腔拿调。把《荷塘月色》选进中学教材不是什么明智之举,因为弄不好便会对学生起误导作用,以为好作文就应该这么写。在朱自清前期散文中,优秀的是那些充满真情实感的文章,如《背影》,如《给亡妇》,在"才"和"情"中,以情感动人才是文字艺术的基石。但是,说这类文章好,并不是一点毛病也没有,他当时毕竟还年轻,整体的新文学也年轻,文字技巧上仍有可推敲之处。《背影》开头一句是这么写的:

即使经典,也还可以有推敲之处的,这是我们应有的阅读眼光。

我与父亲不相见已两年余了，我最不能忘记的是他的背影。

　　两个"我"中起码可删去一个，"余了"二字也能删，汉字习惯中，"已两年"是模糊概念，可以含两年余的意思，或者索性改成"两年多"。朱自清散文有着极高的地位，评论者曾说，将他的散文作为样板悬置于国门，不能增删一字，我想这种评价或许是指他后期的散文。他一生都在摸索如何写出最地道的语体文，斟字酌句，不敢有一点马虎，后人特别要注意的应该是他的这种努力，否则便难免误解了前贤，可惜了他一生的追求。朱自清最后的几本散文集分别为《标准与尺度》，《论雅俗共赏》，《语文影及其他》，都是非常经典的文章，值得愿意写好散文的人一读。

　　叶圣陶在《文章例话》中这样评价《背影》："这篇文章通体干净，没有多余的话，没有多余的字眼，即使一个'的'字，一个'了'字，也是必须用才用"。

燕子来时

著名中学师生推荐书系

重读莎士比亚

1

　　突然想到了重读莎士比亚，也没什么特别的原因。无聊才读书，一部长篇已写完，世界杯刚结束，天气火辣辣地热起来，躲在空调房间，泡上一杯绿茶，闲着也是闲着，索性再看看莎士比亚吧。看也是随意看，想看什么看什么，想放下就放下。不由地想到了老托尔斯泰，他老人家对于莎翁有着十分苛刻的看法，据说为了写那篇著名的批判文章，曾反复阅读了英文俄文和德文的莎剧全集，与托尔斯泰的认真态度相比较，我这篇文章的风格，注定是草率的胡说八道。

　　时代不同了，虽然十分羡慕托尔斯泰的庄园生活，但是我明白，希望像他那样静下心来，好好地研读一番莎士比亚，已经不太可能。今天的阅读注定是没有耐心，我们已经很难拥有那份平静，很难再有那个定力。在过去的一个多月里，我只是重点看了看莎翁的四大悲剧，重读了《哈姆莱特》，重读了《李尔王》，重读了《奥赛罗》，重读了《罗密欧和朱丽叶》，加上读了一半的《麦克白》。重读和初读的感受，肯定是不一样，它让我有了一些感慨，多了一些

意大利小说家、作家伊塔洛·卡尔维诺在《为什么读经典》中指出，经典作品是那些你经常听人家说"我正在重读……"而不是"我正在读……"的书。一部经典作品是一本从不会耗尽它要向读者说的一切东西的书。所以，"重读"应该是对经典的尊重和再度发掘。

在青少年时代，每一次阅读就像每一次经验，都会增添独特的滋味和意义；而在成熟的年龄，一个人会欣赏（或者说应该欣赏）更多的细节、层次和含义。

胡思乱想,这些感慨和胡思乱想,能不能敷衍成一篇文章,我的心里根本没有底。

恢复高考那阵子,一位朋友兴冲冲去报考中央戏剧学院的研究生,这是很大胆的一步棋,很牛鼻的一件事。他比我略长了几岁,已经不屑按部就班去报考本科,只想一步到位读研。据说过关斩将,很顺利地进入了复试,考官便是大名鼎鼎的李健吾先生,我不明白当时身在社科院的李先生,为什么会凑热闹跑到中戏去参加研究生复试。我的这位朋友年轻气盛,在问及莎士比亚的时候,他大大咧咧地说:

"莎士比亚吗,他的剧本中看不中用,只能读,不适合在舞台上演出。"

朋友落了榜,据说就是为了这个年轻气盛的回答。朋友说李先生是莎士比亚专家,自己在考场上贸然宣布莎剧不适合舞台上演出,就跟说考官他爹不好一样,老头子当然要生气,当然不会录取他。当时是坚信不疑,因为我对李先生也没有什么了解,后来开始有了怀疑,因为知道李先生并不是莎士比亚专家,他研究的只是法国文学,如果真由他来提问,应该是问莫里哀更合适,或者是问拉辛。事情已过了快三十年,这件事就这么不明不白搁在心里。

我第一次真正知道李先生,是在80年代初期。他给我的祖父写了一封信,问祖父"尚能记得李健吾否",如果还没有忘记,希望能为他的即将出版的小说集写个序,或文或诗都可以。信写得很突兀,祖父当时已八十多岁,人老了,最不愿意有人说他糊涂,于是就写了一首诗《题李健吾小说集》:

来信格调与常殊,首问记否李健吾。

我虽失聪复失明,自谓尚未太糊涂。

当年沪上承初访,执手如故互不拘。

英姿豪兴宛在目,纵阅岁时能忘乎。

诵君兵和老婆稿,纯用口语慕先驱。

心病发刊手校勘,先于读众享上娱。

更忆欧游偕佩公,览我童话遣长途。

……

　　祖父花两个晚上,写了这首长诗,共二十韵,四十句。对于一个老人来说,写诗相对于写文章,有时候反而更容易一些,因为写诗是童子功,会就能写,不会只能拉倒。在诗中,祖父交待了与李先生的相识和交往,提到了他的代表作《一个兵和他的老婆》和《心病》,这两篇小说的手稿,最初都曾经过祖父之手校阅。我重提这段往事,不是想在无聊的文坛上再添一段佳话,再续一个狗尾,而是想借一个掌故,说明一个时代,说明一个即将彻底没落的时代。不妨设想一下,今天出版一本小说集,如果用一位老先生的旧体诗来做序,会是多么滑稽可笑。与时俱进,20世纪80年代初期,这样的事情还能凑合,或许还能称之为雅,毕竟老先生和老老先生们都还健在。在网络时代的年轻人心目中,五四一代的老家伙,活跃在三四十年代的老作家,与老掉牙的莎士比亚一样,显然都应该属于早该入土的老厌物。如今,像我这样出生在50年代的作家,也已经被戏称之为前辈了。

　　我问过很多同时代的朋友,他们是在什么时候有时候，一本书就是一个人，就是一段回忆，就是一个故事。作者在说《莎士比亚全集》，是否也在娓娓诉说着那些与书有关的点点滴滴呢？

即《李尔王》。

即《罗密欧与朱丽叶》。

开始阅读莎士比亚，不同的年龄，不同的职业，回答的时间却惊人一致，都是在 70 年代末 80 年代初。这是典型的"文革"后遗症，大家共同经历了先前无书可读的文化沙漠时代，突然有了机会，开始一哄而上啃读世界名著。对于我来说，重读莎士比亚，就是重新回忆这段时期。温故而知新，记得我最初读过的莎剧，是孙大雨先生翻译的《黎琊王》。老实说，我根本没办法把它读完，与流畅的朱生豪译本《李尔王》相比，这书简直就是在考察读者的耐心。当时勉强能读完的还有曹禺先生翻译的《柔蜜欧与幽丽叶》，它仍然没有引起什么震撼，在我的印象中，这不过是一个西方版的《梁山伯和祝英台》，相形之下，我更喜欢曹禺自己创作的剧作《雷雨》和《北京人》。在那个被称为改革开放的最初年代，莎士比亚的著作开始陆续重新再版，1978 年，朱生豪翻译的《莎士比亚全集》又一次问世，虽然号称新版，用的却是旧纸型，仍然是繁体字，到 1984 年第二次印刷，还是这个繁体字版。

莎士比亚对于中文系的学生，是一个拦在面前的山峰，喜欢不喜欢，你都绕不过去。当时最省力的办法就是看电影，我记得看过的莎剧有《第十二夜》，《威尼斯商人》，《仲夏夜之梦》，《奥赛罗》，《哈姆莱特》，《安东尼与克莉奥佩拉》。当然，还有一个更重要的原因，是为了学外语，有一种红封面由兰姆改写的《莎士比亚戏剧故事集》，成为那年头学英语最好的课外教材。

2

　　兰姆的英语改写本,普及了大家的莎士比亚知识,除了常见的那些名剧,我不得不坦白交待,自己对莎剧故事的了解,有很多都是因为这个改写本。除非有什么特殊的原因,通常情况下,我们不会花大力气去阅读剧本。剧本贵为一剧之本,多数情况下也都是说着玩玩。戏是演给别人看的,这是一个三岁孩子都会明白的简单道理,我们兴高采烈走进剧场,找到了自己的座位,享受实况演出的热烈气氛,很少会去探究别人的感受,揣摩他们到底看没看过这部戏的剧本。

　　能够经常上演的莎剧其实并不多,说来说去,不过就是老生常谈的那几部,而且几乎全部是改编过的。改编的莎士比亚,还应该叫不叫莎士比亚,已经扯不清楚了。莎士比亚不可能从地底下爬出来与人打版权官司。作为改写大师,兰姆先生自己似乎是最反对改编。他不仅反对改编,更极端的是还反对上演。兰姆的观点与我那位考研落榜的朋友,有着不约而同地惊人相似,都认为莎士比亚的剧本,尤其是他的悲剧人物,并不适合在舞台上表演。兰姆认为,演员的表演对我们理解莎剧,更多的是一种歪曲:

　　　　我们在戏院里通过礼堂听觉所得到的印象是瞬息间的,而在阅读剧本时我们则常常是缓慢而逐渐的,因而在戏院里,我们常常不考虑剧作家,而去考虑演员了,不仅如此,我们还偏要在我们的思想里把演员同他所扮演的人物等同起来。

翻译兰姆这些文章的杨周翰先生归纳了兰姆的观点:

> 看戏是瞬息即过的,而阅读则可以慢慢思考;演出是粗浅的,阅读可以深入细致;演出时,演员和观众往往只注意技巧,阅读时则可以注意作家,细味作家的思想;舞台上行动多,分散注意力,演不出思想、思想的深度或人物的思想矛盾;舞台只表现外表,阅读可以深入人物内心、人物性格、人物心理;舞台上人物的感情是通过技巧表演出来的,是假的,阅读才能体会人物的真实感情。

兰姆相信莎士比亚的剧作,比任何其他剧作家的作品,更不适合于舞台演出。这与有人认为好的小说,没办法被改编成好电影的观点惊人一致。兰姆觉得,莎剧中的许多卓越之处,演员演不出来,是"同眼神、音调、手势毫无关系的"。我们通常说谁谁谁演的哈姆莱特演得好,高度夸奖某人的演技,并不是说他演的那个哈姆莱特,就完全等同莎士比亚剧本中的哈姆莱特。不同的演员演示着不同的哈姆莱特,他们卖命地表演着,力图使我们相信,他们就是莎士比亚笔下的哈姆莱特,但是事实上他们都不是。一千个人的眼里,有一千个哈姆莱特。对此,歌德的

态度也与兰姆差不多,他提醒我们千万别相信戏子的表演,歌德认为只有阅读莎士比亚的剧本,才是最理想最正确的方式,因为:

> 　　眼睛也许可以称作最清澈的感官,通过它能最容易地传达事物。但是内在的感官比它更清澈,通过语言的途径事物最完善最迅速地被传达给内在的感官;因为语言是真能开花结果的,而眼睛所看见的东西,是外在的,对我们并不发生那么深刻影响。

上文中的"语言",如果翻译成"文字",或许更容易让人理解,歌德的意思也是说,看戏远不如看剧本。最好的欣赏莎士比亚,不是走进剧场,不是看电影看电视,而是安安静静坐下来,泡上一壶热茶,然后打开莎士比亚的剧本,把我们的注意力停顿在文字上面,手披目视,口咏其言,心惟其义。在歌德看来,莎士比亚想打动我们的,不仅仅是我们的眼睛,而且是我们内在的感官:

> 　　莎士比亚完全是诉诸我们内在的感官的,通过内在的感官,幻想力的形象世界也就活跃起来,因此就产生了整片的印象,关于这种效果我们不知道该怎样去解释;这也正是使我们误认为一切事情好像都在我们眼前发生的那种错觉的由来。但如果我们把莎士比亚的剧本仔细察看一下,那么其中诉诸感官的行动远比诉诸心灵的字句为少。他让一些容易幻想的事情,

语言艺术和视觉艺术是不同的艺术形式。舞台演出好理解,原著原汁原味,各有其存在的价值。

荧屏上的"名著",绝非名著本身。名著的一些精髓是电视剧无法再现的。

69

甚至一些最好通过幻想而不是通过视觉来把握的事情在他剧本中发生。哈姆莱特的鬼魂,麦克白的女巫,和有些残暴行为通过幻想力才取得它们的价值,并且好些简短的场合只是诉诸幻想力的。在阅读时所有这些事物很轻便恰当地在我们面前掠过,而在表演时就显得累赘碍事,甚至令人嫌恶。

说白了一句话,莎士比亚的剧本,需要用心去慢慢品味。好货不便宜,只有多读,才能真正地读出味道。读书百遍而义自见,关键还在于仔细阅读。谁都可以知道一些莎剧的皮毛,一部作品一旦成为名著,一旦在书架上占据了显赫的位置,一旦堂而皇之写进了文学史,它就可能十分空洞地成为人们嘴上的谈资,成为有没有文化的一个小资标志。我们所能亲眼目睹到的大部分莎剧,都是经过了删节,大段的台词被简化了,剧情更集中了,简化和集中的理由,据说并不是因为演员没办法去演,而是观众没办法去欣赏。观众是舞台剧的消费者,消费者就是上帝。上帝的耐心都是有限的,而且难以琢磨,他们感兴趣的不是故事情节,并不在乎已发生了什么故事,不在乎还将发生什么情节。自从莎剧成为经典以后,很少有观众对正在观看的故事一无所知,人们只是在怀旧中欣赏演员的演技,在重温一部早已心知肚明的老套旧戏。这一点与中国京戏老观众的趣味相仿佛,我们衣着笔挺地走进剧场,不过是一种奢侈的消费行为,是一件雅事。

文学名著的内蕴,只有经过认真阅读、反复咀嚼,才能够领略到。根据名著改编的电视剧,只是"二手货",只看电视剧,凭借从中获得的直观感受,那是很难真正亲近文学名著的。古人说:"俯而读,仰而思。"读总是和思联在一起的。孔子进一步指出两者的关系:"学而不思则罔,思而不学则殆。"它表示在"读"的过程中,对书的内容要反复思索,反复咀嚼,反复品味。"去尽皮,方见肉;去尽肉,方见骨;去尽骨,方见髓。"

燕子来时 ●

著名中学师生推荐书系

3

　　俄国的两位大作家,都情不自禁地对莎士比亚发表了自己的看法。屠格涅夫借批评哈姆莱特,对莎剧颇有微词,他的态度像个绅士,总得来说还算温和。托尔斯泰就比较厉害,他对莎士比亚进行了最猛烈的攻击,口诛笔伐,几乎把伟大的莎士比亚说得一无是处。有趣的是,他们的观点与法国作家雨果形成了尖锐对比。<u>两位俄国作家的认识,与法国人雨果显然水火不容,一贬一褒,雨果对莎士比亚推崇备至,把莎剧抬到一个让人瞠目结舌的地步。</u>

　　这显然与雨果的浪漫主义小说观点有关。20世纪80年代初,大学课堂上用的课本,不是以群的《文学的基本原理》,就是蔡仪的《文学概论》。无论哪个课本,都太糟糕,都没办法看下去。我始终闹不明白,大学的课堂上,为什么非要开设这么一门莫名其妙的课程。让我更不明白的,是当时还会有很多同学乐意在这门味同嚼蜡的功课上下功夫。虽然一而再地逃学,我耳朵边仍然不时地回响着现实主义和浪漫主义之类的教条。它们让人感到厌倦,感到苦恼,我弄不明白什么是现实主义,什么是浪漫主义,那时候不明白,现在依然不太明白。

　　以我的阅读经验,浪漫主义大致都推崇莎士比亚,现实主义一般都对莎士比亚有所保留。这可以从作家的喜恶上看出门道,托尔斯泰觉得莎剧"不仅不能称为无上的杰作,而且是很糟的作品",雨果则认为莎士比亚是"戏剧界的天神"。今天静下心来,

　　对于同一作家的不同评判,其实代表的是评价者不同的审美趣味。萝卜青菜各有所爱,只是营养各异。

再次阅读莎士比亚,仿佛又听见我的前辈们在喋喋不休,依然在维护着他们的门户之见。读过托尔斯泰小说的人,很容易明白他为什么不喜欢莎士比亚。在托尔斯泰的小说中,语言要精准,情节要自然,可以有些戏剧性,甚至可以大段的说教,但是绝不能太夸张,过分夸张就显得粗鄙和野蛮。现实主义小说在骨子里,和古典主义的戏剧趣味不无联系,它们都有着相同的严格规定。

莎剧是对古典主义戏剧的反动,现实主义小说又是对莎剧的反动。这是否定之否定,事实上,很多法国作家对莎士比亚并不看好,就像他们不看好雨果的《欧也尼》一样。或许正是因为这个缘故,浪漫派的领军人物雨果,要热烈赞扬和极度推崇莎士比亚:

> 如果自古以来就有一个人最不配获得"真有节制"这样一个好评,那末这肯定就是威廉·莎士比亚。莎士比亚是"严肃的"美学从来没有遇见过的而又必须加以管教的最坏的家伙之一。

雨果用"丰富、有力、繁茂"来形容莎士比亚,在雨果的眼里,莎士比亚的作品是丰满的乳房,有着挤不完的奶水,是泡沫横溢的酒杯,再好的酒量也足以把你灌醉。

> 他的一切都以千计,以百万计,毫不吞吞吐吐,毫不牵强凑合,毫不吝啬,像创造主那样坦

燕子来时 ●
著名中学师生推荐书系

在欣赏者的眼中,莎士比亚就是如此的完美,趣味相投然也。

然自若而又挥霍无度。对于那些要摸摸口袋底的人而言，所谓取之不尽就是精神错乱。他就要用完了吗？永远不会。莎士比亚是播种"眩晕"的人，他的每一个字都有形象；每一个字都有对照；每一个字都有白昼与黑夜。

　　莎剧的不适合在舞台上表演，会不会与它太多的播种"眩晕"有关。与观看舞台剧相比，静下心来的阅读剧本，要显得从容得多。当我们跟不上舞台上的台词时，可以停下来琢磨一下为什么，可以反复地看上几遍。剧场里的一切，都会显得太匆忙，一大段令人"眩晕"的台词还没有完全听明白，人物已经匆匆地下场了。然而，剧场里那种"眩晕"的感觉，在阅读时能不能完全避免呢。换句话说，莎剧在剧场里遇到的问题，在观众心目中产生的尴尬，阅读剧本时是不是就可以立刻消失。我们在对剧本叫好的同时，是不是也会从内心深处感到太满，感到过分夸张，而这种太满和夸张，是不是就是托尔斯泰所说的那种"粗鄙和野蛮"。

4

　　说到底，还是要看我们以一种什么样的心情，去看待莎士比亚。莎士比亚太老了，我们的阅读心态却总是太年轻。对于中国的读者来说，有时候，误会只是不同的翻译造成的。比较不同的译本，几乎可以读到完全不一样的莎士比亚。我们都知道，在文学艺术的行当里，诗体和散文体有着非常大的不同，

看风景的心情决定了你看到的风景。

卞之琳先生在翻译《哈姆莱特》的时候,为了保持原文的"无韵诗体"的风格,译文在诗体部分"一律与原文行数相等,基本上与原文一行对一行安排,保持原文跨行与中间大顿的效果"。结果我们就见到了这样一些奇怪的句式,哈姆莱特在谴责母亲时说:

> 嗨,把日子
> 就过在油腻的床上淋漓的臭汗里,
> 泡在肮脏的烂污里,熬出来肉麻话,
> 守着猪圈来调情——

要想保持诗的味道,并不容易,卞先生的译文读起来很别扭,相比之下,翻译时间更早的朱生豪译本反而顺畅一些:

> 嘿,生活在汗臭垢腻的眠床上,让淫邪熏没了心窍,在污秽的猪圈里调情弄爱——

朱生豪的译文是散文体,它显然更容易让大家接受。事实上,我们今天所习惯的莎士比亚,大都源自他的译本。不妨再比较下面一段最著名的台词,丹麦王子自言自语,在朱生豪笔下是这样:

> 生存还是毁灭,这是一个值得思考的问题;
> 默然忍受命运的暴虐的毒箭,或是挺身反抗人
> 世的无涯的苦难,通过斗争把它们扫清,这两种
> 行为,哪一种更高贵?

卞之琳则是这样翻译的：

> 活下去还是不活：这是问题。
> 要做到高贵，究竟该忍气吞声，
> 来容受狂暴的命运矢石交攻呢，
> 还是该挺身反抗无边的苦恼，
> 扫它个干净？

　　诗体和散文体的差异显而易见。谁优谁劣，很遗憾自己不能朗读原文，说不清其中的是非曲直。当年老托尔斯泰一遍遍读了英文原著，在原著的基础上，比较俄文和德文读本，此等功力，如何了得。据说德文译本是公认的优秀译本，孙大雨先生在《黎琊王》的序中，就对其进行过赞扬。与大师相比，我只能可怜巴巴地比较不同的莎士比亚中文译本，而这其中十分优秀的梁实秋译本，因为手头没有，也无从谈起。

　　就我所看到的译文，显然是朱生豪的译文最占便宜，最容易为大家所接受。要再现原文的韵味，这绝不是一件轻易就可以做到的事情。散文体的翻译注定会让诗剧大打折扣，但是，仅仅是翻译成分了段的现代诗形式，也未必就能为莎剧增色。曹禺先生曾翻译过《柔蜜欧与幽丽叶》，以他写剧本的功力，翻译同样是舞台剧的莎士比亚，无疑是最佳人选，但是他的译笔让人不敢恭维，譬如女主角的一大段台词，真不知道让演员如何念出来：

> 你知道黑夜的面罩，遮住了我，

奥登曾说"从一种语言到另一种语言的翻译中，美学的损失总是巨大的。"翻译，在很多意义上就是一门"遗憾的艺术"。

不然,知道你听见我方才说的话,
女儿的羞赧早红了我的脸。
我真愿意守着礼法,愿意,愿意,
愿意把方才的话整个地否认。
但是不谈了,这些面子话!
……
我是太爱了,
所以你也许会想我的行为轻佻。
但是相信我,先生,我真的比那些人忠实,
比那些人有本领,会装得冷冷的。
我应该冷冷的,我知道,但是我还没有
觉得,
你已经听见了我心里的真话,
所以原谅我,
千万不要以为这样容易相好是我的清狂,
那是夜晚,一个人,才说出的呀。

分了行的句子不一定就是诗,擅长写对话的曹
禺,与诗人卞之琳相比,同样是吃力不讨好。同样的
一段话,还是朱生豪的散文体简单流畅:

幸亏黑夜替我罩上了一重面幕,否则为了
我刚才被你听去的话,你一定可以看见我脸上
羞愧的红晕。我真想遵守礼法,否认已经说过
的言语,可是这些虚文俗礼,现在只好一切置之
不顾了……我真的太痴心了,也许你会觉得我
的举动有点轻浮;可是相信我,朋友,总有一天
你会知道我的忠心远胜过那些善于矜持作态的

人。我必须承认，倘不是你乘我不备的时候偷听去了我的真情的表白，我一定会更加矜持一点的，是黑夜泄漏了我心底的秘密，不要把我的允诺看作是无耻的轻狂。

静下心来仔细想想，时过境迁，伟大的莎士比亚的作品，或许不仅不适合在舞台上表演，甚至也很难适合于现代的大众阅读。<u>剧场里发生的心不在焉，同样会发生在日常的阅读生活中</u>。演员们自以为是的滔滔不绝，让我们心情恍惚，翻译文字个人风格的五光六色，让我们麻木不仁。除非认真地去比较，去鉴别，否则我们很可能被一些糟糕的翻译，弄得兴味索然胃口全无，很难说影响最大的朱生豪译文就是最佳，毕竟用散文体来翻译莎士比亚，只是一种抄近路的办法，虽然简单有效，却产生了一种人为的非诗的质地变化。

我读过吕荧先生翻译的《仲夏夜之梦》，也读过方平先生翻译的《莎士比亚的喜剧五种》，总的印象是比朱生豪的译本更具有诗的形式和味道，但是典雅方面都赶不上。就个人兴趣而言，我更愿意接受朱生豪的译本，朱生豪和莎士比亚，犹如傅雷和巴尔扎克，在中国早就合二为一，要想在读者心目中再把他们强行分开已很困难。成也萧何，败也萧何，因为朱生豪的散文笔法，莎士比亚不再是一位诗人，他的诗剧也成了道地的散文剧。基于这个原因，与朱生豪几乎同时期的孙大雨译本，便有了独特的地位。有比较才能有鉴别，在我所读过的莎剧译本中，似乎只有孙大雨的翻译，能与朱生豪势均力敌。

阅读的心不在焉，其实是人心的浮躁，这种浮躁已经蔓延到了我们生活的各个角落，不仅是阅读。

事实上,最初我并没有读出孙大雨译文的妙处,他强调的是节奏,将那种诗的节奏,称之为音组和音步。在他看来,诗不仅仅是分行,不仅仅是押韵,最关键的是要有诗的节奏。在新诗流行的 20 世纪,这样的诗歌观点会引起写"自由诗"的人公愤,不自由,毋宁死,好好的一首诗岂能带着镣铐去跳舞。同时也让老派的人不满,不讲究平仄也罢了,连韵也敢不押,还叫什么狗屁的诗。老李尔王在遭到第一个女儿背叛的时候,有一段很著名的诅咒,朱生豪是这样翻译的:

　　　　听着,造化的女神,听我的吁诉!要是你想使这畜生生男育女,请你改变你的意旨吧!取消她的生殖的能力,干涸她的产育的器官,让她下贱的肉体里永远生不出一个子女来抬高她的身价!要是她必须生产,请你让她生下一个忤逆狂悖的孩子,使她终身受苦!让她年轻的额角上很早就刻了皱纹;眼泪流下她的面颊,磨成一道道沟渠;她的鞠育的辛劳,只换到一声冷笑和一个白眼;让她也感觉到一个负心的孩子,比毒蛇的牙齿还要多么使人痛入骨髓!

　　在这段译文中,朱生豪连续使用了感叹号,不这样,不足以表现出李尔王的愤怒。孙大雨的翻译却完全是另外一种味道,他极力想再现莎剧原作的"五音步素体韵文":

　　　　听啊/,造化,/亲爱的/女神,/请你听/

要是你/原想/叫这/东西/有子息,/
请拨转/念头,/使她/永不能/生产;/
毁坏她/孕育/的器官,/别让这/逆天/
背理/的贱身/生一个/孩儿/增光彩!/
如果她/务必要/蕃衍,/就赐她/个孩儿/
要怨毒/作心肠,/等日后/对她/成一个/
暴戾/乖张/不近情/的心头/奇痛。/
那孩儿/须在她/年轻/的额上/刻满/
皱纹;/两颊上/使泪流/凿出/深槽;/
将她/为母/的劬劳/与训诲/尽化成/
人家/的嬉笑/与轻蔑;/然后/她方始/
能感到,/有个/无恩义/的孩子,/怎样/
比蛇牙/还锋利,/还恶毒!/……

　　把每一句分成五处停顿,据说这是莎剧诗歌的基本特点,读者喜欢也罢,不喜欢也罢。这样的翻译,今日阅读起来,难免别扭,但是对于理解原剧的诗剧性质,了解原剧风格的真相,却不无帮助。同时,强调诗的节奏,也不失为理解诗歌的一把钥匙。我们必须明白,常见的朱生豪式的散文化翻译,那种大白话一般的长篇道白,那种充满抒情意味的短句子,并不是莎士比亚原有的风格。这就仿佛为了便于阅读,白居易《长恨歌》已被好事者改成了散文,后人读了这篇散文,习以为常,结果竟然忘了它原来的体裁是诗歌。买椟还珠的事情是经常发生的,在西方人眼里,在西方文学史上,莎士比亚不仅仅是伟大的戏剧家,同时,也是一个非常重要的诗人。

　　诗是不能被别的东西所代替的。诗永远是最难翻译的。诗无达诂,而且不可能翻译。把西方的诗,翻译过来很难再现神韵,把东方的诗,贩卖到西方也一样。这注定是一个很大的遗憾。其实,就算是同一种语言,古典诗歌也仍然是没办法译成白话。根据这个简单道理,那些动不动就拿到国外或者拿到国内来的著名诗歌,它们的精彩程度,都应该打上一个小小的问号。

5

重读莎士比亚,有助于当代的诗人们重新思考。什么是诗,诗是什么,生存还是毁灭,确实是值得思考,值得狠狠地吵上一场架。作为一个小说家,事实上,我不过是拿莎士比亚的剧本当作小说读。至于是应该去看舞台剧,还是关起门来潜心研讨剧本,或者仔细比较译笔的好坏,热烈地讨论它们像不像诗剧,这些都不是我想说的重点。人难免有功利之心,难免卖什么吆喝什么,我想我的前辈雨果和托尔斯泰,基本上也是这个实用主义的态度。隔行如隔山,在一个自己所不熟悉的领域,胡乱地插上一脚,只不过是因为自己有话要说,是典型的借题发挥,都是想借他人的酒杯,浇灭自己心中的忧愁。

无聊才读书,有时候很可能只是个幌子。很显然,莎剧是可以当作不错的小说读本来读,它的夸张,它的戏剧性,它的有力的台词,对于日益平庸的小说现状,对于小说界随处可见的小家子气,不失为一种良好的矫正。基于这个出发点,我既赞成托尔斯泰对莎士比亚的批判,也赞成雨果对莎士比亚的吹捧。有则改之,无则加勉,矫枉必须过正。现代小说变得越来越精致,越来越苍白,越来越无力,这时候,加点虎狼之药,绝不是什么坏事。

有一位学书法的朋友,对我讲到自己的练字经历。一位高人看了他的字以后,说他临帖功夫不错,二王和宋四家的底子都算扎实,可惜缺少了一些粗犷之气。往好里说,是书卷气太重,每一个字都写得不错,都像回事,无一笔无来历,笔笔都有交待,往不好里说,是没有自己的骨骼,四平八稳,全无生动活泼之灵气。世人尽学兰亭面,欲换凡骨无金丹。有病就得治,不能讳疾忌医,而疗效最好的办法,或许便是临碑文学汉简,反差不妨要大一些。先南辕而北辙,然后再极力忘却自己写过的字。

漫长的夏天就要结束了,一大堆夹带着霉味的莎士比亚剧本,即将被重新放回原处,成为装饰书橱的一个摆设。不知道该怎样评价自己的这次阅读,是还是不是,困扰着丹麦王子的问题,似乎也在跟我过不去。重温莎士比亚,对我的文风能否起到一点矫正作用,恐怕也是一时说不清楚。良药苦口,金针度人,如果可能,我愿意让莎士比亚的作品,也成为可供临摹的魏碑汉简,彻底洗一洗自己文风的柔弱之气。转益多师,事实上一个人读什么,不读什么,既可以随心所欲,又难免别有用心。人可以多少有些功利之心,但是也不能太世俗,欲速则不达,明白了这道理,我们的心情便可以顿时平静下来。

不管怎么说,赤日炎炎,躲在空调房间里,斜躺在沙发上,重读古老的莎士比亚,还是别有一番情趣。阅读从来就是人生的一种享受,在回忆中开始,在回忆中结束,人生中有太多这样的不了了之。莎剧中的那些著名场景,哈姆莱特与鬼魂的对话,麦克白中令人不寒而栗的敲门声,奥赛罗在绝望中扼死了苔丝狄蒙娜,罗密欧关于爱情的大段念白,再次"通过语言的途径",完善并且迅速地开花,结果,它们又一次打动了我,打动了我这个已经不再年轻的读者。

雨果难忘

1

　　雨果显然不是法国最好的小说家,却是第一位让我如痴如醉,让我爱不释手的法国作家。我抄了许多雨果著作中的格言,这些格言直接影响了我的世界观。毫不夸张地说,如果没有雨果,没有《悲惨世界》,没有《九三年》,天知道我会变成什么样子。今天的中学生,很难想象"文化大革命"中的读书生活。那是个文化的沙漠,读什么书,都得躲起来偷偷欣赏。喜欢读书的人在那个时代是怪物,十有八九的图书馆都被关闭了,书架上供人阅读的都是政治读物,或是大批判文章,或是样板戏剧本。世界文学这一概念,在当时似乎不存在。

　　我读的第一本雨果著作是《笑面人》。一个中学生,一个渴望读书又没有书读的中学生,捧起了《笑面人》,立刻被小说中迎面而来的人情味吸引住了。当时有个经常被批判的词组今天已经听不见,这就是"资产阶级人性论",雨果的罪状正好是宣扬这种所谓的人性论。

　　我们家藏着差不多所有翻译过来的雨果著作。"文化大革命"初期,这些书都被抄家抄去了,隔了几

　　读书都得偷偷摸摸的时代,不是一个人的悲伤,而是一个时代的悲哀。

年,因为翻修房子,没地方放,又退还给我们。刚开始,还没有被"解放"的父亲不让我读书,尤其不许读翻译过来的外国小说。他不想让我接触这些禁书,藏书曾经是父亲的命根子,是他一生中引以为自豪的东西。也正是因为读了这些书,被灌输了书中的思想,他才有幸成了一名右派。

父亲不让读,我就自己偷着读。《笑面人》只是我无意中的发现。从《笑面人》开始,一发而不可收,我一本接一本地偷看雨果的著作。记得最先摘抄的是雨果的诗,然后是《死囚末日记》,然后是《布格-雅加尔》,然后是《巴黎圣母院》,然后是《悲惨世界》,最后是《九三年》,雨果有些矫情而且过于外露的诗句,高度戏剧性的情节,充满哲理的格言和对话,十二分地激动着我。雨果的作品对于我来说,成了文化沙漠中的绿洲,我像今日的追星族那样,完全被雨果的人道主义思想光芒所折服。我当时不能想象还会有比雨果更伟大的作家。

雨果最辉煌的著作是《悲惨世界》,当时还没有全译本,只出了四卷,最后一卷,由于"文化大革命"的突然开始,也许还积压在了出版社。反正没有了这最后的一卷,我为可能有的结尾,做过种种猜想。一本你喜欢的书,不能知道它的最终结局,实在是一种折磨。多少年以后,我对雨果的热情已经消失,这带着结尾的最后一卷才姗姗出现,时过境迁,我已不想再读它了。

雨果的著作中,我最喜欢的是《九三年》,真是一边读,一边流眼泪。因为父亲不让我读外国小说,我便在夜里偷偷地读。那时候正好睡在书房里,父

"有幸"也是不幸,一个"有幸",我们看到的是一个知识分子的良知和追求。

燕子来时 ◎

著名中学师生推荐书系

想读的时候不能读,能读的时候却不想读了,读书如此,世界上的很多事情也是这样,错过了,就永远不会再相遇了,即使相遇,再也不会有那时的心情。

法国著名小说家雨果的最后一部长篇小说。

亲根本管不住我。他很快便发现我的大胆妄为。当时他戴罪工作，替剧团写那种永远也不可能写好的剧本，天天开夜车，有时写得难受了，便下楼散步。他站在窗外，不声不响地看我读书，有时忍不住了，便敲敲玻璃窗。

有趣的是，父亲的禁令表面上很严厉，在雨果的魅力面前，很快就对我名存实亡。他明知道我半夜里看书，第二天就跟没事一样，也不戳穿。敲了好几次玻璃窗以后，有一次，他一本正经地审问我：

"你在看什么书？"

我笑着说没看什么。

他板着脸说："哼，没看什么！"

这事就算过去。吃饭时，父亲会莫名其妙冒出一句，说你又瞎看书了。说了也就说了，不是来势汹汹，我也不在乎。书照样要看，越看越入迷，越入迷越忘乎所以，终于有一天忍不住，老气横秋地对父亲说，雨果的《九三年》是世界上最伟大的书。

父亲说了什么，我已记不清。说什么都不重要，对我来说当时最重要的是雨果。

2

以上的文字写于 1994 年 2 月 3 日，关于雨果，我确实还有许多话可以说。不知道现在的学生还喜欢不喜欢在小本子上摘抄名人格言，我小时候摘抄得最多的大约就是雨果的警句。在雨果的著作中，到处都是闪烁着思想光芒的句子，你只要拾蘑菇似的弯下腰来，立刻俯拾即是，不一会工夫便是满满一箩

父亲在矛盾中踌躇不定的行动，反映的是一个知识分子在特定时代的无奈与痛苦。

筐。如果有人问中学生最适合看什么样的世界文学名著，我会毫不犹豫地告诉他读雨果。

雨果的作品是最好的少年文学读物，这么说，丝毫没有轻视的意思。我始终认为雨果的小说对青少年世界观形成，有很大的好处。写到好处的时候，顿时有些不安，因为我一向认定，以利益为准则诱惑别人读书是不对的。这是把一件本来十分高尚的事情，弄得庸俗化了，民不畏死，奈何以死惧之。我不过是说说个人的经验，王婆卖瓜，自卖自夸，你可以相信，也可以不相信。记得我看了《笑面人》以后，就抄过了这样一些精句，譬如"要国王有什么用？你们把王族这个寄生虫喂得饱饱的，你们把这条蛔虫变成了一条龙"。又譬如"一个赤身裸体的女人，就是一个全面武装的女人"，大约是这些意思，因为我已经找不到当年的那个小本子，而书橱里的《笑面人》早不知哪去了，《悲惨世界》也不在了，这恰好证明我是喜欢向别人推荐雨果，并且深受卖弄其害。一个处于青春期的孩子摘抄了这样的句子，他的母亲看了显然不会太乐意，尤其是在"文化大革命"那样的背景下。事实也是如此，小时候因为喜欢看小说，喜欢看外国小说，我母亲常常叹气，说我跟堂哥学坏了，她觉得我小小的脑袋瓜里，都是资产阶级的思想。

但是我仍然要说雨果的作品对中学生有好处。有人说，"文革"一代人都是吃狼奶长大的，这话我并不完全同意。起码我身边有不少人都是在孜孜不倦地读世界名著，在谈雨果，在谈巴尔扎克，在谈陀思妥耶夫斯基。那时候，一本好书可以悄悄流传，大家废寝忘食,真正地是用心去阅读,不像今天,中学生就知道应付考试,玩电子游戏机,世界文学都搁在书架上做样子。我记忆最深的是《九三年》,上中学的时候,因为没什么事可做,我对这本书简直是到了如痴如醉的地步。现在一想起来都觉得好笑,当时真是一面流眼泪,一面在摘抄。这本书中有着大量精彩的对话,大段大段的对话几乎全是慷慨激昂的演说辞,一说就是一页两页,它们对我的影响远远超过了教科书。虽然已经过去了几十年,我仍然还会梦到那个辉煌的最后场景,这是《九三年》的结尾部分,太阳高高地升了起来,郭文高傲的头颅被按在断头台上,痛苦不堪的西穆尔登拔出手枪,在最后关头,用一粒子弹洞穿了自己的心脏。那是一个让孩子可以放声痛哭的壮丽场面,一连多少天,我都感到心里堵得难受,以至于上课的时候,老师在黑板前有气无力地讲工业基础知识,我的心思却好像还在刑场上,耳边仍然回响着子弹呼啸的声音。

雨果的小说洋溢着火一样的激情,他的文字从一开始就在燃烧,从头燃烧到尾。对于中学生来说,没有什么比这更值得一读。就小说吸引人的程度来说,除了雨果,我印象深刻的还有这样一些作家,譬如高尔基的自传三部曲,譬如大仲马的《三个火枪手》和《基度山伯爵》,譬如金庸的武侠作品,这些小说,都是逼着你要一口气读完。如果我是程度不高的中学生,你不拿真正好玩的东西来引诱,我才不会上当。我绝不会因为别人说了几句漂亮的大话,用棍棒逼着我,或者给我吃了一块糖,就会硬着头皮去啃那些看不下去的文学名著。平心而论,你不能说莎士比亚说："学问必须合乎自己的兴趣,方可得益。"兴趣是阅读最好的内驱力,尽量让孩子保持自由阅读的状态,在阅读上要走一条爱之路,而不是义务之路。

燕子来时 ◉ 著名中学师生推荐书系

爱情是多么美好的词语,但却被一个时代生生地拒绝了,这是一个拒绝美的时代,这是多么有讽刺意味的事情。马尔克斯说过,人的衰老是从拒绝恋爱开始的,那么,我们是否也可以说,这是一个衰老了的时代。

卡夫卡的小说不好,你不能说福克纳的小说不是国际水平,可是一定要唆使中学生去读他们的小说,效果恐怕只能是适得其反。你显示了你的学问,结果却是把中学生的胃口搞坏掉了,让孩子得了厌食症,结果你以后再说什么,别人也不会相信你。

寓教于乐实在是迫不得已的事情。不仅是对于中学生,对于天下所有识字的人,大约都是这个道理。捆绑不成夫妻,立刻成亲也必须本人愿意才行。由于年龄不同,生活经历不同,文化程度不同,对"乐"的感受也不尽相同。我想适合中学生看的读物不外乎两个要求,一是要好看,要让中学生爱不释手,最适合的例子就是雨果。另外一个是要有思想,要有教育意义,这同样首推雨果。当然,前一个要求更重要,因为说老实话,我还真的很少看到一点教育意义都没有的图书。只要是个写文章的人,心里多少都会有些救世的浅薄想法,世界上最没道理的人,也喜欢在文章中说道理,说那些没有道理的道理。对于中学生来说,最重要的还是让他们狼吞虎咽地往下看,而且有一点真是可以放心,孩子的天性都是好的,好东西绝对可以吸引他们,对好东西,孩子们往往比我们更容易感动。

3

记得我当时也曾很喜欢《嚣俄的情书》,嚣俄就是雨果,这是一种比较古老的翻译,看上去怪怪的。在我的中学生时代,爱情可是一个不太好的字眼,那年头好像谁都不敢说这个字。今天的人说起"人道主义"理直气壮,头头是道,然而在当年,通通都是"资产阶级人性论"。雨果和他的小情人定情的时候,他才十七岁,小情人十六岁,这岁数就是搁在今天,也应该算是早恋了。早恋也没耽误了这位伟大的作家,两家虽然是世交,双方大人并不是很赞成这桩婚事。爱情非得有些波澜曲折才有意思,这雨果大约天生是要当作家的,只要逮着了一个写作机会,他的才华立刻就展现了出来。要知道,写情书也能够提高写作水平,而且非常有效,从定情到结婚,也就三年多一点,雨果写给未婚妻的信,竟然可以编成了厚厚的一本书。在这些火一般的情书中,雨果对他的未婚妻解释着什么叫诗:

> 诗,是德的表现。良好的灵魂和华美的诗才几乎是分不开的。诗是人灵魂里发出来的,它可以用善良的行为,也可以用美丽的辞句表现出来。

雨果对于诗作出了自己的解释。他认为诗存在于思想里面,而思想出自灵魂。在雨果看来,爱的伟大并不比诗逊色,诗句不过是穿在健美身体上的漂亮外衣。健美的身体再配上漂亮外衣,这是雨果作品最好的写照。在雨果的情书中,有着大量充满了哲理的好句子,或者说有着数不清的"漂亮外衣"。不妨想一想,他那时候也就只是十七岁多一些,警句格言张口就来,思想的火花像暴风雨中的闪电一样闪个不停。面对如此才华横溢的少年,如果我是一个女孩,也会想到要迫不及待地嫁给他。偷看一个

把自己最美最真的情感表达出来,比如情书,这就是写作,大家可能不相信,但这却是真正意义上的写作,写作就是作家运用语言文字符号反映客观事物、表达思想感情、传递知识信息的创造性脑力劳动过程。

人的情书,似乎是一件不道德不光彩的事情,但是我当时还是忍不住偷窥之欲。很显然,雨果在写这些情书的时候,并没有想到后人会看到它们。这些信像熊熊燃烧的烈火,结果我一边读着信,一边也移情别恋,陷入到了与自己毫不相干的爱情之中。

> 我曾对你写了一封长长的信,阿黛勒啊,它是伤感的,我把它撕了去。我写它,因为你是世间唯一的一个我可以很亲切地谈着一切我的痛苦和一切我的疑惧的人……

这好像是我自己在给心爱的女孩子写情书。显然是版本太老的缘故,翻译的句子疙疙瘩瘩。受这些句子的影响,我一度的文字风格也是这样弯七扭八。雨果的情书和他的小说是同一种风格,不管三七二十一地倾诉着,仿佛从来也不知道什么叫节制。在雨果的小说中,始终洋溢着情书一样的激情,对于中学生来说正是这种激情诱惑着他往下看。《巴黎的秘密》的作者欧仁·苏在读了《巴黎圣母院》以后,写信对雨果大唱赞歌,他觉得雨果无论是在表达思想方面,还是遣词造句方面,都显得太奢侈,太豪华,或者说是太浪费。欧仁·苏告诉雨果,批评他的人很像是五层楼上的穷人,他们高高在上,看见楼下一个大阔佬在任情挥霍,十分恼火,怒不可遏地说,这家伙一天所花的钱,够我用一辈子了。欧仁·苏这是变着法子拍马屁,以此来证明雨果小说的内容丰富。

"卓越的天才自来便引起卑鄙的妒忌和荒

谬的批评",欧仁·苏安慰雨果说,"没有办法,先生,光荣是要付出代价。"

事实上,欧仁·苏并没有说到点子上。或许他只是透露出了一个信息,就是作为同行,他羡慕甚至有些嫉妒雨果的成功,而且也蠢蠢欲动,琢磨着自己应该怎么样写。奢侈和豪华正是雨果成功的秘诀,读者爱不释手恰恰也是因为这一点。《巴黎圣母院》的影响是空前的,一版接着一版地印刷,出版商接踵而来,要求雨果为他们提供新的作品,雨果应付不了,于是只好胡乱弄几个书名蒙人。在《巴黎圣母院》之后,雨果宣称与之有关的两部后继作品预告了三十年,最后连影子都没见到。这样的例子在文学史上十分少见,我一直不太明白雨果为什么不乘胜追击,大写特写长篇小说,而是见好就收,一歇差不多三十年。雨果并没有果断地抓住战机,迅速巩固胜利成果,占领小说家的高地,却轻而易举放过了这个大好机会,结果反倒是别人后来居上,在《巴黎圣母院》问世的十年之后,欧仁·苏推出《巴黎的秘密》,一炮而红,成为当时比雨果更有名的小说家。

4

也许是因为诗歌和戏剧在当时更能给雨果带来声誉。雨果似乎不屑于在小说上与人争短长,对别人的成功他无动于衷,在《巴黎圣母院》之后的三十年中间,雨果主要是写诗歌和戏剧。这是一个巨大的谜团,我始终没有真正地解开过。另外有一种说

《巴黎的秘密》是法国 19 世纪小说家欧仁·苏的代表作。小说以鲁道夫公爵微服出访,赏善罚恶为线索,通过妓女玛丽花,罪犯操刀鬼,教书先生,猫头鹰,工人莫莱尔,女佣路易莎,公证人克雷门斯、萨拉等人的命运,描写了上流社会、贫民窟、黑社会等生活领域的内幕和"秘密",反映了 19 世纪三四十年代巴黎的社会生活。全书情节错综复杂,曲折离奇,引人入胜。女主角玛丽花是个小妓女,但真实身份是欧洲一个大公的私生女。那个大公化名鲁道夫,到巴黎来微服私访,惩恶扬善。最后和女儿相认,但因为她回国当公主后一直为曾经的妓女生涯而耻辱,最终当了修女并死去。

法,那就是雨果其实一直偷偷地在和欧仁·苏较劲,《巴黎的秘密》获得了比《巴黎圣母院》更大的成功,雨果要写,就一定要写一部能压过它的作品,因此这一憋就是三十年。这三十年中,欧仁·苏渐渐江郎才尽,盛极而衰,最走红的作家交椅让给了大仲马。这三十年中,还有不可一世的巴尔扎克,像工业生产一样,创作了一大批有力的作品。就一个小说家而言,雨果可以说是大器晚成,笑到了最后。在小说创作领域,他成名早,成器晚,虽然不到三十岁的时候,已写出了自己的成名作《巴黎圣母院》,但是在三十年以后,到六十岁的时候,不急不慢地推出了另一部更伟大的作品《悲惨世界》,才确定自己小说家的霸主地位。这以后,他一发不可收拾,又写了《海上劳工》,又写了《笑面人》,最后是《九三年》。一步一个脚印,每一步都扎扎实实,都让人惊叹。

写完《九三年》,雨果已是一位七十岁的老人。作为一个普通读者,不会去想为什么在《巴黎圣母院》和《悲惨世界》之间,有着三十年的一大段空白。这是一个可以研究的课题,我对它产生兴趣,或许与自己也是作家有关。世界上并没有什么无缘无故的事情,事实上,和巴尔扎克不一样,和很多优秀的小说家不一样,雨果差不多快到六十岁,才将自己文学创作的全部辎重,投入到了小说的主战场上。在此之前,他挥霍掉的东西实在太多了一些。在最年富力强的三十年里,雨果更大的兴趣只是在戏剧和诗歌方面,对于他来说,两者常常可以合二为一,他戏剧中的台词就是现成的诗。这期间,雨果不过是有一些断断续续的小说念头,断断续续地写了一些小说的章节。戏剧给他带来巨大的声誉,《艾那尼》之争成为文学史上的大事,成为浪漫派戏剧取胜古典派戏剧的经典战役。在当时,一个戏剧作者要比小说家光彩夺目得多。

　　声誉和光彩的最直接后果,就是金钱和美女的双双获得,雨果曾是一个模范的丈夫,一个合格的父亲,可是成功导致他变成了一个不折不扣的花花公子,变成一个让人瞠目结舌的老色鬼。除了没完没了地和女演员勾勾搭搭,雨果似乎没有放过一切可以到手的机会,他不放过那些崇拜者,不放过女佣,不放过街头的流莺,甚至将自己学生的女儿也据为己有。虽然有一种解释,认为雨果所以会这样疯狂,是报复自己的妻子与人通奸,而且与当时的社会风气分不开。关于这个话题,我没有多少话可讲,想说的只是自己曾一直以为雨果在道德方面是个完人,因为最初我只是通过小说来认识他,在他的小说中充满了正义,满纸深刻的思想。文如其人这句话真不能太当回事,我忘不了自己初读《雨果传》时的震惊,做梦也不会想到心目中那个一身正气的作家,在私生活方面会如此不堪。雨果对名誉的追逐,对权力的向往,让所有崇拜他的人都觉得心里很受伤。因此,我虽然赞成中学生读雨果的小说,却坚决反对中学生读关于他的传记。

　　雨果的文学道路几乎包括了 19 世纪,他比巴尔扎克小三岁,与大仲马同年,可是比他们谁都活得更长。现在大多数人常常念叨雨果的重要原因,还是因为他的长篇小说,但是雨果活着的大多数日子里,更让他露脸大出风头的,却是那些并不怎么样的戏

1830 年 2 月 25 日这一天,经过几番周折,雨果的浪漫主义剧本《艾那尼》终于得以在巴黎法兰西剧院上演。这时:"古典派不甘坐视着一班蛮人侵占他们的大本营,收拾全院的垃圾和污秽,从屋顶上,向下面包围着戏院的人们兜头倒下来,巴尔扎克吃着一个白菜根。每晚的戏剧都变成一场震耳欲聋的喧哗。包厢里的人只管笑,正厅里的人只管啸。当时巴黎人有一句时髦话,是'上法兰西剧院去笑《艾那尼》'。"古典主义对浪漫主义者雨果的反对之激烈由此可见一斑。这种斗争其实在《艾那尼》是否可以在著名的法兰西剧院上演的问题上就已经较为充分地表现出来。

剧。那些充满诗意的戏剧今天大都不忍卒读,那种夸张,那种过分的戏剧冲突,已经不可能再入观众的法眼。事实上早在当时,雨果的戏剧就已经乐极生悲,从流行的顶峰一下子跌落下来。他从来就是一个充满争议的人,他的戏剧上演时,永远是嘘声和掌声同在,在一开始的交战中,每次都是掌声最后占了上风,但是渐渐的,他的戏剧终于失去了号召力。我说这些,并不是轻视戏剧艺术,而是遗憾雨果未能把自己更多的精力放在小说上。戏剧观众的热情左右了雨果先生,剧场里的欢呼声让他忘乎所以,以至于他根本就看不到潜在的小说读者的热切愿望。在雨果的晚年,巴黎举办万国博览会,为了展示法兰西民族最优秀的东西,又一次重演了《艾那尼》,又一次引起轰动,但是这种轰动充其量也就是一次浪漫主义戏剧的回光返照,人们再次热烈鼓掌,不是因为《艾那尼》的内容,而仅仅是因为《艾那尼》拥有的那段历史,仅仅是为了向小说家雨果欢呼,这时候,他的《悲惨世界》和《海上劳工》正处于洛阳纸贵的地步。

幸好雨果在晚年突然想到了他的小说读者。三十年的小说创作空白加上文人无行,所有种种一切,都没有阻拦他晚年的火山爆发。雨果此时又一次用雄伟的小说为自己奠定了更结实的根基。在过去,雨果是法国最重要的诗人,最重要的戏剧家,现在,他在前面的两个头衔之外,又稳稳地获得了第三个头衔。他现在是法兰西最重要的小说家,是全世界最重量级的小说家。雨果身上的小说才能,经过三十年的积累,像火山一样喷发了,他一下子就登上了

燕子来时 ●

著名中学师生推荐书系

顶峰,一挥手就把那些强劲的对手都掀翻了。《悲惨世界》的诞生是长篇小说历史中的一件大事,雨果名利双收,这之前,拉马丁,大仲马,欧仁·苏,无论是谁写小说赚的钱都比他多,现在终于轮到雨果出一口恶气,他不仅自己获得了丰厚的稿酬,也让出版商狠狠赚了一大票。

虽然我曾经被雨果年轻时写的《巴黎圣母院》所吸引,但是毫无疑问,更能吸引我的还是他晚年那一连串强有力的小说。如果没有晚年的这些小说,没有《悲惨世界》,没有《笑面人》,没有《九三年》,雨果对我来说就没什么意义。没有晚年的小说,雨果不可能跻身大作家之林,《巴黎圣母院》太浪漫了一些,写这本书的时候,雨果太年轻了,因为年轻,所以稚嫩。一个伟大的作家只有一部这样的书是远远不够的。当然,年轻并不意味什么都错。这个世界永远是属于年轻人的,年轻人是雨果的本钱,是他要征服的对象。雨果属于那种为年轻人写作的作家,为年轻人写作也让他的写作心态永远保持年轻,这也是雨果为什么在晚年还能大写特写的秘密。事实上,当我被多产作家这个恶谥烦扰的时候,就情不自禁地会想到雨果,就会想到多写并不是什么大不了的错误,关键还在于是否能够写好。晚年的雨果居然还能青春焕发,常常给我一种要努力写作的信心,我佩服雨果那种一往无前的勇气,《悲惨世界》出版之前,出版商希望删去其中的一些议论,雨果坚决拒绝了,他信心十足地说:

轻快浮浅的喜剧只能获得十二个月的成

这是作家对自己作品的自信,是作家鲜明人格的体现。

功,而深刻的喜剧会获得十二年的成功。

这观点无疑是正确的,事实证明,雨果的长篇小说即使是在一百二十年之后,仍然还是成功的艺术作品。

5

早在《巴黎圣母院》刚出版的时候,已进入垂暮之年的歌德便在同爱克曼的谈话中,表达了对这本书的不满。歌德认为它"完全陷入当时邪恶的浪漫派倾向",觉得自己必须花很大的耐心,才能忍受他在阅读中感到的恐怖。在已经八十多岁的歌德眼里,年轻气盛的雨果是多产和粗制滥造的代表,说他在一年之内,居然写出了两部悲剧和一部小说,因此不可能不越写越糟糕。

何况这部书是完全违反自然本性,毫不真实的!他写的所谓剧中角色都不是有血有肉的活人,而是一些由他任意摆布的木偶。他让这些木偶作出种种丑脸怪相,来达到所指望的效果。这个时代不仅产生这样的坏书,让它出版,而且人们还觉得它不坏,读得津津有味,这究竟是一个什么样的时代啊!

这些指责虽然一针见血,却也不失之偏颇。歌德太老了,他看不惯雨果的横空出世,结果只愿意表扬雨果"描绘细节很擅长,这当然还是一种不应小看的成就"。文学每当出现一些新鲜玩意的时候,都可能导致这样那样的批评,浪漫派小说出现时是这样,写实派小说出现时也是这样。如果是在中学时代,读到歌德的批评文字,我一定会跟他结下私仇。那时候,我无法想象还有比雨果更好的小说家。可是等我知道歌德这些批评的时候,已经快大学毕业了,当时不要说浪漫派小说已吸引不了了我,现实主义小说也早就不入法眼了。我满脑子都是现代派小说,再也犯不着跳出来为雨果打抱不平。说老实话,一个人的阅读趣味,并不是一成不变的。<u>一个人自有一个人的看法,时间变了,环境变了,以往的那些感觉就不会再有,喜新厌旧也就在情理之中</u>。尤其当你也开始脚踏实地地进行创作,对写作这件事有了切身感受以后,过去很多观点,都会发生根本的改变。时至今日,我对雨果的看法,已经一变再变又变。要让我还像中学生时代那样去读雨果的作品,已绝对不可能,我不止一次尝试过重读雨果,可是每次都是半途而废。过去,在雨果的小说中,我不断地得到启发,一次次被感动,现在,却是不断地看出问题,到处都能发现毛病。

歌德批评雨果很重要的一点,是因为"除美的事物之外,他还描绘了一些丑恶不堪的事物"。显然最让歌德反感的就是敲钟人加西莫多这一艺术形象。我并不赞成歌德的观点,事实上,他所说的那些缺点,在我看来都不是什么问题。丑陋的事物可以进行描绘已经不用讨论,多产更不是罪名。有很多例子都足以证明,多产和少产与写作质量并没有什么直接关系。多和少都可能写好或写坏,简单地以数

变是常态,不变是偶然,一本书也可以读一辈子。

量来评论好坏，其实都是非常外行的话。写作是一种燃烧，不同的人不同的创作方式，发出的热能也不尽相同。很显然，雨果也知道要创造出"有血有肉"的人物来，谁都知道写出来的人物像木偶一样不对，按照我的想法，这些浅显的道理雨果不是不懂，而是不知道在技术上如何才能达到。不光是雨果，整个19世纪的大作家，都或多或少地存在着这方面的问题。歌德作为一块火眼金睛的老生姜，轻而易举地就发现雨果的稚嫩之所在，在这一点上，后来的读者很容易与伟大的歌德达成一致。

19世纪文学与20世纪文学相比，在塑造和表现人物的技术层面上，显然要逊色得多。写作水平和阅读水平是互动的，在水平都已经提高的今天，我们会自以为是地觉得雨果小说只适合打动中学生，实际上可能连这简单的目的都达到不了，因为今天的中学生根本不屑看雨果。这是一个很难说出口的事实真相。这个真相足以提高我们的自信，让人狂妄，又会让我们感到尴尬，感到无所适从。作为写作者，现代小说家的技术在突飞猛进，技巧已成为一个喋喋不休的话题，然而自我燃烧的能力却在明显降低。作为阅读者，审美的趣味提高了，胃口也变得更加挑剔，被感动的程度却降到了最低。20世纪的文学获得了技术，却失去了19世纪的生机勃勃。21世纪的文学前景看不出有任何好转的迹象，社会在进步，书店里的图书在一天天增加，然而无论阅读还是写作，在原始冲动方面似乎都出现了严重障碍。技术的进步不可能解决一切难题，有时候，进步反而会成为一种累赘，变成一种腐朽无力，就好像美食理论不能解决食欲不振,性技巧改变不了阳萎状态,技术越来越发达,离文学的本性也越来越远。有些困难,就算是雨果重新活过来,恐怕还是解决不了。或许正因为这些,热爱文学的人,阅读或写作,生在雨果时代是幸运的,生在这时代的法国更加幸运。

塞万提斯先生或
堂吉诃德骑士

1

伟大的歌德在看了莎士比亚的著作以后,曾经发过这样的感叹,说仅仅是看了一页,就让人终生折服。他形容那种受启示的感觉,仿佛一个生来是瞎子的人,"由于神手一指而突然得见天光"。歌德狠狠地夸奖一番早已不在人间的莎士比亚,说自己因此获得了思想的解放,因此"跳向了自由的空间",甚至突然觉得自己"有了手和脚"。

歌德对莎士比亚的评价也引起了我深深的感叹。这是一个同行之间的互相敬佩和赞美,是棋逢对手将遇良才的惺惺相惜,我想莎士比亚在天有灵,一定会为有歌德这样的知音感到安慰。当然不仅仅是敬佩,作家之间的赞美和嫉妒往往分不开。歌德把莎士比亚的成功归结为"不受干扰、天真无邪的、梦游症似的创作活动",认为能产生莎士比亚的那个伟大时代已经结束了,因为到歌德的那个时代,作家必须"每天都要面对群众"。在歌德心目中,作家当时的处境已经十分险恶,"每天在五十个不同地方所出现的评长论短,以及在群众中所掀起的那些流言

艺术的神奇魅力至此,也算是到了极致。

蜚语,都不容许健康的作品出现"。作为一个功成名就的作家,歌德说到这些话题,就忍不住有些生气,他觉得"一种'半瓶醋'的文化渗透到广大群众之中",这种文化的普及不仅无助于艺术的发展,恰恰相反,反而是"一种妖氛"和"一种毒液","会把创造力这棵树从绿叶到树心的每条纤维都彻底毁灭掉"。

今天回过头来看歌德时代,犹如歌德当年回首莎士比亚时代。五百年前如此,二百年前也如此,历史总是有着惊人的相似之处。

两个"如此",饱含着作者对历史沧桑的感慨与思考。

2

海涅曾自说自话地过了一回评委的瘾,他将戏剧艺术的桂冠颁给了莎士比亚,将诗歌艺术的桂冠给了歌德,剩下的最后一个奖项小说艺术,犹豫了一下,便随手给了塞万提斯。或许正是因为这种并列提名的三巨头关系,我在谈到塞万提斯的《堂吉诃德》之前,首先想到的竟然是莎士比亚和歌德。

我很遗憾自己不能像歌德那样敏锐,一眼就看出一个天才作家的伟大之处。说老实话,充分认识塞万提斯,对于我这种迟钝的大脑来说,显然需要一个漫长的过程。虽然很早就知道海涅对塞万提斯的评价,但是这并不意味着我就赞同这种观点。要认定某个作家排名第一,这并不是件容易的事情。我只记得海涅曾用诗一般的语言来描述堂吉诃德,说自己还是一个孩子时,就已经义无反顾地迷恋上了这本书。少年时的海涅还不会默读,他不得不大声地朗读着每一个字,结果小鸟树木溪水花朵,都听到

海因里希·海涅(1797—1856),德国著名抒情诗人,被称为"德国古典文学的最后一位代表"。

"自说自话"、"犹豫了一下"、"随手",用如此轻松幽默的笔调来叙述一个艺术奖项的产生过程,实在有趣有味。

塞万提斯(1547—1616),文艺复兴时期西班牙小说家、剧作家。《堂吉诃德》是其1605年和1615年分两部分出版的反骑士小说。

至此,才明白第一部分叙写的用意,一种豁然开朗的感觉。

101

了他念出来的一切：

> 由于这些天真的无邪的生物和孩子一样不懂得讽刺是怎么回事，所以把一切也都这样认真地看待，于是便同我一道哭将起来，分担着不幸骑士的苦难，甚至一棵龙钟的老橡树也不住地抽咽，瀑布则急速地抖动着它的白胡子，像是在那里斥责世风的低下。

我仿佛看到少年海涅正在园子里大声朗读《堂吉诃德》，天气阴郁，灰色的天空飘浮着可恶的云雾，黄色的残叶凄凉地从枝头跌落下来，尚未开放的花蕾上挂着泪珠，夜莺的歌声早已消逝。堂吉诃德经过漫长的漂泊以后，在与白月骑士的决斗中，高高地从马上摔了下来，他没有掀开面甲，就像在坟墓里说话一般，以一种低沉无力的声音宣布，自己心目中的女人才是世界上最美丽的女人，<u>他是地球上最不幸的骑士，不能因为他的无能就不信这个真理</u>。虽然已经被打败了，但是他绝对不能放弃真理。少年海涅读到这一段文字的时候，那颗稚嫩的心都差不多快碎了，他做梦也想不到，在一千多页的著作即将读完之际，自己心目中的勇敢骑士竟然得到了这样一个下场。最让读者接受不了的，是战胜世上最高尚最勇敢的堂吉诃德骑士的人，那个自称白月骑士的家伙，竟然只是一个乔装打扮的"理发师"。海涅显然弄错了，战胜堂吉诃德的不是理发师，而是一个与堂吉诃德同村的乡间学士。在塞万提斯的笔下，那个乡间的学士不像农村秀才，更像一名今天的大

燕子来时 ◎

著名中学师生推荐书系

学生。

　　我所以忘不了这一幕，是因为和少年海涅一样有着深深的同感。这确实是一个煞风景的场面，是孩子们不愿意看见的结局，一个敢与风车搏斗的战士，一个面对狮子面不改色的好汉，最后竟然输给了那位被误解为理发师的乡间学士。这种巨大的反差折磨着小孩子天真的心灵，以至于我一想到堂吉诃德，就忘不了他那副狼狈不堪的愁苦面容。童年记忆的碎片已拼凑不起一个完整真实的想法，我只记得自己最初并不觉得堂吉诃德可笑，对于一个孩子来说，他的智力似乎还不足以理解可笑这个字眼。我只是觉得堂吉诃德有点傻，想不清楚他为什么就不明白风车不是魔鬼，不明白狮子会吃人，我顽固地相信，他打不过白月骑士的原因，是他的马还没有溜好，是他刚生过一场大病。而且我一直想不清楚，堂吉诃德为什么不明白走遍天下苦苦追寻的心爱女人，其实就在自己身边，而且这位世界上最美丽的女人不过是一个村姑。

　　事实上，我最初读到的还不是傅东华先生翻译的《堂吉诃德》，在我的少年时代，这两大册书似乎太厚重了一些。我最先接触的是一本薄薄的小人书，根据苏联电影的拍摄画面编辑而成。所有的画面都是蓝色的，好像是用印蓝纸印出来一样。我的少年时代曾拥有过厚厚的一叠小人书，它们是我最好的朋友，伴随我走过了寂寞的童年。这些连环画都是父亲在劳动改造时购买的，那时候，他被打成了右派，发配到农村大炼钢铁，成天守着土制的小高炉，闲极无聊，便在公社的新华书店一本接一本地买电

　　一个孩子对于一部世界名著的理解和想象是多么的奇特，如此多的难以理解，让我们感受了一番"有趣"的滋味。

影连环画。自从懂事以后，这些连环画就成为父亲送我的最初礼物，而在这一大堆连环画中，给我留下最深刻记忆的只有两本，一本是《堂吉诃德》，一本是《牛虻》。很长时间里，我喜欢堂吉诃德的故事，却不喜欢堂吉诃德本人，不喜欢的原因不是因为他可笑，而是觉得他傻。少年时代更能吸引我的是英雄梦想。在孩子的心目中，英雄可以战胜风车，可以打败狮子。我更愿意自己能成为牛虻那样的人，不仅是我，与我同年龄的一代人，都深陷在英雄主义的泥沼之中。我们喜欢的是红军爬雪山过草地那样的故事，喜欢出生入死最后修得正果的那种革命理想主义。

一个时代造就了一代人的阅读趣味。

我记得自从识字以后，最喜欢的读物是解放军文艺出版社出版的《红旗飘飘》。

3

燕子来时 ● 著名中学师生推荐书系

我甚至弄不明白我们这代人和八个样板戏究竟是什么样的关系。是因为八个样板戏造成了一代人的审美情趣，还是一代人的审美情趣造成了八个样板戏的横空出世。很长一段时间里，大家并不觉得"高大全"的三突出原则有什么不妥，这就仿佛在西方古典主义时期没有什么人怀疑"三一律"一样。时过境迁，我更愿意把它理解成一种集体的智力低下，事实上，智力低下的现象永远会是一种客观存在，看看今天的电视剧，看看今天的那些文化现象，那些流行的文化观点，看看那些自以为是的精英，说是五十步笑一百步并不夸张。如果坚信今天的认识水准就

这种不坚信的背后，是作者对现实的一种审慎的态度。

一定比过去高,这种观点其实未必正确。

今天的读者很少再会去拜读《堂吉诃德》。文科大学生只是为了应付填充考试,才会去注意这本书的书名和作者的生卒年代。《堂吉诃德》在过去就不是一本重要的读物,今天更不是。我常常会做这种没有任何意义的瞎想,自己的青少年时代,如果有电视,有那么多狗屁一股的肥皂剧,有那么多精彩的足球赛,我大约也不会兴致勃勃地去读塞万提斯的著作。处在一个没有电视时代的读者,真说不清楚是幸运还是不幸运。读不读《堂吉诃德》也是人生的一种机缘,我的青少年时代是一个文化的大沙漠,外国文学几乎都属于禁书之列,虽然我没有像海涅在花园里读《堂吉诃德》那样的优雅机会,但是幸运的是,我的手头偏偏就有这样一本书,而且我还有一个会写诗的堂哥,他的诗在那个特殊的年代里,让我对塞万提斯先生和堂吉诃德骑士有一种全新的认识。

愚昧的讥笑

　　无耻的飞沫

　　　廉价的可怜

都不应该属于你的

　　消瘦的愁容骑士

风沙打着盾牌

　　枯手托着瘦额

紧握着那将断的长矛

　　鞭子抽打着可怜的老马

如此坦率的语言,给人的感觉却是如此的悲凉。

对于你日夜矗立的事业
　　你疲惫辛苦　那样忠诚
　你有正义　有爱恋　有力量　有感情
　　　你的心灵上充实　丰富

你流血了　受尽折磨
　　淌泪了　历经辛酸
　　　　忧郁了　遍尝讥笑
但你是真正的人呵　我觉得

看看世上那些空空的躯壳
　　他们心灵枯竭就像泥泞的沼泽
　没有正义　没有爱恋　没有力量　没有
情感
　　　　空空的壳呵　像树下一堆蝉衣

　　　　在正义面前　他们回避
在爱恋面前　他们撒谎
　　　　在力量面前　他们萎缩
在情感面前　他们玩弄

你痴想为受苦人解脱灾难
　　他们都希望多闭会眼睛
你可以双手托出生命
　　他们连笑容都不肯施舍

　　　让他们哗然讥笑
你别忧愁　别苦恼　向前去

蓝天下洁白的鹤群只顾飞翔

那有杂心听原野上蟾蜍的哄鸣

　　愚昧的讥笑

无耻的飞沫

　　廉价的可怜

　　都不应该属于你的

消瘦的愁容骑士

（1964 年 12 月 11 日）

　　我在诗差不多写完后的第十个年头，才第一次读到这首诗。这时候，堂哥已经 30 多岁了，他开导我这个 17 岁的堂弟，用一种诗人的狂热为我开窍，一定要我明白过来，仅仅觉得堂吉诃德可笑的想法是不对的，那绝对是一种错误的理解。在小时候，我一直觉得堂吉诃德太傻，稍稍大了一些，多少明白一些事了，又开始觉得堂吉诃德可笑。觉得别人可笑这也是一种不小的进步，就算是到了今天，说起堂吉诃德不觉得可笑几乎也是不可能的，然而在我十七岁的岁月里，我的诗人堂哥却坚持要让处于青春期的堂弟明白，堂吉诃德不仅不傻，而且不可笑。说老实话，他并没有真正地说服我，起码是没有一下子就说服我，当时我更敬佩的是堂哥那首矫揉造作的诗，甚至盖过对《堂吉诃德》本身的喜欢。我所能记住的，是自己正在从英雄主义的泥沼开始往外走，那时候我已经不喜欢八个样板戏了，不喜欢那些国产的高大全英雄人物，听见那些高亢入云的喊叫就感到别扭。

"十七岁的岁月"决定了我是绝对笑不出来的。在某一段时间内，你只能读懂那么多，你只能读成那个样子。相信岁月！

107

正是从十七岁开始,我和流行的文学时尚变得格格不入。我从《堂吉诃德》的阅读中,开始逐渐欣赏到文字的乐趣,开始享受故事。在此之前,堂吉诃德只是电影连环画上的那个形象,高高的,瘦瘦的,留着山羊胡子,还是一个真人扮演的漫画形象。很显然,小说《堂吉诃德》要丰富得多,也要有趣得多,但是正是因为这种丰富和有趣,准确的理解就要复杂和困难得多。说老实话,一下子就读懂堂吉诃德这个艺术形象,显然不是件容易的事情。对于我来说,一切才刚刚开始,要弄明白堂吉诃德还需要一个漫长的过程,要耐着性子把这本厚厚的小说读完,读完之后,还要掩卷深思。说老实话,我是在自己尝试写作以后,才对这本书的理解不断地加深。

两个"说老实话",多么直率憨直的话语。

对于堂吉诃德的理解并不是一步到位的,要反复看,不断地想,堂吉诃德才会越来越有血有肉,才会成为一个活生生的文学人物形象。我想不仅读者需要这样的一个过程,恐怕连作者也很难排除这种因素。我总觉得,艺术上的很多伟大之处,很可能是在后来才发现的,在刚开始写堂吉诃德的时候,作者大约也没有想那么多,塞万提斯或许只是觉得即将写出来的东西会很有趣,会是一本很好玩的著作,于是就这么一气呵成地往下写了,思绪万千,想到哪写到哪。黄河之水天上来,奔流到海不复回,也许塞万提斯更多地是在想,如何让自己的写作激情淋漓尽致地发挥出来,如何很好如何有力地挖苦一下当时流行的骑士小说,正像他在序言中借朋友的口吻夸奖的那样,他的小说只求把故事说得有趣,让人家读了这故事,能"解闷开心,快乐的人愈加快乐,愚笨的

燕子来时

●

著名中学师生推荐书系

108

不觉厌倦,聪明的爱它新奇,正经的不认为无聊,谨小慎微的也不吝称赞"。

很显然,阅读和写作都有一个共同的起点,这个起点就是有趣,没有趣就没有艺术。没有趣就没有艺术的创造,也没有艺术的欣赏。因为有趣,我们写作,因为有趣,我们阅读。我一向怀疑那些喜欢拿自己作品说大话的人,多少年来,文学的作用总是被别有用心地夸大了,正像"利用小说作为反党的工具"的实际作用不大一样,事实上,借助文学作品干不了什么惊天动地的大买卖。离开了有趣,文学可能什么都不是,有趣是坚实的大地,只有在有趣的基础上才能长出参天的大树,有趣是蓝天,只有在有趣的背景下雄鹰才能展翅翱翔。长期以来,无论是写作还是阅读,都有一种直截了当的功利意识在作怪,占着主导地位的都是实用主义思想,这种思想的根基就是利益原则,是看它们有用或者没用,写的人信誓旦旦地说明自己要干什么,像包治百病的药品广告一样,读的人言之凿凿想要得到什么,于是成了胡乱服药的病人。

为什么我们会陷入英雄主义的泥沼?很显然,是相信看多了英雄人物的事迹以后,我们自己也会顺理成章地成为英雄。无论是打算教育别人,还是自己准备接受教育,都有一种走近路的原始冲动。大家似乎都想把原本很复杂的事情弄得非常简单。英雄成为一种冠冕堂皇的借口,而文学艺术作品则简单地成为思想教育的课本,成为一种思想手册。于是阅读和写作便离开了有趣,离开了潜移默化,人物不再生动,情节不再曲折,于是从事写作的人一个

艺术的功用是无用之用,所以功利地做艺术做不好,功利地欣赏艺术也读不出艺术真正的美。周国平先生说:"世上有味之事,包括诗,酒,哲学,爱情,往往无用,吟无用之诗,醉无用之酒,读无用之书,钟无用之情,终于成一无用之人,却因此活得有滋有味。"实用主义者是享受不到生活的滋味的。

作者用形象化的笔墨勾勒了"无趣"作家和"无趣"的读者,让人忍俊不禁。"有趣",乃是解读叶兆言散文的一个关键词。从阅读到写作,叶兆言都颇为推重趣味主义和轻松主义。

个都板着面孔，像课堂上思想僵化的老师，像传教士，索然无味喋喋不休，阅读的人一个个都像正襟危坐的小学生，像无心念经的小和尚，人坐在那里上课，思想早不知跑到哪里去了。

我读大学的时候有个玩得还算不错的朋友，因为是恢复高考才入学，年龄已经不小，或许过去读书不多的缘故，在学校里显得非常着急。他当时脑子里想得最多的，就是如何让自己迅速深刻起来，嘴里反复念叨的也是："我要深刻，我要深刻!"作为一个写小说的人，我虽然会编故事，关于这个同学的事情绝不敢夸张。他知道我家里书多，急吼吼地找到了我，蹭了一顿饭，然后从我那里一下子卷走了一大摞书，有翻译的世界文学名著，有伍蠡甫主编《西方文论选》，有丹纳的《艺术哲学》，有《莎士比亚评论汇编》，有侍桁翻译的《十九世纪文学之主潮》，还有唐人的诗集和宋人的词选，还有一本厚厚的世界名画加上两盘贝多芬的磁带。他对我强有力地挥着拳头，说它们都是最好的精神食粮，好像有了这些玩意，立刻就会充气一样深刻起来。然后便一去不返，仿佛从来没发生过这件事一样，当然不是人消逝了，冤有头债有主，人跑不了，他仍然在你眼前转悠，仍然高喊"要深刻"，而是卷走的那些东西从此易主，就这么强行据为己有。他当时留给我的印象，是天天一大早起来跑步，然后又吃人参，又吃西洋参，又补钙，又输公鸡血，又吃大力丸，又吃伟哥，反正是中了邪的样子，什么书都读，什么书都读不进去。如今我这位朋友已经是个级别不小的官员，官场得意，一有机会就请我吃饭，说起大学时代的故事，往事不堪回首,我没笑,他自己就会先快乐起来。

4

在一个英雄主义流行的年代里,真正读懂《堂吉诃德》是件很困难的事情。我的堂哥对这本名著的解读,仍然也未离开英雄主义的窠臼,但是不得不承认它已是一种十分高明的解读。

《堂吉诃德》究竟是一本什么样的著作呢,毫无疑问,它是一本有趣的书,那些有趣的故事足以引诱大家津津有味地看下去。阅读这样一本书,读者通常不太会去考虑自己正在接受什么思想教育,起码我当年就是这样。有趣符合人类的天性,是人都有追逐有趣之心。是人就会有一种想表达的愿望,是人就会有一种要欣赏的愿望,正是这两种愿望引起了创作和阅读的冲动。堂吉诃德究竟能给我们一些什么样的启发呢,和那些喜欢说大道理的小说不一样,在一开始我们除了觉得有趣之外,好像什么深刻的启示也没有得到。一本好书的本质应该是通俗的,绝不应该在一开始就把读者吓跑。我们看不出主人公有什么高明之处,恰恰相反,读者恨不能跳到小说里去开导那位固执的骑士。我们都会觉得堂吉诃德有些傻,说老实话他真的很可笑,是十足的缺心眼,他和风车搏斗,向狮子挑战,把羊群看作魔鬼,把妓女看作世上最贞节的女人,解放了一个奴隶,最后却被这个奴隶所讥咒。读者站在一个正常人的角度上观察一切,用世俗的标准衡量着堂吉诃德。读者在阅读的时候,是无动于衷的看客,是个局外人,居

想想我们为什么会把一本厚厚的书读完,绝不是我们要寻找书中的深刻思想,而是因为有趣,"寻趣之心"人皆有之。

高临下,心情愉快而轻松,远离愚蠢和可笑。我们以为自己一下子就读明白了这本书,这样通俗易懂的故事也许根本就不难理解,丝毫没有意识到在轻松有趣的外衣里面,还裹着一个深刻的内容。

就像读完一部长篇小说需要时间和精力一样,真正理解堂吉诃德同样需要付出一些代价,只有当我们耐着性子把小说读完以后,才突然发现原来很多事情并不像读者想得那么简单。不妨再回过头来考察一下作者塞万提斯先生的态度。与我们读者所理解的差不多,塞万提斯似乎也是以一种十分愉快轻松的心情开始他的小说创作。在一开始,堂吉诃德被作者处理成一个不折不扣的小丑,随时随地出洋相,到处洋溢着喜剧气氛。如果说在一开始,塞万提斯只是觉得他写的东西好玩,觉得他的小说可以让读者"解闷开心",是对一部伟大的作品不够恭敬,是歪曲甚至或诽谤,但是事实恐怕也就是如此了。读这本书,我最大的体会就是,作者开始时并不认真,他只是越写越认真,越写越当回事。很多伟大的作品都可能这样,在一开始,这是一本反英雄的小说,渐渐地却走向反面,又成了一本新的英雄小说。是写作本身让作家变得深刻起来,塞万提斯本来想说一个与英雄不相干的故事,他的本意是挖苦和调侃风靡一时的骑士小说,"这种小说,亚里士多德没想到,圣巴西琉也没说起,西塞罗也不懂得",而且"不用精确的核实,不用天文学的预测,不用几何学的证明、修辞学的辩护,也不准备向谁说教,把文学和神学搅和在了一起"。但是,正是因为这种漫不经心,传统的英雄定义被颠覆了,新的英雄概念又被作者重新定义。

　　好的小说，不需要"哲学家的格言"，不需要《圣经》的教训"。塞万提斯标榜的只是，描写的时候要摹仿真实，摹仿得越真实越好，越亲切越好。他以一种愉快轻松的心情开始说故事，说着说着，问题才逐渐变得严重起来。作家常常是通过写作重新认识生活的，塞万提斯创造了堂吉诃德，堂吉诃德不仅给他带来了写作的欢欣，更重要的是，还带来了思维的乐趣。换句话说，塞万提斯是通过写作《堂吉诃德》，才一步步地看清了堂吉诃德的真实面目，他写着写着，突然发现堂吉诃德与自己原来所设想的并不是完全一样。他发现堂吉诃德再也不仅仅是个滑稽可笑的小丑，而这本书的风格也不再是嘲笑声不断的轻喜剧。问题突然就变得严重起来，人物的性格也开始变得复杂。奇迹是在作家的写作过程中发生的，当塞万提斯重新回到自己写作的出发点，回到讽刺骑士小说的这个逻辑起点时，他突然发现小说的味道已完全改变。

　　写着写着，堂吉诃德已不再可笑，可笑的只是，我们竟然会傻乎乎地觉得堂吉诃德可笑。<u>我们在笑别人，不知道最该笑的却是我们自己。</u>事实上，只有当我们觉得自己可笑的时候，我们才可能"由于神手一指而突然得见天光"。喜剧最后成了悲剧，成了残酷现实生活的真实写照，塞万提斯突然发现原来最糟糕的一点，竟然是我们都不能理解堂吉诃德。<u>我们都没有意识到堂吉诃德性格中崇高的那一面，或许因为这种崇高不过是借助滑稽来表现的，大家稀里糊涂地便一笑了之。</u>在堂吉诃德身上存在着那种

　　认识自己可能比认识他人更难。但从另外一个角度来看，能够把自己全部看透的人实在有些可怕。看风景的人其实自己也成了风景的一部分，也是在被看，看与被看，笑与被笑总是那么辩证地存在着。

　　笑有轻松的笑，也有带着眼泪的沉重的笑，而在笑过之后，后者可能给人以更多的思考，黑色的幽默更有咀嚼的味道。

伟大的自我牺牲,而人们在不经意之间嘲笑的恰恰就是这精神。崇高往往可以让那些不崇高的东西原形毕露,就像我堂哥在他的那首诗中描写的一样,我们都是一些空空的躯壳,心灵枯竭就像泥泞的沼泽,没有正义,没有爱恋,没有力量,没有情感,空空的壳呵,像树下的一堆蝉衣。塞万提斯突然发现在一大堆没有灵魂的人中间,只有堂吉诃德是一个为理想而活着的人,这种人无论是在过去,还是在当时,以及在未来,都显得像濒临灭绝的珍稀动物一样罕见。塞万提斯突然意识堂吉诃德的可贵,他的可贵在于始终能有信仰,在于全身心地浸透着对理想的忠诚,从来也不准备放弃,虽然投入的是一场注定要失败的战斗,虽然无休止地陷入滑稽可笑甚至是屈辱的境况。

堂吉诃德的伟大之处,是通过笑声来表达一种思想。塞万提斯试图通过笑声,通过一系列的失败,通过种种磨难,表达人类在追求理想时的尴尬境遇,再现我们身陷的普遍处境。我们看到了崇高狼狈不堪的一面,也看到了崇高百折不弯的一面。我们终于在笑声中明白过来,为什么堂吉诃德不愿意放弃,而人类所以会有今天,艺术所以能达到这一步,恰恰就是这种不放弃。笑声和可笑之间有着很大的区别,这是打开《堂吉诃德》的钥匙,否则我们将无法解读这部世界文学名著。因此,这不仅是一部有趣的书,而且还是一部有着深刻思想的艺术作品。也就是说,它具备一部好书的两个基本要点,既要有趣,又要有思想。从有趣的码头启程出发,经过艰难跋涉,最后便驶入思想的港湾。艺术就是绕弯子,就是走远路。艺术就是追求那些不可能的事情,在某种意义上来说,艺术家都是堂吉诃德,我们的写作都是在和风车决斗,都是在和魔鬼较量。事实上,只有经过了痛苦的摸索,经过作家认真摩写,经过读者认真研读,重新回到起点的时候,我们才会有一种柳暗花明的感觉。没有这样的过程,省略了这样的劳动,就没有写作或阅读的快乐。

　　海涅给了塞万提斯非常高的评价,把他被尊为"现代长篇小说之父",认为他通过撰写一部使旧小说惨遭覆灭的讽刺作品,"为我们称之为现代小说的文学形式提供了一个光辉的范本"。塞万提斯太老了,他与莎士比亚同一年去世,生存年代与写《三国演义》的罗贯中和写《金瓶梅》的兰陵笑笑生相仿佛,那显然是一个十分遥远的过去。李杜诗篇万口传,至今已觉不新鲜,海涅眼里的现代小说,在我们今天挑剔的读者眼里,早就应该属于古典无疑,早就老掉牙了,早就老态龙钟步履蹒跚,但是我丝毫也不认为这些已经属于传统的东西,有什么过时和陈旧的地方,真正的艺术品永远都在散发青春光泽,只不过是我们视而不见罢了。

视而不见听而不闻的现象,又何止是面对艺术品呢?罗丹说:"世界上并不缺少美,而是缺乏发现美的眼睛。"只有练就一双慧眼,才能不再错过世上最美的风景。

徐老师

我是从工厂考进大学的。那时已经做了四年工人，是钳工，好歹也算有了点儿手艺。高考制度恢复，我们这些让历史误了一大截好青春的年轻人，一窝蜂都去考大学。

考大学就得复习功课。中学毕业考试，我们考数学是珠算，只学了加减乘，除法还没来得及教，轻而又松就算毕业。准备考大学，"复习"二字无从说起。得老老实实从头学。于是请了徐老师教我数学。

徐老师比较瘦，住在秦淮河边一排旧房子里，会拉小提琴和二胡，没什么家具，墙壁上是地方就贴着他临的古碑帖。

第一次见面的印象已不太深，只记得他很热情，很认真。我当时的志愿是报考数学系。这是个很有浪漫主义味道的选择。那年头有一个叫陈景润的书呆子像今天的电影明星一样走红，我很想在数学上与他一比高低。

不知道徐老师是否打算把他的学生培养成陈景润第二。他按部就班地教我数学，几乎是从中学一年级开始。作为一个名牌大学数学老师，即使对付我这么个志大才疏的初中生，他也没学会搭架子。一是一，二是二，他只知道认认真真地教。不会，教，

"珠算"最早见于汉代徐岳撰的《数术记遗》："珠算，控带四时，经纬三才。"被誉为中国的第五大发明。

安贫乐道的鸿儒气象。

陈景润（1933—1996），当代数学家，也是中国最早主张研制电子计算机的科学家之一。称其为"书呆子"，足见"初生牛犊不畏虎"的年少气盛。

何谓"师"？徐老师即是榜样：学高、身正、耐心。

燕子来时 ●

著名中学师生推荐书系

再不会,再教,还不会,还是再教。寓教于乐,诲人不倦。

我那时候的学习够得上"刻苦"二字。哥德巴赫猜想绝非那么容易就猜出来。考大学难免急功近利,难免盼望速成。俗话说久病无孝子,我对数学的感情说淡就淡。这山看着那山高。有一天我对徐老师说:"我不想报考数学系了,干脆还是考文科容易一些。"徐老师说:"只要你想学,报考什么都是可以的。"

于是我开始在应付文科考试上下功夫。准备了没几天,市工人大学招生,这是个机会,我糊里糊涂就报名应考,竟然高分录取,是热处理专业。徐老师说:"你怎么又要学工科了?"我十分为难,谁都向往名牌大学,工人大学的招牌似乎弱了些,然而那年头盼望能读书的人像正月十五的夫子庙,多得气都喘不过来。个人志愿和理想是一回事。有奶便是娘,捞着书就读却是另一回事。徐老师说:"工科自然要数学,我乐意继续教你,难道你真的喜欢热处理?"

我说我当然喜欢,毕竟是有书读了,一样发校徽,坐在明亮的教室里,远离工厂机器的轰鸣。我说,只要我想学,还怕学不好?徐老师似乎也赞成我的观点,含笑不语,点点头。

事实是第一天上课便让我感到忍无可忍。完全是为上学而上学,教室里叽叽喳喳,教师在讲台上信口开河,我可怜兮兮坐在那,横竖都别扭。下课铃声响了,男男女女,十分愉快地说着话。我感到很孤独,热处理这专业究竟和我有什么关系呢?别人的高兴愉快兴奋启示着我自己的选择出了差错。

世界近代三大数学难题之一,即发现"任何大于5的奇数都是三个素数之和"并证明。1966年,陈景润在对筛法作了新的重要改进后,证明了"1＋2"。

语出《吕氏春秋·先识览·观世》,比喻对自己目前的工作或环境不满意。

比喻贴切,即使吾辈未经历过恢复高考时的盛况,也能从赶庙会的感觉中体会到那时的"艰辛"。

是不是有朱自清《荷塘月色》里那句话"热闹是它们的,我什么也没有"的味道?

117

我终于又对徐老师说不打算再学热处理。徐老师脸上流露出一些惋惜之情，他不是在乎我放弃了一个读书的机会，而是觉得太不应该三心二意。无论学什么，三心二意是最大的敌人。徐老师没有责怪我，责怪又有什么用呢。我重新开始准备参加高考，考文科，离考期只有一个月的工夫。信心这玩意已经打了折扣，我后悔得恨不能去买几帖药吃吃。徐老师仍然指导我复习数学。考文科，数学这门功课并不太重要，我也不可能在数学上下太多功夫。徐老师只是耐心认真地教我，绝不含糊，他用他的认真和耐心感染我。他老是让我感到一种无形的压力。这无形的压力，就是你必须认认真真一心一意。

　　考大学已是二十几年前的旧事。我依然还没改掉三心二意的老毛病，但是，至少我还能经常想到徐老师，想到他那诲人不倦的认真态度。徐老师教给我的数学知识早就忘得差不多，他当年留给我的那种无形的压力，却让我终身受用。

旧式的教师

1

汪静之的名声靠写诗得来的。当年西子湖畔，几个青年凑在一起写情诗，哥呀妹呀地乱写了一通，很有些清新气息。他们曾遭到一批守旧人士的批评，一批评，名气反而大了。汪静之出版了一本诗集《蕙的风》，是地地道道的情诗，老夫子看起来有些诲淫诲盗，但是胡适之和周作人，这两位新文化运动的健将，都出来说好。

汪静之又写了一个短篇《北佬儿》，内容是一个贵人的姨太太，在被土匪的强奸中，突然有了性的愉快。这小说引起的风波更大，汪静之一时有色情作家之嫌。结果汪静之的名气越来越大，他是在浙江读书的，读的是师范，毕业出来就是老师，因为颇有名声，很多学校都聘他教书。

汪静之受聘去一女子中学教书，女子中学的女生们久仰诗人大名，又知道在写性方面极大胆，纷纷去车站接他，无不盼着先睹为快。想象中的汪诗人，一定浓眉大眼，是身高七尺的伟丈夫。女学生们踮脚等了半天，望穿秋水，汪开玩笑似的不肯出来，只好大失所望回学校。回了学校，有一位眉清目秀、又

汪静之（1902—1996），现代文学史上最早的新诗团——湖畔诗社的缔造者之一。一生淡泊名利，以教书为生。《蕙的风》，1922年出版，收集汪静之诗作33首。其内容对于当时封建礼教具有极大的冲击力，在我国文艺界引起了一场"文艺与道德"的论战。

语出《易·系辞上》，意指引诱别人做奸淫、盗窃的事。此处除有调侃之意外，更多的是敬佩之情。

瘦又小的男人等在门口,虽然穿了长衫,却是张孩子脸,笑吟吟地看着垂头丧气归来的女学生,也不说话。隔了半天总算弄明白,女学生吃了一惊,原来盛名之下的汪诗人,竟是这么一个模样。

汪静之作为一个中学教员极有特色,一度曾享盛名,但是熟悉的老朋友并不认为他就是个好教师。他是个诗人,做教师并不称职。他的国文课教得实在一塌糊涂。教学大纲约束不了他。按规定应该教一个星期的课文,到他手上,七说八说,四十分钟就没词了。没了词课还得上,他只好随便凑些文坛掌故来骗学生。学生听来自然有趣,然而该学的东西,在有趣之中不知不觉地就没了。

最有趣的是为学生讲《诗经》,讲义上的篇名都是印在诗后面的,他也不认真看,因此前一篇的篇名都当作后一篇的教给了学生,学生觉得不对头,知道他是个大诗人,又不好意思问。有时实在牵强不下去,他也会生气地说:

"原来古人起标题,也有不通的地方。"

汪静之太像诗人,心血来潮,课文便撂在一旁,和学生讲自己的诗,诗人都觉得自己的诗好。觉得自己诗好,前提是别人的诗不好,别人的诗不好,就得挨骂。这一骂,脾气和情绪也坏了。学生花钱来念书,接受中学教育的目的是长些知识,结果上课听汪诗人发牢骚,下课学汪诗人的样子去写诗,一个个疯疯癫癫,诗自然没一个写像样的。老作家曹聚仁是汪静之的朋友,朋友归朋友,他对汪静之教书的评价很不客气,说他教书是误人子弟。

像汪静之这么糟糕的中学教员极多,像他这样

诗人的随性与老师的严谨确实格格不入。

燕子来时

著名中学师生推荐书系

120

有名气的诗人，非常容易成为青年学生的偶像。平心而论，在新诗的长河里，汪静之的诗还不算太坏。更可笑的是，当年的中学教员中，许多自以为诗人的人，诗写得和他们的教书一样糟糕，竟也一样成了青年学生的楷模。

老作家张天翼念中学时就遇到过这么一位偶像，这位中学教员诗写得不像话，却比诗人更像诗人。他自以为是天才，感情泛滥得怕人，能够为了失恋，十分勇敢地自杀三次。为了无名的孤坟，为了一只僵硬的蝴蝶，为了一条冻死的赤链蛇，能够哭哭啼啼地哼上半天。张天翼因为这位老师发表过作品，对他佩服得不得了，常常请教写作问题。诗人便天南海北地乱说一气，并且一本正经领着张天翼去看医生，因为这诗人坚信诗人都是天才，而天才都是神经不正常的。

医生的结论是张天翼神经没有毛病，诗人兼中学教员大失所望，为张天翼没有写作天才深深惋惜。

张天翼（1906—1985），中国现代作家。代表作有童话《大林和小林》《宝葫芦的秘密》等。他的童话在儿童文学史上占有重要地位。

2

中学教员中有位叫夏丏尊的，今天的中学生，很少有人知道。夏先生逝世后，朋友写了不少文章纪念他，并且用文章的稿费作为奖金，奖给在中学教育方面有贡献的教员。这笔奖金原来的数目还不算小，正赶上建国前夕物价飞涨，货币贬值，奖金终因太不值钱而失去意义，只发了一年便作罢。

夏先生作为中学教员，最值得传世的，是他的认真精神。"认真"二字说说容易，如果真像夏先生那

夏丏（miǎn）尊（1886—1946），名铸，浙江绍兴上虞人。文学家，语文学家，出版家和翻译家。

深有同感，比"认真"更不容易的是"坚持认真"！

样,恐怕就极少了。

五四时期,中学生动不动就搞学生运动,颇有些造反精神,因此中学教员对学生不仅头疼,而且要做些策略上的让步。当年浙江的上虞县白马湖畔,有一所名声极响的春晖中学,许多大名鼎鼎的人物,如朱自清、丰子恺、朱光潜、李叔同,都在这所中学教过书。夏丏尊是学校的舍监。有一次,孔子的诞辰将到,学生打听到学校并不准备放假,便组织起来向夏先生提出申请。大家都知道夏先生这人死脑筋,不大好说话,挖空心思搞了个申请书,写得理直气壮,写好后,又学着江湖上的办法,画了个圆圈,顺着圆圈签名,心想这样一来,夏先生就不知道谁是领头的。

夏先生看了申请,心平气和地说:"我研究过了,认为没有放假纪念的必要。孔子不愧是位学者,但世界上学者太多,仅儒家还有孟子、朱熹、王阳明等。即使减半或一小半,恐怕要每天放假也不够了。"

负责送申请的学生,是个有名的"造反派",他利用同学们都想乘机玩一天的心理,十分强硬地说:"这不是我个人的意见,这是众人一致的要求。"

夏先生说:"不管个人或众人,要纪念,各自请假一天,学校按平时事假处理。绝不出布告放假。"

送申请的学生无话可说,悻悻而回,对等着消息的同学说:"夏木瓜不答应,明天就是不上课,看他怎么样?"

"夏木瓜"是学生送给夏先生的雅号,由此可见学生对他又恨又怕。到晚上自习课,夏先生召开了

燕子来时

著名中学师生推荐书系

绰号形象至极。此"木瓜"非彼"木瓜",而是"榆木疙瘩"和"呆瓜"的简称。夏先生固执不通的性格跃然纸上。

一个会,在会上,夏先生语重心长地说了一通:"孔子的学说,被中国封建帝王抬到了异乎寻常的高度,使中国落后不进步。现在帝国主义者也想用这些学术来灭亡和统治中国。五四运动的目的,就是要唤醒人民不要上当……今天的事使我感到痛心。你们太胆怯了,签字还要画个圆圈,现在讲民主,学校决不压服你们,但你们也不能强迫学校放假。现在重申学校不放假,你们要纪念的,各自请假一天,有什么了不起。"

第二天上午,绝大多数同学照常上课,下午那少数的同学也去上了课。最后一节课时,那个送申请的学生也去了。据夏先生的弟子讲,夏先生凡事以身作则,身教重于言教。他要求学生做的事,自己一定首先做到。他要求学生写文章时,构思要认真,字体要端正,卷面要整洁,而他自己批改作文时,在这些方面都是表率。每篇作文后面,都有夏先生的一段评语,认真到了不能再认真的地步。有好的,便用红笔圈点,有时还在圈点之处加上眉批,说明好在哪里,妙在何处。有不好的,老实不客气地圈出来。错字发现了,不但指出,还在空白处打一红方框,让学生自己去改,因为只有这样,才便于记忆。

这种严于律己的教学方法,也为今天一些优秀教师所继承和发扬。夏先生的教学,始终给人一个十分严格的印象,他的学生回忆说,同学们所以见他害怕,主要是那得理不饶人从来不敷衍了事的脾气。有一个例子似乎很能说明问题。夏先生上课时,讲话的速度常常逐渐慢下来,终于最后停顿,眼睛却牢牢盯着某个地方,跟着眼光的方向看过去,准能发现有同学思想开小差，或者做什么小动作。这种"此时无声胜有声"的训斥，实在厉害，因为他实际上是带领其他同学一起指责错误，这是一种无形的压力，难怪学生会说：

"其实夏先生从没有呵斥过我们——可是他的眼睛好像透过了我们的骨髓……"

3

学生的感悟贴切，夏先生在教书育人两方面均"过硬"，让我们再一次领略了他的认真与严格。

一日为师，终身是父，可谓恩师的活写照。师父这个词，我们已经习以为常。凡是有文化传统的国家，尊师之道十分自然。

章太炎（1869—1936），清末民初民主革命家、思想家、著名学者，研究范围涉及小学、历史、哲学、政治等等，著述甚丰。

章太炎先生是清末民初的大学问家，桃李满天下，他的弟子中，有成就的太多。如名教授黄侃，钱玄同，马幼渔，许寿棠，还有鲁迅和周作人兄弟俩。1932 年，章太炎北上讲学，在北京的弟子一个个已名成功就。由于章太炎乡音极重，估计到多数学生听不懂，已是名教授的钱玄同和刘半农自告奋勇做翻译，一个口译，一个用粉笔在黑板上笔录，一丝不苟，毕恭毕敬。坐在下面听讲演的学生，见自己的老师现身说法，说不出的佩服和敬重。钱玄同当时是国文系的主任，章太炎去他所在的学校讲演，钱扶上扶下，执弟子礼甚恭。北京报界纷纷报道此事，一时传为美谈。

钱玄同（1887—1939），中国现代思想家、文字学家、新文化运动的倡导者，提倡文字改革，参加拟制国语罗马字拼音方案，台湾地区沿用至今。

现实中的尊师与否，确实与老师的"本事"挂钩。

尊师是人们津津乐道的事。对老师不恭敬，无论谁都会觉得应该打屁股。但是中国的尊师，很容易流于形式，如果老师本身没什么了不起的，学生虽然做出了尊敬的样子，仍然免不了沽名钓誉。为人师者,占了年龄和知识上的便宜,摆一点架子很近情理,但是真正得到名副其实的敬重,并不容易。

《幼学琼林》中便有这样的句子:"弟子称师之善教,曰如坐春风之中;学业感师之造成,曰仰沾时雨之化。"做老师的须善教,善教,然后有弟子的学业之成功。为人师表不是桩玩笑。做老师有时很容易,可是像样的老师并不好做。

丰子恺先生一谈到自己的恩师李叔同时,总是充满感激之情。李叔同给人有大才子的印象,在浙江师范做教师时,他教音乐和美术,可是他的国文比国文老师好,外文比外文老师好,他的书法全国闻名。在浙江师范,李叔同可以拿许多个第一名。他是中国第一位画裸体画的画家,第一批演文明戏的演员,他演"茶花女"中的茶花女,戏剧史上必须提到他,他也是最早介绍西洋音乐的人,当年流行的《祖国歌》就是他谱的曲,电影《城南旧事》中的主题歌,是他根据一首英国名歌曲谱重新填的词。然而李叔同从来不恃才傲物,他做别人的老师,不是靠自己的才华折服人,而是以身作则,处处严于律己,用实际行动教育弟子。

丰子恺先生后来才专攻绘画,最初是绘画和音乐双管齐下。丰子恺讲李叔同上音乐课,总是穿得整整齐齐,绝对不可能迟到,他一向是以自己的认真来迫使学生不得不认真,丰子恺习琴,每弹错一次,李就回头看他一眼。丰子恺曾说过,他对这一看比什么都害怕,比校长的一顿训话更有效更感动。在后来做人的漫长生涯中,丰子恺每做错一件事,便能想到李叔同回头的那一看。夏丏尊先生做舍监时,

《幼学琼林》是中国古代启蒙的儿童读物,作者为明末的西昌人程登吉。此书内容包罗甚广,涉及天文、地理、人事关系等,甚至神鬼之说。

文明戏,又称新剧,中国早期话剧,20世纪初曾在上海一带流行。演出时无正式剧本,可即兴发挥。

言传身教是中国人的教育价值观,其以身示范的效果明显。南朝时范晔的《后汉书·第五伦传》说:"以身教者从,以言教者讼。"一"从"一"讼",身教明显优于言教。

常为管不好学生而苦恼。李是夏的挚友,他劝夏和学生约法三章,学生如不听他的话,便自杀谢罪,这样,学生一定全听他的话。夏先生说,学生很可能不听劝说的,难道我真的自杀。李叔同很认真地说:"当然,你无信用,还想让学生听你的话吗。"

李叔同音乐方面的传人是刘质平。刘以后在音乐方面的造诣相当高。他出身贫寒,留学日本时,经济没来源。李叔同知道后,很认真地给刘写了一封信,细报自己的收入,然后一一说出支出款项:"现每月收入薪水百○五元,出款,上海家用四十元(年节另加),天津家用廿五元(年节另加),自己食物十元,自己零用五元,自己应酬费买物添衣费五元。如此正确计算,严守之数,不再多费,每月可余廿元,此廿元即可以作君学费用。将来不佞之薪水,大约有减无增,但再减去五元,仍无大妨碍,自己用之款内,可以再加节省,如再多减,则觉困难矣。"李后来出家做和尚,成了高僧弘一法师,尘心既断,临出家时,还备了一大笔款子,供刘读书至毕业。款未凑齐时,李写信说:"此款倘可借到,余再入山,如不能借到,余仍就职,至君毕业时止。"爱生如此,似乎已趋于极端,然而不爱护学生,又何以谈尊师。

读来令人佩服得五体投地。身教者甚至于"自杀",其模范作用定深孚众望。

李叔同的自律和关爱在这些似乎冷冰冰的数字中流泻出来。

燕子来时

著名中学师生推荐书系

闲话刘恒

刘恒的本名叫刘冠军,我有一次曾问过刘恒,是不是故意起了一个皇帝的名字,因为汉文帝就叫刘恒。

刘恒写东西很玩命,有一段时间,他喜欢躲起来写东西,靠吃方便面打发写作时的饥饿。他曾经是个了不得的烟鬼,一天要抽两包烟,记得常抽的是牡丹。刘恒戒烟是个很有趣的故事。有一天,刘恒打了一个长途电话给我,先是一个劲儿地问我身体怎么样,然后告诉我,他现在的情况很不妙,胸口觉得闷,请一位气功大师看,说是他的肺里有个黑的阴影,他不太相信,去医院透视,果然是个黑影。于是紧张了,去拍片,黑影依旧。

这一下,把刘恒吓得不轻,胸口闷得更厉害,又去做进一步检查。给我打电话时,进一步检查的结果还没出来,但医生已让他做好最坏的打算。那天的电话谈了很长时间,刘恒有那么点万念俱灰,心思重重语无伦次,反反复复地要我保重,我只得在电话里笨嘴拙舌地安慰他,让他赶快戒烟。刘恒说:"操,都到了这份,烟哪还敢再抽!"终于最后的论断出来了,证明是虚惊一场,这场虚惊的好处,是刘恒真的就把香烟给戒了。

刘恒曾是一个很瘦的作家,高高的个,一脸苦

刘恒,当代"中国第一编剧"。其作品偏重写实,对中国农村情况与农民生活有深刻的了解,擅长心理分析,以各类人物灵魂的骚动展示人性的本相,从原始欲望出发探求人的命运。

人往往会到了绝境或者意识到绝境时才会奋发,会挣扎,会拼死抓住自认为的那最后一根救命稻草,更会激发出无尽的潜能。

其内容关注最低的生活欲求,是20世纪80年代末新写实小说的代表作之一。

怀才不遇的不满与无奈。我们有理由相信,当年的作者和刘恒在发牢骚的同时,已经着手干事业了。

《菊豆》是第一部获得奥斯卡最佳外语片提名的中国电影,具有一种希腊悲剧般的力量,在十年的时间跨度中展现了三代四人之间剧烈的情感冲突。改编自刘恒的小说《伏羲伏羲》。

燕子来时 ●

著名中学师生推荐书系

相。现在的刘恒已经开始在横里长,最直接的原因,我想大概就是因为戒了烟。我刚认识他的时候,他正在《北京文学》当小编辑,虽然已发表了成名作《狗日的粮食》,但是人还没红火起来。当时他的处境和我非常相似,都是发了些东西,稍稍有些反响,有那么几个人叫好,然而在文坛上并不走运。他向我约稿,我的稿子正好难以发表,迫不及待地就给了他。结果没多久稿子又完璧归赵退给我。退稿中夹了一封他的信,信中对我大发牢骚。这封信我至今还保留着,因为这种牢骚恰恰是我们共有的。当我们不被人承认时,除了发牢骚,还能干什么别的呢?让我感到震惊的,是刘恒在信中流露出的那股愤怒,这种愤怒只有在他那些充满杀气的小说中才能偶尔见到。

刘恒真能吃,在我熟悉的作家中,刘恒的胃口是最大的。有一年在上海嘉定开笔会,是告别宴席,丰富得让人眼花缭乱,一桌的上海人都不能吃,吃到一半,刘恒小声地对我说:"兆言,怎么这桌,就咱俩在吃?"果然细腻的上海人都盯着我们看,因为我们实在太能吃了,仿佛饿了好几天。今非昔比,我自己在吃方面也堕落得细腻起来,而刘恒却胃口依旧。几个月前,王朔夫妇在一家韩国馆子里请客,我和池莉,包括王朔夫妇,都有些细腻,唯有刘恒像狼似的,胃口好得让人眼红。

刘恒是个实实在在的好父亲,朋友之间议论起来,一致这么认为。张艺谋在安徽拍《菊豆》时,刘恒去拍摄现场路过南京,我陪他去夫子庙,玩得好端端的,刘恒突然想起儿子来。是真的想,他指着手表,告诉我他儿子现在正干什么,表情极度严肃和诚恳。他承认自己一天不见儿子心里就不踏实。

有一次我去北京,在他房里和他说着话,儿子突然蹒跚着来到我们面前,自顾自地玩着什么,刘恒立刻站起来,哈着腰,深情地看着儿子,非常肉麻地呼唤着:"儿子,儿子。"他那宝贝儿子爱理不理,而刘恒却极有耐心,一声接一声喊个不歇,完全把来访的朋友置之度外,直到他妻子把孩子抱走,他才好像突然醒悟过来,不好意思地笑了笑,继续和我谈话。

刘恒身上常常会有那种过人的实在,那是一种<u>典型的北方汉子的纯朴</u>。记得就是那次去他家,出来时,已经很晚,他坚持要送我,结果骑了辆自行车,活生生地送了我一半的路程。从我祖父家到他家有很长的一段距离,去过北京的人都知道,那是个大得让人感到累的城市。

刘恒的红火当然跟影视分不开。这是个怪圈,刘恒常常向我抱怨,然而又陷入其中不能自拔。影视有它不可回避的超人诱惑,它深受群众喜欢,容易挣钱,而且太容易成名。人在江湖,不由自主,事实上,在大量的搞影视的青年作家中,真正像刘恒搞得这么好的也不多——刘恒除了小说写得好之外,现在已是货真价实的名编剧了;这一点已经得到电影界权威人士的承认。

一个词,一个人。作者在记述刘恒往事之际,字里行间流泻的正是这个词——"纯朴"。刘恒的生活和我们大多数人都一样,平凡而充实。下文的"抱怨"和"不能自拔",不正是其人"纯朴和易"的写照吗?

大桌山房

俗语有云："乱世藏金，盛世收古。"收藏有其独特的文化韵味和经济价值。一个"玩"字，体现了盛世之下百姓们生活的和乐。

高欢，南京古歌博物馆发起人，1996年《纽约时报》封面人物。

迈克·泰森，1966年生，美国人，曾获世界最年轻重量级拳击冠军。

中国人往往用所谓的"价值"来评价事物。例如前些年，法国人做的"无聊"调查：在20个受调查国家中，中国人对于物质的热衷度远高于其他国家。有71%的中国人表示，将根据自己拥有东西的多少衡量个人成功。

盛世玩收藏，五个字里很多意味。盛世自然不用解释，爱怎么想怎么想，一个玩字，五花八门千奇百怪。我对玩收藏一向不当回事，常有人跟我卖弄，去哪淘到什么宝贝，哪朝哪代，北京潘家园捡了个漏，南京朝天宫得了个宝，仿佛真赶上买彩票必中的盛世，到处遇上好东西。

天下哪有那么多好事，碰上这种人就想笑，我有个叫高欢的哥们，收藏丰富，拥有的好东西之多，与那些三脚猫相比，仿佛拳王泰森站在拳击场上，看一个三岁孩子挥着棉手套，天真地要跟自己叫板。

都说现如今的黄花梨按重量卖钱，和民间的俗人一样，我总忍不住要用银子来衡量事物。说老实话，直到现在，也不明白什么叫黄花梨。有一次在外地玩，到场诸位都有头有脸，突然谈起了收藏，又议论附近的古玩市场，说某家有好玩意，很多人过来淘宝捡漏。于是酒足饭饱随大流赶过去，走进一家神秘店面，溜到布帘后头，拿出了一样样小东西，其中有张小凳子，造型古朴，都说是黄花梨，就听见热热闹闹一番叫好，夸夸其谈绝对是真，一说真似乎就假不了。当场砍价，喊得高，砍得也狠。瞄一眼赶快往外走，心想这么个玩意，请回去也只能搁个花瓶，不值得一惊一乍。

高欢有张黄花梨大桌子,得十几个人才能搬得动,如果要按重量算钱,我算不过来。桌面是整张的,厚度一只手量不了。有多长不好说,就说那个宽吧,一个大男人趴上去正好。那根本不是张桌子,是东北人家的火炕,给人的感觉就是,十多张老板桌并排放,可以坐下来召开军事会议,讨论乌克兰的克里米亚前途。

不管是"大男人趴上去"、"火炕"还是"军事会议",读来具体形象。

始终想不明白,明朝人弄这么一张大桌子干什么。这大家伙完全邪门歪道,不符合常理。晚明人弄小品,他生未卜今生休,尊崇唐宋八大家古文,写点小文章,有张普通的写字桌足矣。唐伯虎画美女,文徵明写行书,八大山人苦苦吟诗,都不可能想到天下还会有这样的玩意。

语出李商隐《马嵬》:"海外徒闻更九州,他生未卜此生休。"原为嘲讽唐明皇杨贵妃爱情之句,此处承接上句,讽明人"不合常理"。

反正故宫是见不到这样的大桌子,皇帝他老人家肯定不会喜欢,它更像《金瓶梅》里的物件,是小说家写出来蒙人的,现实生活中竟然真有,你不能不目瞪口呆。艺术高于生活,还是生活高于艺术,不好说。高欢是我几十年的老朋友,说起这大桌子也有些不明不白,它肯定是明朝的,从海外用船运过来。

小说以虚构见长,故曰其"蒙人"。看来这大桌子确实震撼了作者本人,看了又看,还不确信其为现实中物。

高欢为大黄花梨桌子盖了个大房子,又索性造一个庄园,取名为大桌山房。还把几十年的收藏转移过来,据说当年搬家,光好东西足足装了六卡车。一转眼,认识高欢三十多年,标准的老友。这年头,套近乎称老友的很多,标准二字真不能随便用。

诚如作者言,"标准"不可多得。环视身边"友人",能有几个"标准"?且行且珍惜。

很多年前,在他家聊天,他突然拿出一把剪子来,要给我剪头发,为什么会有这一幕,年代太久,已记不清。或许是去理发店,看到人太多,就跑到他家吹牛去了，反正两家挨得近，一抬腿就到。他那时还跟父母住在一起，有一间自己的小房间，到处堆放着东西。必须要说明的是，那些乱七八糟玩意，基本上都是有品味的文物，他的烟灰缸，他的垃圾筒，全都是艺术品，都可以拿出去拍卖。

用剪刀理发是卖弄功夫，不是那种艺术家的长发飘飘，那可以乱来。是简简单单小平头，头发一般长的寸头，用推子推，不稀罕，他是用剪子剪，上下左右一样齐整，这就厉害了。我是不相信，他想做的就是要让我相信。一边剪，一边还跟我聊天，最后一照镜子，完活。也没弄得到处都是头发，在一个狭小的空间，谈笑间，居然剪好了，很满意。

语出李白《草书歌行》："古来万事贵天生，何必要公孙大娘浑脱舞。"意指天赋。

玩艺术的人必须手巧，古来万事贵天生，熟能生巧只是一方面，他不是剃头的，或者说根本没在理发店待过。他只在照相馆工作过，我一帮朋友中，高欢是最聪慧的一个，画画，做雕塑，搞刊物，编报纸，玩过的门类太多。一开始是玩油画，却为我刻过图章，印象中，似乎什么都干过，什么都能干，不怕事，敢折腾。养过马，想当年，他是南京最有名气的马场老板。玩艺术的人按理都该心无旁骛，专心自己的门类，就像传统基督教一样，结婚讨了老婆，就得一心一意终身厮守。高欢的人生不是这样，他的活法，是首先让自己变成艺术。

"艺术"带给人审美的愉悦，此句赞赏了高欢其人与众不同的生活样貌，已成为"艺术"的代名词。

高欢有一点跟我相似，就是别人说起我们，总要跟上人连带在一起。这种捆绑让人无话可说，很不舒服。我到哪都是谁的孙子，他呢，人家要介绍，必定是谁的公子。因此这篇文章，没必要再强调高欢父亲是谁，是多著名的画家。当年我们认识，几个画

燕子来时◉著名中学师生推荐书系

画的，几个写东西的，因为家庭出身，常被讥为没出息的八旗子弟。别人眼里，我们都属于那种带有贬义的"二代"。谁人背后没人说，谁人背后不说人，我们好像也不在乎，当然事实上，心里还是蛮在乎的。

前天去大桌山房，高欢让我看最近画的一组画，厚厚的一大叠，是真画得好，一起去的速泰熙一边看，一边赞赏。然而最让人感慨的还是，说如果老爷子还活着，能看到这些画，多好。我也是，过去很多年，写一堆书，如果父亲还活着，看了会多高兴。

高欢为庄园起名"大桌山房"，道理很简单，喜欢这大宝贝大桌子。不是因为黄花梨，不是因为值银子，是因为它的独一无二，因为它的霸气。所谓庄园，不是土豪豪宅，就几间平房，不过有些特色，无非是些文化。当初花不少心血，一转眼，做了许多年庄主。

早听说有人要撵高欢走，早听说他已成了钉子户。这是个让人哭笑不得的消息，我查了网上文章，当初十足的正面报道，言犹在耳，标题是"艺术家高欢卖掉房子在南京建博物馆"，卖掉房子是指南京的住房，博物馆就是"大桌山房"，又名"古歌博物馆"。

当时晚报文章上还有这样的煽情文字，"捐出半生收藏，在南京开建首家艺术类私人博物馆"。这全然是个义举，也是所有玩收藏的高人必然之举。再好的东西都是身外之物，玩大了都是国家的，收藏者大不了也就是个看管人的角色。收藏家目的很简单，愿聚不愿散，百年之后，个人总会灰飞烟灭，这些宝物由于有心人的照料，才得以流传后世，传递历史的声音。因此，高欢不惜要借用"古歌"这看上去有

犹今言之"某二代"是也。冠之以"没出息"，是被"一竿子打死了"。

速泰熙，1943年生。著名书籍装帧艺术家。

啥时候我们的价值观由"文化值几个钱"变成"钱值几个文化"就好了。

馆名"古歌"意为"古物无声，却可以传达心灵之歌"。作者后文以"斯文"二字评点其名，意指"涵养"。

点斯文的两个字。

然而说搬就让搬走，当初高高兴兴来，皆大欢喜，没想到说变卦就变卦，该翻脸立刻翻脸。就在庄园旁边，一家大的国际化酒店已准备动工，工人居住的活动房正源源不断搬过来。我曾跟有关领导提过这事，人家觉得这根本不是事，大局谁也不能改变，叫你走只好走，树挪死人挪活，换个地方不就行了吗？规划永远赶不上变化，谁都知道安居乐业最好，谁都知道政府最大文件中有"不折腾"三个字，在一个讲究利益最大化的时代，开发乃头等大事，发展和创新有时候会成为最大的不讲理。

留得青山在，不怕没柴烧。都说好女不愁嫁，此处不留爷，自有留爷处，但是高欢跟我同岁，毕竟也是五十好几，重新选地，重新设计，重新这重新那，想想都让人不寒而栗。秀才遇到兵，文化人遇到不文化，还能怎么办呢。

高欢妻子喻慧，现如今南京最好的女画家之一，写文章说在庄园里种了五十棵海棠。我太太看了很吃惊，五十棵垂丝海棠，花开依旧，多么壮观的景象。一向喜欢海棠，前几年种过两棵，没很好照料，花开两年死了。想到高欢处于危急之中，趁火打劫之心顿生。他好东西太多，六朝的文物，唐宋元明清的国宝，不敢有觊觎之心。眼见着雨疏风骤，割爱挖棵海棠，巧取也罢，豪夺也罢，让他们先痛一下。

3 月 21 日下午，春分时节，在大桌山房，海棠花似开非开，高欢赠画一幅，大喜望外，这是更应该记录的一件妙事。

当"民生"遭遇"发展和创新"，还是以大局为重。作者此句倾向性明显，足见其"在随性的调侃中扬人文关怀"的为文特色。

燕子来时
●
著名中学师生推荐书系

记李先生

李先生不属于老派的人，年龄不能算，作风也不能算。称李先生，是江南人喜欢这么称呼文化人。文化人是个大概念，可以学富五车，可以只读几本书，更可以什么书都不读。李先生上中学，课堂上读到祖父的《多收了三五斗》，老师让写读后感，他洋洋洒洒写了一篇，结果大获好评，当作范文在课堂上念了一遍。好像还产生一些别的影响，同学中引起一阵不小骚动，李先生就想，为什么不把读后感寄给原作者看看，于是买了邮票，将作文寄给祖父。祖父是个很认真的人，有信必复，照例为他改了一下，指出错字，纠正病句，认认真真回答问题，说一番表扬和鼓励的话。

隔了没多久，李先生突然心血来潮，不愿意再读书，冒冒失失地出现在北京。自从与祖父通信，他变得好高骛远，已没情绪继续在学校里待下去，一般人最多只是想想而已，他却浪漫得毫不含糊，说走人就走人。他希望祖父能为他在北京安排个工作，最好安排在祖父身边，并且觉得这事很容易，打个电话就能解决。这是个让人哭笑不得的事情，国家机关又不是谁个人开的，想进就进，想干什么就干什么。对于一个固执的人，有些道理绝对说不清楚，但是毕竟关系到一个人的前程，因此只能好言相劝，仔细解

"先生"之于"大兄弟"，是南方的细腻与北方的粗犷不一样的文化韵味。

不读书可以称其为"文化人"？读者的兴味便油然而生了吧。

指作者的祖父叶圣陶先生。

释,加上说一些大道理,然后为他买张回程的火车票。

这还是"文化大革命"之前的事情,李先生回到自己所在的那个小城市,是继续读书,还是就此开始工作,我弄不太明白。总之,他经常和祖父通信,即使在运动最激烈的那些年头,仍然保持着联系。他成了一名中学教师,还会画几笔画,70年代初期,他的一幅画参加过省里的书画展览,画了一群猪,标题是"猪多,肥多;肥多,粮多"。我没去看展览,只是听他说起,有一天,他匆匆地赶来,很高兴的样子,脸色红润,眼睛放光,说了一气他的画,又匆匆地走了。显然是一幅宣传画,我觉得这很有意思,那年头的书画展,要写字,大多是毛泽东诗词,要不就是毛主席语录,相比之下,我更愿意看看那群肥猪画成什么模样。

"文化大革命"后期,李先生又去了北京。他有很严重的晕车症,乘车意味着受罪。记得是安排睡在客厅里,离他很远放着一个冰箱,晚上睡觉老用枕头蒙着头,后来才知道是害怕冰箱的声音。冰箱启动会让他产生一种飞机从头顶上掠过的感觉,还会让他想到晕车。李先生天生了一副读书人面孔,描述任何一件事情都一本正经。他读的书不算多,知道的事也不多,而且不擅于言谈。如果和他开玩笑,他一定当真,所以谁都不敢和他随便瞎说。堂哥三午知道一些上层的皮毛,来往朋友中颇有一些纨绔子弟,细下里喜欢议论,那年头北京的年轻人和现在一样喜欢小道消息。李先生最喜欢听,一听就来劲,听什么都当真有其事,眼睛一眨一眨,永远怅然

"更愿意"三字,显然把时人对更"有趣"的事物的追寻表现了出来。

燕子来时 ◎
著名中学师生推荐书系

"八卦"乃人之天性,更何况住在"皇城根子"下的百姓。政治绝不只属于一小撮人,它就是你的衣食住行,你的柴米油盐。作者将政治动态换成"小道消息"一词,颇有调侃味。

大悟。

来了北京，总应该出去看看，起码形式上要这样。李先生不能坐车，大家都为他急，近处可以步行，去郊外就是大问题。我那时中学刚毕业，自报奋勇要陪他，祖父有些担心，但是除了我，还真找不到其他人来胜任这项工作。于是挑了个好日子，风和日丽，揣着祖父给的旅费，兴冲冲上路。那年头北京车少，过动物园，差不多就是乡下，马路边是高大的白杨树，骑很长时间才能到达颐和园。我是刚学会骑自行车，有用不完的力气，倒是他觉得有些疲倦，说居然这么远。和李先生出门郊游很无趣，他没什么话，而且也不喜欢玩。

临走，跟祖父要张字是免不了的，祖父抄了一首诗给他，是自己的，还是毛主席他老人家的，已记不清，只记得我在一旁牵纸，他在一旁看，一边看，一边称赞。后来就裱了起来，给他的儿子做背景，拍了一张照，自题了"后继有人"四个字，感觉良好地寄到北京来，当时大家都把这张照片传着看，都笑。"文化大革命"很无聊，也很寂寞，有这么个小插曲乐一乐，真不是什么坏事。那是我在北京待的最长的一段时间，差不多整整一年，这一年，我明白了不少事，是个人成长中很重要的年份。

1986 年秋天，我在出版社当编辑，与父亲共同张罗了一个小笔会，请汪曾祺、黄裳、林斤澜来江苏一游，路过李先生所在的那个城市，不知如何被他探听到消息，火急火燎赶来了，我们去那，也跟着去那，还是晕车，我们的汽车在前面开，他便骑着一辆破自行车在后面拼命追。虽然已是一大把年纪，追星的心

"笑"字意蕴深厚。用现在的话来说，"李先生"是"有性格"的，是另一种"不与世俗同流合污"。

第二单元　人物闲话

137

思丝毫不比年轻人逊色,他孩子气地盯着汪曾祺要字,盯着黄裳要字,还硬逼着林斤澜写篆字,终于达到了目的,这才心满意足地离去。

谈了李先生那些个小事,无不让作者感慨。"李先生"这样的平凡之人,甚至没读过什么书,而作者却冠之以"先生"二字而绝无调侃之味,因之"有性格"不是哗众取宠,而是发自内心的真性情,无怪乎作者称之为"可爱",与之"可交"。末句,遗憾之意流泻。

这以后的第二个除夕,祖父过世了,电视上作了报道。第二天,李先生便眼泪汪汪赶到了北京。当时家里正忙得一团糟,他似乎不太想到此时出现,会给家属添乱,要安排他吃,安排他住。他喜欢由着自己的性子做事,不太考虑后果。大家都说人的性格一旦形成,不会再改变,李先生到什么时候,还是李先生。谈起李先生,谁都忍不住要摇头,都觉得可笑,然而人唯有可笑,才觉得可爱。人无癖则不可交,有的人永远长不大,岁月已改,痴心不变。

再以后,就没见过李先生。

单元链接

中学课本中有梁实秋的《记梁任公先生的一次演讲》,梁启超的《少年中国说》,朱自清的《春》《背影》《荷塘月色》,节选的莎士比亚的《哈姆莱特》和名著导读《莎士比亚戏剧》。有了本单元的阅读,相信同学们在学习课文时会有更新、更深的感悟,会有更多的了解和认识;也会汲取文字精华,提升写人叙事类散文的阅读技巧和写作技巧。

燕子来时

著名中学师生推荐书系

第三单元

DI SAN DAN YUAN

旧日风景

　　自然风景之唯美,在于永恒,在于欣赏,在于独立而又与人情相关联。

　　梅以它疏影横斜的姿态,在寒冷的暗夜、飘雪的白昼,暗香浮动,不招春愁,不引离恨,砺人心志,擎枝独秀;玉兰花,形如玉,香如兰,在春的当口,惬意开放,呼啦啦满树晶莹,如冰似雪,而后春归如过翼,徒留春恨在人间;石榴与芭蕉,没有什么富贵之气,永远以立在墙角的姿态,红着,绿着,顺着眼,只是奉献;竹有千千结,凌空万尺长,"无人赏高节,徒自抱贞心"。花木身上寓含着中华文化,每一种植物都是一份情感的传承。

　　花草树木是风景,心里的哲思冥想、远去的人事又何尝不是心灵的风景?它们同样在记忆的底片上熠熠生辉。

白马湖之冬

一

1921 年深秋,夏丏尊先生一家从热闹的杭州,搬到浙江上虞的白马湖。在《白马湖之冬》这篇文章中,夏先生把当时的景象,写得十分不堪:

> 那里的风,差不多日日有的,呼呼作响,好像虎吼。屋宇虽系新建,构造却极粗率,风从门窗隙缝中来,分外尖削,把门缝窗隙厚厚地用纸糊了,椽缝中却仍有透入。风刮得厉害的时候,天未夜就把大门关上,全家吃毕夜饭即睡入被窝里,静听寒风的怒号,湖水的澎湃。靠山的小后轩,算是我的书斋,在全屋子中风最少的一间,我常把头上的罗宋帽拉得低低地,在洋灯下工作至夜深。松涛如吼,霜月当窗,饥鼠吱吱在承尘上奔窜,我于这种时候深感到萧瑟的诗趣,常独自拨划着炉灰,不肯就睡,把自己拟诸山水画中的人物,作种种幽邈的遐想。

《白马湖之冬》是夏先生的散文名篇,现在知道的人,大约已不多了。人书俱老,当年喜欢开明书店

此文是夏丏尊先生 1925 年迁居上海,对在白马湖春晖中学执教时所作的生活回顾。

开明书店是 20 世纪上半叶在中国开设的一个著名出版机构,1926 年由章锡琛创办。其出版物包括茅盾的《子夜》,巴金的《家》、《春》、《秋》,林语堂的《开明英文读本》等。

出版物的读者,如果还健在的话,对这篇文章一定记忆犹新。今天的青年人看起来,夏先生实在是太古老了。虽然从年岁上来说,他比周作人还要小两岁,可是在我印象中,似乎该和周作人的哥哥鲁迅差不多。

我们习惯于把鲁迅那一代人,称之为五四一代,其实这个深究不得。五四运动发生的那一年,鲁迅已快四十岁,夏先生也三十好几,他们世界观早已形成,信念开始顽固。我们所说的五四一代,应该是他们教的学生,他们这代人是陈胜吴广,他们的学生才是项羽刘邦。夏先生搬到白马湖之前,曾和鲁迅先生共过事,那时候,他们同在杭州两级师范任教,既是浙江同乡,上虞县隶属绍兴府,又都是从日本留学归来,同属"柿油党"之类的新派人物。我在夏先生文章中见到的鲁迅,是些别人不太提起的小事情,譬如鲁迅当时教生理卫生,应学生的要求,加讲"生殖系统",这在当时,绝对是一件很过分的事情,因为那年头还没有进入民国,还是在前清,性知识十分落后和保守。鲁迅有很好的古文底子,他是章太炎先生的高足,讲课难免乃师之风,用的字今天看起来都非常古奥陌生,譬如用"也"表示女阴,用"了"表示男阴,用"幺"代表精子,对于没有古文字基础的人来说,差不多就是天书了。

二

夏先生15岁中秀才,16岁结婚,18岁当父亲。封建社会的读书人,一当秀才,基本上就是上了贼

与上文的"人书俱老"构成强调,不仅有"文章之遣词造句皆半文不白"意,更兼人品之"认真到顽固不化"哎。难怪乎夏先生得"夏木瓜"之绰号!下句及下文又将其与"鲁迅"划归一党,凸显"老"意。

"柿油党"语出鲁迅的小说《阿Q正传》,是"自由党"的谐音。

与上文的"人书俱老"、"古老"照应,是"老"的直观体现。

此句绝妙!道出了读书人的"理想"和"无奈","贼船"一词犀利幽默。

燕子来时

著名中学师生推荐书系

船，免不了要在科举的这条道上走到黑。夏先生的家族似乎谈不上诗书传家，他父亲和他一样，也是个文乎乎的秀才，而且仅仅就是个秀才，像未中举的范进那样生着。父亲一辈的叔伯，夏先生自己一辈的兄弟，都不是什么读书人，只有他们父子两个是夏家的读书种子，其他人经商，靠别的本事谋生。万般皆下品，唯有读书高，夏先生父子在家族中承担着"中举人点翰林，光大门楣"的重任。父亲眼看着不行了，五间三进大宅子里的美好希望，便落到了夏先生身上。

语出《神童诗》，读书之"高"并非人品素养，而是"登科入仕"，赤裸裸的读书功利性思想。

好在科举废除了，釜底抽薪，这点往上爬的希望想不落空都不行。夏先生只能改走别的路，去读新学。告别八股文，进新学堂，那场面十分热闹，活像20多年前的恢复高考。一时间，百废待兴，各式各样的遗老遗少，各种年龄段的学生夫子，携手走进了同一教室。夏先生求学时进过许多学校，留过洋，同学中有名气的人不少，像北京大学的马寅初，就是中西书院的同学，这学校是东吴大学的前身。可是夏先生学校的门槛进了不少，却从没认真地得到过一张文凭，或许是经济实力不够的缘故，他的学校生活是虎头蛇尾，临了都没毕业。

马寅初（1882—1982），字元善，中国当代经济学家、教育学家、人口学家，有当代"中国人口学第一人"之誉。

1978年，我考上了大学，忍不住有些得意，祖父迎头就是一盆冷水，告诫说不要把上大学当回事。他说我们老开明的人，一向都看不上大学毕业生，大学生肚子里没东西的人多得是。我不敢武断地说开明的老人中，有很多都不是大学生，但是我熟悉的好几位，都是重量级的人物，就没有大学文凭。开明不重学历只重学问是不用怀疑的，同样，老开明的人确

143

开明书店拥有夏丏尊、叶圣陶、丰子恺、赵景深、傅彬然、宋云彬、金仲华、贾祖璋、王统照、周振甫等学者、作家担任编辑工作。开明的出版物注重质量，是务实价值观的真切体现，也造就了严肃认真出好书的"开明风"。

文学源于生活，又高于生活，是经艺术加工后的现实。

这就是"人文"的实质！人造就了文化，文化影响了人。

燕子来时

著名中学师生推荐书系

风趣的家庭生活写照，也凸显了两家文化人的"开明"。

实有学问，这一点也不用怀疑。夏先生并不是开明的老板，他是开明重要的负责人，主持日常工作，开明出版的重点图书，差不多都是经过了他的拍板。开明在中国出版史上能有那样的成就，夏先生功不可没。

我读到《白马湖之冬》的时候，已经是大学三年级，当时的感受十分滑稽，因为印象中的白马湖，完全不是这个样子。文字描写的现实，与真实世界的现实，总是有着这样那样的差异。赵景深先生在文章中，曾说夏先生就是白马湖人，这是不对的。白马湖原是一片荒野，因为民国初期兴办教育，春晖中学建在了这里，才渐渐有了人气。夏先生在春晖中学任教，湖对面盖了房子，取名为平屋，也就是《白马湖之冬》"静听寒风的怒号"那栋房子。与平屋毗邻的是丰子恺先生的"小杨柳屋"，再过去还有弘一法师的"晚晴山房"。荒山野地，凭空有了这些名人，也就立刻有了文化。

人杰地灵，平屋之美丽，远不是三言两句就可以说清楚。很多人去苏州，看到叶家的老屋，也就是现在的苏州杂志社，都说这房子如何漂亮，他们不知道夏先生当年见了这房子，曾十分不满，用一口绍兴话对我大伯说："你们老人家的房子造得尬笨，并排四间，直拔直的。"我大伯是夏先生的女婿，以夏先生的内敛性格，不是至亲，这种话大约是不愿意议论。或许因为是亲家翁的关系，很多人与我聊天，误以为夏先生的岁数与我祖父差不多。其实我大伯是长子，大伯母是夏先生的幼女，夏先生的长孙与我父亲同年。叶家夏家的后人在一起，同龄人相差了一辈，常常彼此之间的称呼尴尬,年龄和辈分有些复杂,大家只能指名道姓乱喊。

话还是回到白马湖的平屋上来,这栋房子显然浸透了夏先生的心血,这是他的得意之作。读者千万不要因为读了《白马湖之冬》这篇文章,就把平屋想象得如何差劲。君子固穷,穷了才雅,夏先生这样的老派文人笔下,不屑使劲地夸耀自己的房子。要想领略平屋的风光,最好的办法是去读别人的文章。在同辈作家的笔下,有不少文字提到了白马湖的秀丽景色,其中仅仅朱自清一人,就为这地方写了好几篇美文。"文化大革命"后期李秀明主演的电影《春苗》,前些年轰动一时的电视连续剧《围城》,外景地都选在了白马湖。看过这些电影电视的人,想必对那个湖光山色的优美还会有些印象,而《围城》中的几场室内戏,干脆是在平屋里拍摄的。

大伯母当年看电视剧《围城》十分激动,因为她就是在那栋旧房子里度过了童年。

三

我第一次随大伯母到白马湖的时候,是1974年,那一年我十七岁,大伯母已是年过半百的老太太。也许是初夏的关系,白马湖与夏先生文章中的描写,丝毫不搭界。我知道的都是些似懂非懂连不起来的故事,首先,是夏先生名字中的那个"丏"实在有些难度,连中央电视台的播音员都要读错。我至今也不太会写这个字,电脑用五笔字型怎么都打不出来。大伯母告诉我,夏先生当年用这个字,是故意

安贫乐道,故"何陋之有"!毋须夸耀,先生于其间本身就是一道亮丽的风景!

老太太的激动源于对往昔生活的怀念,童年的白马湖、平屋生活必然精彩,是对"浸透了夏先生心血"的最好诠释。

要让人把字写错,"丏"很容易写成"丐",写错了,写着他名字的那张选票便自然作废。

很长时间内,我不明白这是怎么回事。不明白也正常,中国历史上哪有什么真正的民主,夏先生这么做,充其量也就是哄哄自己。在"文化大革命"中,像我这种生在新中国,长在红旗下的人,目睹各种名称的政治运动,整天看人家批斗,听到民主选举和选票,就仿佛听到了天方夜谭。那年头,说白了就是军管时期,到处都有军宣队,各个省市自治区的头面人物,都由典型的军人兼任革命委员会主任。

白马湖的水很清,山青水秀,大大小小的湖面一个挨着一个。白马湖只是其中最美丽的一个,我天天到湖里去游泳,有一次竟然游到好几里路外的驿亭去了,一来一去,要好几个小时,把大伯母和夏先生的大儿媳吓得够呛。在焦急之中,有一个老乡告诉她们,看见有人往某某方向去了,结果当我游回来的时候,两个老太太正站在岸边的码头上跳脚。

闲时我们就在平屋的阁楼上乱翻,夏先生一个在上海长大的重孙回乡当知青,正在那里插队落户,他要比我大好几岁,让我对着亮光,看了一些陈年旧月的底片。那是一种落满了时间灰尘的玻璃底片,和后来常见的黑白胶片不一样。夏先生的二儿子喜欢摄影,这大约就是他留下来的,我们胡乱地翻着,看着,因为所有的影像都黑白颠倒,也没看出什么名堂。

虽然是在乡村,这地方比任何一个繁华城市更有文化气息,感受到历史的痕迹。在我的印象中,白马湖的平屋和周围环境合一起,就是一幅意境悠远的国画。在这样的环境里,很自然地可以远离当时的"文化大革命"。大伯母和她的嫂子都是家庭妇女,她们已经许多年没有见面,两人没完没了地说着过去的故事。这屋子里曾来过许多现代文学史上的重要人物,除了弘一法师,丰子恺,还有朱自清和俞平伯。还有那些到春晖中学去的社会名流,这些人想来也会在平屋留下足迹,譬如蔡元培,譬如何香凝,包括吴稚晖和黄炎培,他们都是春晖中学的创办者经亨颐的好友。

大伯母老是要跟我念叨弘一法师,讲很多年以前,弘一法师怎么到白马湖来做客。说他拿着自己珍藏的一块毛巾去湖边洗脸,毛巾上到处都是破洞,夏先生急忙追了出去,要为他换一块新毛巾。弘一法师很认真地说:"这块毛巾很好呀,你看不是还能用吗?"到吃饭的时候,因为弘一法师是吃素的,夏先生为了他的营养,特地关照在萝卜中多放些油,油是多放了,却有些咸,夏先生忍不住要埋怨夏师母,弘一法师又平心静气地说:"不咸的,这很好吃,真的很好吃。"

大伯母告诉我,夏先生一生中最要好最佩服的朋友,就是这位弘一法师。夏先生把弘一称为畏友,意思是说弘一法师的一言一行,对自己都能起着启迪和激励的作用。<u>我当时并不太明白这里面蕴藏的禅机,对弘一法师谈不上什么敬意,只是把使用破毛巾,简单理解成为艰苦朴素的革命传统,同时又觉得就算是把萝卜烧得咸了一点,也不是什么大事。</u>

夏先生一再强调,对于物质世界,我们平常人从来都是简单的拥有,只有是高人,才能像弘一法师那

经亨颐(1877—1938),我国近代教育家、书画家。其广采博引国内外先进教育思想,提倡人格教育,使春晖中学赢得了"北有南开,南有春晖"的美誉。

所谓的"禅机",即是高人对物质世界发自内心的赞誉与感恩。"破毛巾和萝卜的妙处"就在于享受现实生活对于人心灵的慰藉。

样,真正体会到破毛巾和萝卜的妙处。

四

夏先生身上很有些名士气。当年的平屋门口,写着一副对联:"青山当户,白眼看人",好一个"白眼看人",完全是不食人间烟火的意思。还有一副对联:"宁愿早死,莫作先生",据说也是夏先生的,这大约是从"命穷不如趁早死,家贫无奈做先生"里化出来。五四以后,整个社会在一片呐喊声中,很快陷入了彷徨,夏先生对国家的前途颇有些失望,搬到白马湖,译点小文章,在春晖中学教几节课,幻想着过隐居的田园生活。开明后来出版的一本畅销书《爱的教育》,就是他在这时期翻译的。

有一天,好友刘大白发了一封电报给夏先生,邀他去杭州做官。刘大白曾是他的同事,五四前后一起支持过学生运动,按说也算是志同道合。从情理上来说,刘大白显然不会叫夏先生当上,换了别人准会喜出望外,夏先生却把电报扔还给了脚夫,一句话也不说,自顾自地弄着门前的花木。送电报的脚夫急了,说:"老先生不给赏钱,脚钱总得给吧,我好歹是来回跑了十几里路。"夏先生说:"电报又不是我叫你送的,你要脚钱,向打电报的人要去!"脚夫气得想骂娘,又没这个胆子,只好自认晦气走人。

这活脱是《世说新语》中的段子,如果夏先生真的是一直过隐居生活,后来我们所熟悉的那些故事,也就不存在了。中国知识分子向往田园,希望过隐居的生活,说来说去,还是因为不得志。说好听一

传统文人雅士特有的那种超凡脱俗、气定神闲的气质和情趣。

夏先生所谓"应当把真心装到口舌中去"的主张,在写作、出书上实践着,也时常表现在日常生活中。

意大利作家亚米契斯的名作。夏先生翻译,被各国公认为最富有爱心和教育性的读物。

刘大白(1880—1932),著名诗人,与陈望道、夏丏尊、李次九一起改革国语教育,被称为"四大金刚"。

直指"隐居"的实质。怀才不遇的文人实际上是对社会放弃责任,寻求自我安逸,然也?非也!正所谓"穷则独善其身,达则兼济天下"。

燕子来时 ●

著名中学师生推荐书系

148

点,是不愿为了五斗米折腰,可是城市生活有时候就是五斗米。现实世界中的隐居生活本来就是不现实的,夏先生在白马湖的时间并不长,没有几年,他再次去了上海,到立达学园教过书,兼教文艺思潮。立达学园是教育救国的又一个例子,代表着当时的一种社会理想,地处还很偏僻的江湾,有一个农场,在此地教学的同样都是些很有名望的人,譬如朱光潜,譬如方光焘和丰子恺,还有马宗融和赵景深等。夏先生虽然没有什么正式文凭,毕竟有些真才实学,加上他是留学生,不仅在立达站住了脚,不久又成了暨南大学的中文系主任。

说来说去,夏先生一生的理想,还是落实在了教育上。"莫作先生"不过是一时的气话,他这一辈子,也只能是做做"先生"。夏先生当系主任的日子并不长,或许觉得面对学生在课堂上讲课,还不如索性编书让学生自己去读更好,他很快就把个人的全部精力,投入到编辑事业中,成了开明书店的编辑主任。有一种说法是担任了编辑所长,反正是编辑工作方面的主要负责人,从此就和开明书店分不开了。可以这么说,没有夏先生,就没有开明书店,更没有什么开明的传统。熟悉开明的人都知道,这书店不是什么实力雄厚的大出版社,可是它出版的文学和教育书籍,却非同小可,巴金的代表作《灭亡》《新生》《家》,茅盾的代表作《幻灭》《动摇》《追求》《子夜》,丁玲的《在黑暗中》,王统照的《山雨》,最初都是在开明出版。还有影响广泛的《中学生》《开明少年》杂志,还有钱锺书的《谈艺录》,最难能可贵的,是开明培养了一支认真负责

有所谓"小隐隐于林,中隐隐于市,大隐隐于朝",实则都是隐者们的自欺欺人罢了,还好夏先生很快发现了这一点,"教育救国"去也!

1925年由匡互生、丰子恺、朱光潜等人在上海创办的一所新型艺术学校,以《论语》"己欲立而立人,己欲达而达人"为校名。

朴实无华的编辑队伍,始终能坚守文化教育的底线。

1949 年以后,开明书店并入了中国青年出版社,五六十年代出版了很多有影响的文学读物,譬如《红岩》《红日》《红旗谱》,还有柳青的《创业史》,"三红一创"的文学成就今天看来实在不怎么样,搁在五六十年代,绝对是评功摆好的本钱。部分开明人去了人民教育出版社,成了该社编写教材的中坚力量。不管怎么说,中青社和人教社最能继承开明传统,而传统本身又是由编辑的优秀素质决定。<u>人才就是人才,搁什么地方都可以闪光。</u>

五

父亲生前常和我说夏先生的轶事,1937 年,十一岁的父亲逃难时路过白马湖,一下子就被夏先生收藏的书籍吸引住了。想不到在偏僻的乡间,竟然会有这么个好地方。父亲和后来的我不一样,自从见识了白马湖,从此就对它赞不绝口。

父亲对夏先生的印象,已全然没有了当年的名士风度,说一口浓浓的绍兴话,喜欢抿几口老酒,酒喝得不多,却老是在喝。<u>父亲说夏先生永远是在发愁,进亦忧,退亦忧,抗战前忧心忡忡,抗战胜利了,仍然是忧心忡忡。</u>他显然是个悲观主义者,悲观到连人家生孩子,都会触景生情地唉声叹气,为这孩子未来的生存感到担忧。夏先生的一生是个矛盾体,既寄希望于文化教育,又对现实和未来非常失望。他相信文化教育可以改变人生又发现世道人情的变化,完全不合自己的本意。"以悲观之人,生衰乱之世",这是夏先生一生的不幸。晚年的夏先生对什么都不满意,牢骚满腹,这也看不入眼,那也听不入耳,他曾对自己的小女婿即我大伯父抱怨:

"只有你们老人家,说总会好起来的,到底哪能会好,亦话勿出。"

夏先生的逝世,让很多老朋友感到悲哀。因为正好是抗战胜利不久,大家还没有从喜悦中惊醒过来,大好前程刚刚开始,他竟遽尔作古了。逝世的前一天,夏先生对我祖父说了这样一句话:"胜利!到底啥人的胜利一无从说起!"

作为一名留日学生,夏先生对日本文化有深厚的感情,非常欣赏日本人的文学艺术和生活情趣。他认为中国是打不过日本的,因为他既熟悉中国人,也熟悉日本人。夏先生不好战,但是他有一个坚定的信念,这就是坚决不做亡国奴。"一·二八"事变后,他捡了一块日本空军扔的炸弹碎片供在书桌上,借以表达对侵略者的仇视。日本人来了以后,他不再出门,放弃了最微薄的一份薪水。一九四三年,他曾被日本宪兵司令部捉去,关了一阵才放出来,在此期间,他拒绝用自己擅长的日语回答日本人的审讯。

夏先生就葬在平屋后面的山坡上,在一片翠绿之中,遥望着白马湖。他死后,生前好友组成了夏丏尊先生纪念金委员会,募集了一笔款项,专赠任职十年以上,教学成绩突出,在语文教学上有创见的中学国文教师。"先生泉下有知,必将谓吾道不孤,惠同身受,而受之者亦可以得所慰藉,益加奋勉。"可惜这个奖只发过一次,受奖者是姚韵漪女士,随着当时的

語出《夏丏尊先生传略》,作者姜丹书(1885—1962)。意指夏先生的悲观性格与当时纷乱世道的叠加,更加剧了他晚年在思想上的悲剧。

"胜利"之于夏先生亦是如此悲观,一句"无从说起"照应了上文"到底哪能会好,亦话勿出"的悲观论调,足见在悲观性格影响下的夏先生在思想上的不妥协。

此段读来令人唏嘘。对日本文化爱,对侵略者恨!夏先生的"认真到顽固不化"的精神表露无遗。

此句为上文"纪念金委员会"的创办目的。

通货膨胀,物价飞涨,钱根本就不值钱,奖金已失去意义而无法继续。

据说弘一法师出家,还是因为夏先生的缘故,是夏先生让李叔同接触到了佛学的光辉。夏先生有许多佛教界朋友,他过世以后,几位信佛的朋友坐在他床前,点燃了一支支藏香,不停地念着"南无阿弥陀佛"。夏先生最终是火化的,在当时,只有信佛的人才会这样。对于夏先生的评价,有一位叫芝峰法师的出家人说的一段话最为贴切,这段话是法师在点火前说的:

> 夏居士丐尊六十一年来,于生死岸头,虽未显出怎样出格伎俩,但自家一段风光,常跃然在目。竖起撑天脊骨,脚踏实地,本着己灵,刊落浮华,露堂堂地,蓦直行走。贫于身而不诮富,雄于智而不傲物,信仰古佛而不佞佛,缅怀出世而非厌世,绝去虚伪,全无迂曲。使强暴者失其威,奸贪者有以愧,怯者达,愚者智,不唯风规今日之人世,实默契乎上乘之教法。

一声叹息!夏先生的教育思想无有后继。应了那句话吧:"环境永远大于人。"

夏先生以"爱的教育"屹立于世,心中是学生,身形为师范,最"上乘的教法"莫过于此。

折得疏梅香满袖

　　印象中宋人最好梅，喜欢诗词的愿意写，爱画的乐意画。梅在中国文化中有特殊意义，作为文化符号，它代表了人生的某种价值取舍。若使牡丹开得早，有谁风雪看梅花，这只是人们喜欢梅的一个理由。

　　文人笔下的梅往往不确切，有时候，写作者自己心里清楚，阅读的人免不了马虎。梅和松竹被誉为岁寒三友，这梅究竟腊梅还是春梅，不是领导说了算，还得专家下结论。寒梅最堪恨，常作去年花，真能在雪地里熬的是腊梅，为了争春拿奥运金牌，它总是迫不及待，寒冬腊月下着漫天大雪，急吼吼就怒放起来。待春梅快马加鞭赶到，自以为拔得头筹，结果起大早碰到了隔夜人。

　　腊梅和春梅都含有一个"梅"字，植物分类上属于不同科目，是两码子事。都落叶，一是灌木，一是乔木，花色花期各不相同。形状也有区别，腊梅笔直往上长，是丛生，最高不过两三米，有很浓烈的香味。春梅隶属蔷薇科，与桃花梨花以及日本樱花是近亲，能长成高达十米的大树，香味远不及腊梅，一旦盛开便十分灿烂。

　　画家画梅大都是春梅，造型好看，更容易入画。文人笔下也多是春梅，有梅无雪不精神，有雪无诗俗

　　宋人好梅的典型代表当数终身未娶，以梅为妻以鹤为子的隐士林逋。他隐居西湖孤山后，广栽梅树，每当梅花开放之际，终日徜徉于梅树之间，并带上美酒以助赏梅之兴。他的诗写尽了梅花的气韵，"疏影横斜水清浅，暗香浮动月黄昏"，多少后人因之而爱上了梅，爱上了青山绿水的人生境界。

了人。明朝李渔写过一本很有趣的《闲情偶寄》，谈到花的排行榜，以开花次序定尊卑，封春梅为花中之王，这观点显然站不住脚，腊梅开得更早，他无法自圆其说，便玩模糊学，说"腊梅者，梅之别种，殆亦共姓而通谱者欤"。

中国的文人不约而同喜欢梅，从表面上看离不开一个早字，所谓敢为天下先。万花敢向雪中出，一树独先天下春，谁不想争第一呢，古今中外同一道理。不过，梅在中华文化中的主旋律，与其说人生得意，倒不如说是一种遗憾。无意苦争春，一任群芳妒，文化人心高气傲，永远老子天下第一，却注定不得意潦倒，因此古人咏梅，往往指桑骂槐借酒浇愁，表达一种不能为人所用的感慨和无奈。

梅花曾是旧中国的国花，现在是南京和武汉的市花。邓丽君软绵绵地唱着，"梅花梅花满天下，愈冷它愈开花，梅花坚忍象征我们，巍巍的大中华"。词虽然有些励志，骨子里仍然气弱。

气象专家预测的全球变暖，未必一定必然。梅花欢喜漫天雪也只是说说，不怕寒冷是相对，事实上，梅只适合在长江流域。隋唐时关中要比今天暖和，当时的京城长安随处可见梅花，到了宋朝气温骤降，全球开始变冷，北方很少再见自然生长的梅花，于是苏东坡就说"关中幸无梅"，王安石干脆嘲笑"北人"分不清梅花和杏花。

天谴霓裳试羽衣

玉兰有许多品种,很难让人彻底明白。上海的市花是白玉兰,长什么模样,本地人大约没问题,外地人会摸不着头脑。近年来高大的广玉兰流行,需要决定了市场,公路边是个苗圃就在成片种植。法国梧桐差不多已取代中国的本土梧桐,若干年以后,广玉兰或许也会取代白玉兰。

新住宅区玩绿化,樟树之外最显眼的是广玉兰,四季常青树形优美,花大清香仿佛白玉,很容易让别人产生误会,以为这个就是白玉兰。广玉兰其实是洋玉兰,又叫大花玉兰或荷花玉兰,原产地在北美,与正宗国产的白玉兰相比,在现代都市中更有优势。白玉兰是落叶乔木,漫长的冬天只剩下干枯树枝,洋为中用,高大常青的广玉兰显然更适合美化广场和街道。

中国种植玉兰的历史久远,使用这两个字的时间并不长。屈原《离骚》"朝饮木兰之坠露兮",这木兰就是玉兰,同样的道理,也是女英雄花木兰的出处。据说最早有意识移栽的人是僧侣,玉兰的纯净素雅,与佛教的清静寂灭浑然一体。后来从寺院移到了宫廷,小家碧玉顿成名门贵媛,野树闲花变为皇家后院的装饰,与海棠迎春牡丹桂花合在一起,凑成一幅"玉堂春富贵图"。

《离骚》多爱用香草比喻君子高洁的德行:"朝饮木兰之坠露兮,夕餐秋菊之落英。"屈原怀有"楚国一统天下,百姓安居乐业"的政治理想,然身处乱世,民生多艰,奸佞当道,他的"美政"思想在谗言、放逐中被毁灭。

小太监想哄皇上高兴,宫女讨老佛爷喜欢,虽然只是讨个口彩,荣华富贵谁不热爱,于是民间纷纷效仿,私家园林跟风移栽。木兰一词在唐诗宋词中还十分常见,见说木兰征戍女,不知那作酒边花,渐渐就英雄气短儿女情长,到后来,木兰不知不觉地成了玉兰,只强调其形如玉,香如兰,人们再见时,只注意到"独饶脂粉态",早忘了替父从军的英姿飒爽。

　　明朝的文徵明歌咏玉兰:我知姑射真仙子,天谴霓裳试羽衣,还是娇憨的女儿态,然而木既成玉,这女孩子便成了凡间试穿羽衣的姑射仙子。或许在文人心目中,舞枪弄棍治国平天下,毕竟男子汉大丈夫的买卖,指望"一树女郎花"去保家卫国,多少有些说不过去。

　　玉兰以白玉兰为最常见,也最可爱,堪将乱蕊添云肆,若得千株便雪宫。然而好花不常开,春归如过翼,一去就无踪无影。玉兰花势极旺,千千万蕊尽放一时,来得快去得也快,一树好花禁不住一场春雨,不像有的花卉花期长久,你方唱罢我登场,前仆后继。玉兰盛开时满树晶莹,如冰似雪,往往一败俱败,说谢都谢。因此古人赏玉兰,讲究"玩得一日是一日,赏得一时是一时",该抓紧时必须抓紧,说出门就得立刻出门,初开不玩而俟全开,全开不玩而俟盛开,结果便是"好事未行,而杀风景至矣"。

燕子来时 ◉ 著名中学师生推荐书系

　　"花开堪折直须折,莫待无花空折枝",赏花如此,其实人生哪一样事不是如此呢?当唐代小女子杜秋娘发出"劝君莫惜金缕衣,劝君惜取少年时"的劝告时,羞煞了多少玩物丧志的男儿呢?

　　切记:莫负好时光!

别萼犹含泣露妍

小时候，后园有一排石榴，花红叶绿十分好看。我老是发呆和傻想，琢磨书上说的石榴裙颜色，是像这绿叶呢，还是更像那红花。小孩子眼光有些特别，邻家有个女孩常穿一条漂亮的绿裙子，爱屋及乌，井里的癞蛤蟆想吃天鹅肉，我因此觉得石榴裙就应该是绿的。

后来读白居易的《琵琶行》，读到"血色罗裙翻酒污"，才知道石榴裙带千真万确应该是红。风卷葡萄带，日照石榴裙，石榴裙不仅血色，而且还可以象征女性魅力。石榴裙下死，做鬼也风流，我们常说莫像贪官拜倒在某佳人的石榴裙下。

拜倒在石榴裙下据说与杨贵妃有关，渔阳鼙鼓没有动地来那阵子，有一次君臣联欢，有大臣喝高了，竟然提议贵妃娘娘跳舞助兴。杨贵妃立刻不高兴，在唐玄宗耳边一阵嘀咕，说这些家伙平日一个个假正经，看到老娘爱理不理，我凭什么赏脸。唐玄宗立刻下旨，让大臣以后见了杨贵妃，都得下跪行叩拜大礼。于是众大臣们谢恩，再看到贵妃娘娘的石榴裙，忙不迭地乖乖跪下来。这个典故耐人寻味，说明男人表面上好色，骨子里更害怕权势。

石榴原产西亚，汉朝张骞出使西域时引入中国，转眼间也已有两千多年的历史，因为花朵和果实都

色彩本身不具备感情因素，但人们在感受色彩时，会产生某种联想，从而赋予色彩以特定内涵。

"后宫佳丽三千人，三千宠爱在一身"，杨贵妃的固宠之术古今独步。然而"冀马燕犀动地来，自埋红粉自成灰，君王若道能倾国，玉辇何由过马嵬。"马嵬坡佛堂前的梨花树下，唐玄宗还是赐她一死，唐帝国最终也完成了由盛至衰的历史转变。人前风光无限的她，到头来也摆脱不了封建帝王玩物的地位。

157

很耐人寻味，深受老百姓的喜爱。与梅花玉兰相比，石榴的花期要漫长许多，通常农历五月开花，所以这段时间又称之为"榴月"。榴花来时略晚一点，所谓开从百花后，占断群芳色，好在花期漫长也有好处，这时候，该看的花都看过，该出的风头都出了，赏花者自会有种十分平和的心态。

自古红颜都薄命，不许美人见白头，石榴作为观赏植物，各种排行榜上都不会出人头地，独占鳌头这样的字眼与它无关，但是在园林里却总会有石榴的一席之地。古典诗词中说到石榴的好词琳琅满目，榴枝婀娜榴实繁，榴膜轻明榴子鲜。我更喜欢"怀芳不作翻风艳，别萼犹含泣露妍"，和"谁知盘中餐，粒粒皆辛苦"一样，李绅的名句通常美得实在，有一种人文关怀。

石榴全身都是宝，果皮树根包括花骨朵都能入药，既治中耳炎，还治妇女的暗疾，石榴汁可以防止高血压和心脏病，美国研究人员的一份报告证明，那深红色的汁甚至能够抵制癌细胞。石榴作为水果没什么可吃，但是成熟季节正好中秋节，常被用作送人礼物，过去是象征多子多福儿孙满堂，现在计划生育，只剩一些喜庆吉祥的意思。

石榴最适宜种墙角，有阳光有土壤，就能悄然生长。石榴不怕挤压，最适宜和假山为伍，在园林中常与玲珑的太湖石作伴。

窗前一丛竹

高楼大厦还不像今天这么多的年月,门前有几棵竹并不太难。城市中寻常人家,多是种植小竹子,细而疏淡的几簇,绝不会遮天蔽日。新松恨不高千尺,恶竹应须斩万竿,这是杜甫的名句,有人觉得松竹梅既为岁寒三友,查老杜诗中与竹有关的字眼,基本上都在热情歌唱,想不明白他为什么突然改口。

文人喜欢竹应该是从南北朝开始,在洛阳纸贵之前,竹子的最好用途只是写字。屈原《离骚》中提到了很多植物,常让今天的人绕不明白,比如江离辟芷留夷揭车,很认真地查了古旧字典才认识,偏偏看不到最常见的竹。

显然过于平常的竹不入屈大夫的法眼,终于纸张代替了竹简,古人也开始爱上修竹。有节骨乃坚,无心品自端,人怜直节生来瘦,自许高材老更刚。有了文化渲染,人云亦云,传统因此而生,大家突然发现这玩意很适合抒情,太容易寄托个人理想。清朝的郑板桥喜欢画竹,作为一名处级干部,衙斋中卧听萧萧竹,仿佛听到了"民间疾苦"之声。

借居未定先栽竹,文人雅士眼中,竹子可爱何恶之有。苏东坡说过,可使食无肉,不可居无竹,无肉令人瘦,无竹令人俗。对于竹一味拔高和称赞,这是文人努力的结果,是坐着说话不腰疼。凡事还得看

中国古代文人多倾慕于竹之贞节虚心,高雅孤傲,并以竹寄托其对高尚人格和品德的追求与向往。

郑板桥喜画墨竹,为官如青竹般清廉刚正,被百姓敬为父母官。他曾在《墨竹图》中题诗道:"衙斋卧听萧萧竹,疑是民间疾苦声。些小吾曹州县吏,一枝一叶总关情。"

苏轼除了在文学、书法领域大有作为外,还是画竹的高手。他首创用朱笔画竹,别有风韵,后世模仿者颇多。

人心境,黄芦苦竹绕宅生,不一定都赏心悦目。人可以做到不以物喜,很难不以己悲,事实上,如果窗前竹子太高太大,恰巧又竖在你家屋子的正南方,冬天北风狂叫怒吼,高大的竹荫把阳光完全挡住,这时候或许就可以读懂杜甫的诗。

在乡间租了一处房子,当时看中满山的翠竹,望着那一片绿,不禁雅兴大发,立马付了许多年租金。真在竹园中安家,很快意识到这竹长得太快。雨后春笋,说来就轰轰烈烈来了,劲道大势头猛,很沉重一块石头,轻易地便顶起来。难怪过去乡下盖房子,总要离竹园有一段距离,否则竹笋不久会从房间里冒出来。在我房子周围,都是碗口粗的高大毛竹,吃笋季节招亲唤友,买上两斤五花肉,随便挖一个便能烧一大锅,这已是我家春天的招牌菜。

长笋的时候,看它一截截往上蹿,舍不得斩,成了新竹更心疼。窗前有竹可喜可贺,我喜欢笋柱往上蹿的倔劲,更喜欢新竹翠绿。看新竹要耐心等待初夏,夏竹最漂亮。春天只能吃笋,是以旧换新的季节,竹叶又枯又黄,像秋天的柳树梢,春天之竹一无可看。

春天里百花齐放,飞莺舞燕招蜂引蝶,竹子要慢一拍,就不凑那份争春的热闹了。

百年终竟是芭蕉

芭蕉与香蕉是兄弟姐妹，江南人眼里毫无瓜葛，香蕉应该到水果摊上去寻找，芭蕉叶大成荫，是点缀庭院的绿色植物。中国古典诗词中，芭蕉常与孤独忧愁为伍，特别适合离情别绪。如果要和后来的言情小说联系，那就是张恨水和琼瑶，有一点自艾自怨，满纸矫情和造作。是谁无事种芭蕉，早也潇潇，晚也潇潇，芭蕉最好是与南方的雨季配合，雨打在蕉叶上面，会给人一种听觉的冲击。

芭蕉没什么富贵气，与石榴一样，非常适合种在墙角，当然也不妨移栽窗前，有个小园子就能生长，非豪门方可独有。唐朝书法家怀素居住的寺庙周围尽是芭蕉，那庙便命名为"绿天庵"，取其绿色之胜。芭蕉能让"台榭轩窗尽染碧色"，李渔《闲情偶寄》曾说它让人风雅而免于庸俗，无论男女，只要坐在芭蕉底下，便可自然入画。《红楼梦》中的姑娘常用花卉来形容，譬如探春就自称"蕉下客"。

先秦的古人写字用刀刻在竹片上，一字一句皆辛苦，因此不得不字斟句酌，仔细打磨用心吟唱。写字方式也会决定写作态度，那年头的诗歌都得先肚里玩得滚瓜烂熟才行，不像今天张口就来提笔便写，电脑键盘上一阵胡乱敲打。在中国古代，红叶题诗是常见的行为艺术，是做秀给别人看，意淫成分居

李渔（1611—1680），明末清初著名戏曲家，提出了较为完善的戏剧理论体系，被后世誉为"中国戏剧理论始祖"、"东方莎士比亚"。他能诗善文，会写小说，会作剧度曲，还倡编著名的《芥子园画谱》。然而他虽身怀绝世才华，品格却被人诟病，整个人生呈现一种深刻的矛盾状态。无论生前还是死后，人们交口赞誉他的才华，同时也不免对他有才无行的人生表示鄙薄。

161

多,属于自吹自唱,是否真有其事很难考证。

芭蕉上写字赋诗也差不多,也是我娱我乐,但是却多了一些纪实,似乎有很强烈的可操作性。红叶通常只是一片小小的枫叶,写不了几个字,顶多来一首绝句,签个把人名,宽大的蕉叶想怎么写就怎么写,甚至可以抄一篇像模像样的古文。无事将心寄柳条,等闲书字满芭蕉,红叶太小,竹简上刻了字不能抹去重来,芭蕉叶却只要下场雨,上面的墨迹就"不烦自洗",又成为可供练字的纸板。

后人形容怀素的书法,挥毫掣电随手万变,壮士拔剑神采动人。据说这超人的技艺,就是在芭蕉叶上苦练出来,怀素少年出家,是个好饮酒的"醉僧",当和尚穷,没有那么多纸张可供练字,只能自带笔墨,进蕉林狂写不止。好在寺庙周围有近万株芭蕉供他折腾,写完这棵写那棵,临了,终于成了大书法家,成了"草圣"。

我对在芭蕉上练字始终持怀疑,古时候没什么炒作,文人为文,画家作画,常常都会很寂寞,因为寂寞,编些小段子娱乐一下也是人之常情。一位玩书法的朋友谈到此事,根本不相信芭蕉叶上练字的传奇,他的观点是真正书家用手指在空气中都能写字,心里有则有,知白守黑神明自来,否则终究是写字匠。

怀素,唐代书法家,史称"草圣",与张旭齐名,合称"颠张狂素",代表作为《自叙帖》,通篇狂草,笔笔中锋,无往不收,上下呼应,一气贯之。传说这功夫就是在芭蕉叶上练出来的。好友茶圣陆羽为他写下了《僧怀素传》。另一好友诗仙李白,以浪漫主义的笔调,奇特的想象力,为他写下了《草书歌行》,生动地再现怀素酒后,恣肆张扬、挥笔疾书的场景。

风景的寻找

在一篇文章里，无意中谈到了南京西南郊的南山湖风景区，一个熟悉此地行情的朋友看了，打电话过来，说你这文章写得太潦草，风景区的妙处和度假村的乐趣，都没有详细说到。然后就掰着手指举例，首先没提可以品尝农民新炒的春茶，眼下市场上都是假冒的明前茶，你去南山喝茶，现炒现喝，明前雨前，谁也蒙不了。第二没提度假村的农家菜，别以为都是磨了刀准备宰城里人的，这里的菜不敢说太便宜，有味道有特点却显而易见。第三，有一万多只白鹭在这筑窝，湖附近飞来飞去，黄昏时候倦鸟归巢，那是何等风光。

还有第四，第五，滔滔不绝。我不愿意跟人抬杠，等他把话说完，告诉他在这个城市的郊区，好玩的地方太多。南山湖可以算一个，只要你愿意出去游走，东南西北随意行，都会有惊奇发现。春牛首，秋栖霞，不过是说着顺嘴，其实应该去哪里，从来不用硬性规定，春天来了，秋风起了，去什么地方都好。不仅是南京的郊区好，任何城市的郊区都好。

一个多月前，我去云南的腾冲，看了当地著名的火山群国家公园，根据介绍，是世界级的，其中一个最重要景点，便是柱状节理。一时不明白这是什么

作家三毛说："刻意去找的东西，往往是找不到的。天下万物的来和去，都有他的时间。"时间到了，风景来了。

玩意,到地方才知道那个大名鼎鼎,就是南京六合的石林。从南京去云南太遥远,去六合太容易,可惜问居住在身边的南京老乡,真去过六合看石林风景的,并不多,知道它价值的人,更不多。

南朝四百八十寺,多少楼台烟雨中。风景要通过寻找,才能发现种种有趣。其实在江南,只要是个庙,都可以去看看。我一直想不明白,为什么大家喜欢去看庙,后来看多了,多少有点明白,原来这庙的功能,不止烧香拜佛,还能为游人提供一个落脚点。看庙还是为了看风景,这大约也是庙喜欢建在风景绝佳之处的原因。

二十多年前,还在读研究生,如今动不动就获奖的电影导演徐耿心血来潮,突然拉我去一个名不见经传的兜率寺,也不过是去随便看看,没想到环境之美,竟让我们立刻决定在破庙住下来。十年前去龙泉寺,去年游宝华寺,都给我留下类似的惊喜。机会就是这样,失去就失去了,失去就不可再得,有些好地方,好就好在尚未开发,有许多地方并不远,就在你所居住的城市周边,却跟养在深闺一样。

在《儒林外史》中,南京的菜佣酒保,个个都有文化。一天忙活下来,便跑到中华门城堡上去看落日。那时候能欣赏到的,还是古时候的风景,夕阳无限好,只是近黄昏。现在不同了,城市的边界扩大了,站中华门城堡顶端,与登上金陵饭店一样,能看到的都是闹市。

还是到郊外去看风景吧,别光是在嘴上说,只有走出去,用心灵去看,才能真正感受。平心而论,城

风景的美在寻找的过程中,其他事情呢?

燕子来时 ●

走出去,风景就来了,只是因为我们一直"局促一室之内",所以就错过了风景。袁宏道在《满井游记》中说,"始知郊田之外未始无春,而城居者未之知也。"

著名中学师生推荐书系

164

市周围有很多好地方,郊外美景向来是城市不可分割的一部分,如果我们忽视了,不去寻找,不去游走,不去亲近它,我们或许会失去许多轻易就可以得到的东西。

马放南山

《尚书·武成》："王来自商,至于丰,乃偃武修文,归马于华山之阳,放牛于桃林之野,示天下弗服。"公元前1046年1月,周武王讨伐商纣王。取得胜利;武王以礼治国,实施了很多利国利民的仁政之策,得以使百姓安居乐业,国力蒸蒸日上,一片和平盛世的景象。周武王也因此高枕无忧,把各种兵器统统收缴入库,在华山脚下放马晒太阳,在果木林里放牛唱牧歌。这就是"马放南山"的由来,比喻天下太平,不再用兵。

所以,"马放南山",与其说放的马,还不如说放的是心,心放下了,还有什么放不下的。

燕子来时 ◉ 著名中学师生推荐书系

人总会无端地喜欢一些词,像小孩子抓周,心里并不知道怎么回事,随手去抓了一样东西。我喜欢马放南山四个字,搁一起好看,让人心里舒服,而且很有气概。隐约还能记得看过的小人书,当然是古时候的人物,披着星戴着月,筚路蓝缕,出生而入死,历经了千难万险,终于大功告成。皇帝他老人家要论功行赏,要赏银子赏土地赏美人,好汉英雄别无他求,愿望简单又纯朴,只是希望马放南山,解甲归田,过几天太平日子。

昨天和几个朋友在一起聊天,说起了马放南山,先议论了一番如何放马,都说这等好事,必须得有马才行,仿佛慈善家慷慨解囊,要捐款当爱心大使,先得口袋里有银子。其次是舍得,要真正地想得开,千里马常有,而伯乐不常有,肯不肯放马,捐不捐银子,本身也是一种境界,并不是什么人都能做到。况且马放了,心没有放,款捐了,昧心钱黑银子赚得更凶,还是没有用。

不由地想到刚粉碎"四人帮"那会,当时叫科学的春天,气象一新,百废待兴,有一句时髦的口号,是要把失去的光阴补回来。我记忆中,这是20世纪中,最具活力的一个年代,各式各样的人从冬眠中苏醒,都憋着一口气,都想要穿越时间隧道。我母亲就是现成例子,她是个还算有些名气的演员,"文化大革命"结束,正好五十岁,多少年不让她上舞台,吃尽了苦头,突然间枯树逢春,老枝发芽,又要登台演戏。要演戏就得练功,这一把年纪的老太太,不敢说像十几岁的人那样玩命,却比年轻人更认真更用功。结果却是,台上了,戏也演了,除了留下一身伤痛,值得一提的辉煌真是没有多少。

失之东隅,收之桑榆,把失去的光阴补回来,差不多也能算是一种有些来头的优良传统。如果说妄想穿越时间隧道,是和过去赌气,那么在目前的现实生活里,过分强调投资未来,不顾死活地牺牲今天,基本也就是和未来寻开心了。

为了逝去的过去,不能马放南山,为了遥远的未来,更不能马放南山。这就是为什么会活得很累的基本原因,我们不是为过去还债,就是为未来透支。总是力不从心,要么成了过去的佣工,要么当了未来的奴仆。为了该死的昨天与明天,今天已变成了一个丑小鸭,在无可奈何之中,已变得不再重要。我们马不停蹄,忙个不亦乐乎,上穷碧落下黄泉,奔走于过去与未来之间,还债与透支像一把锋利剪刀,来回绞了一下两下,如花似玉的现实生活,立刻面目全非。

与其让过去的失策,活活折磨,与其让未来的目标,生生蹂躏,为什么不能马放南山,坐下来好好歇歇,喝一口茶。今天才是最重要的,这个浅显的道理,大家其实都知道。

道理是浅显的,但真正在喧嚣的尘世做到"马放南山"的真的不多。阳光明媚,你就晒晒太阳;细雨迷蒙,你就欣赏水光;有咖啡你就品香醇,有自来水你就尝甘甜,享受当下的一切,其实就是享受你的心境。

欲采萍花不自由

一

破额山前碧玉流，

骚人遥驻木兰舟，

春风无限潇湘意，

欲采萍花不自由。

柳宗元的这首诗，发行量巨大的《唐诗三百首》没有选。"文化大革命"中的批林批孔读物《柳宗元诗文选注》也没有选，这本小册子1974年第1版印了30万册，无意中成为人们想学点文化的教材。我那时候才17岁，对古文没什么感觉，有兴趣的只是柳宗元"名列囚籍，身编夷人"的流放生涯。中国的大历史告诉我们，改革派通常没什么好下场，不是砍头，便是流放。当时的宣传机器，努力把柳宗元这个法家人物，塑造成一个英姿飒爽的英雄，既高又大还全，可是我更喜欢他倒霉蛋的模样。

这也就是我为什么记住了这首诗的原因。春光明媚，潇水和湘江两岸萍花盛开，有个叫曹侍郎的朋友来看望落魄潦倒中的柳宗元，一起喝酒，然后就写诗。古人写友谊的好诗太多，"桃花潭水深千尺，不

运用写实对比的手法，提出自己的观点，设置悬念，引起下文。

及汪伦送我情。"大诗人李白把那点意思直截了当说破,这是开门见山,柳宗元却绕个圈子,不说朋友相见不易,只说友谊已经成了奢侈品,想采摘一些河边的萍花送友人都做不到。拐弯抹角是艺术很重要的一个技巧,十几年前讨论朦胧诗,把朦胧两个字反复说,恨不得用显微镜放大了看,其实对于中国的古典诗人来说,诗不朦胧,根本就玩不起来。

南北朝时,东晋的丞相王导与尚书左仆射伯仁是好朋友,王导的堂兄王敦不太安分,阴谋叛乱,有人因此主张将与王敦有关系的人统统杀了,斩草要除根,以免后患,王导自知难逃厄运,赴阙待罪,主动跑到元帝那里去领死。伯仁背着王导,在元帝面前拼命为他说好话,结果王导被免罪,躲过了一劫。后来,作乱的王敦终于成了气候,攻入南京,毫不含糊地将伯仁杀了,王导事后才知道自己遇难时,伯仁曾极力救过他,而伯仁有难,他却袖手旁观,没能帮上忙,于是陷入深深的自责之中,哭着说:

　　吾虽不杀伯仁,伯仁由我而死,幽冥之护,负此良友。

这个故事从表面上看,是说人的忘恩负义。如果真这么简单,便算不上什么好故事。很多人非常看重友谊的回报,投之以桃,报之以李,只要看准了,友谊会是一笔很不错的投资。但是,如果仅仅从投资做生意的角度来看待友谊,就看低了古人,起码《世说新语》中不推崇那种结党营私为目的的友谊。这个故事的要害在于后悔和自责,也就是说忘恩只占了极小的比例,关键在于负义。

朋友有难,自己未能给予帮助,仅此一点,足以让王导后悔一生。谁都知道,伯仁之死,与王导既没有什么直接关系,也没有什么间接关系,"由我而死"不过是表达一种过分悲痛的心情,是高标准严要求。王导并没有因为自己不是杀人犯而推托罪名,在他看来,自己该出手时不出手,能救人而不尝试救人,罪同杀人。至于他真去救了,能不能救下伯仁,这已经不重要。

友谊也是一种美,这就是可以尽最大的努力去帮助朋友。伯仁这么做了,王导却没有。伯仁享受到了这种美丽,他帮助王导,救了他的命,并且不以救命恩人自居。友谊是一种很自然的东西,斤斤讨较就变质和变味。友谊是一种自我完善,从表面上来说,它是为别人,然而实际上更是为了完善自己。伯仁充分享受到了友谊之美,他在王导最需要帮助的时候,悄悄地帮助了他。王导也享受到了,不过一种是反向的,那就是对友谊的忽视,这让他惊醒,让他自责。自责是一种很有意义的反思。

章士钊先生与大汉奸梁鸿志是好友,章因为资助过年轻时代的毛泽东,虽然被鲁迅痛骂,其实有一个很不错的晚年。1973年章逝世,毛泽东送了花圈,周恩来亲自参加追悼会,比较当时许多功勋卓著的开国元勋被迫害致死,章士钊可谓是善终。在纷乱的人世中,一个有点名气的风云人物,想修个善终并不容易。抗战期间,梁鸿志下水做了大汉奸,成了汪伪政权的行政院院长,他想为老友章士钊也谋个部长干干,苟富贵,无相忘,然而章一口回绝了。抗战

邹韬奋先生曾说:"友谊是天地间最可贵的东西,真挚的友谊是人生最大的一种安慰。"伯仁因看中他与王导的可贵友谊暗中助他,不求回报,自己也因真挚的付出而心生安慰;王导因怀疑真挚的友谊,见友将死而不救,待友赴黄泉,真相大白而心生愧怍;都是一种自我完善。

燕子来时 ●

著名中学师生推荐书系

胜利以后,梁成为阶下囚,章不忘旧情,毅然充当梁的辩护律师,这在当时需要相当的勇气。最后梁仍然被判处死刑,章士钊十分惋惜,毕竟梁有着十分渊博的学识,不过自己已经尽心尽力,也无愧于老友。换句话说,章士钊做了他所应该做的事情,关键时刻,他救不了梁鸿志,却拯救了自己。他不会在梁鸿志处死以后,因为自己为洁身自好而无动于衷睡不着觉。

真正的友谊,不是毫无原则的苟同,也不是朋友处困境而无视,而是当对方需要的时候,能力排万难,欣然为之奔走。

二

友谊是讲究境界的,不是拉杆子结拜兄弟。桃园三结义只是民间虚拟的神话,就好比国际间外交无诚意可言一样,结义通常都靠不住。越是高层次的结拜,越靠不住,桃园三结义的要害是帮刘备打天下,飞鸟尽,良弓藏,狡兔死,走狗烹,关羽和张飞的幸运,在于偏安西南一隅的刘备始终没有大杀功臣的机会。真给刘备做了大一统江山的皇帝,难免不像宋太祖和明太祖一样。

对皇帝只能说什么尽忠,妄谈友谊是找死。培根曾经说过,君王并不能享受友谊,因为友谊的条件是平等,而君王和臣民的地位永远悬殊。不管怎么说,友谊与尽忠还是有近似的地方。友谊的血管里隐藏着许多单向阀,它意味着血液一直朝着一个方向流淌。友谊是电筒里射出来的光,它直指目标,从来不拐弯抹角。友谊不是养儿防老,友谊是无私的母爱,只知施予,不图回报,只知耕耘,不问收获。

运用借喻的修辞手法,说明友谊的不可逆性,只有付出,不求回报的特点。

171

当然,认定友谊不问回报或许非常片面,所有的比喻都有局限,只谈到了问题的一个方面。拉罗什福科在《道德箴言录》中曾说:

> 我们经常自以为我们爱某些人胜过爱我们自己,然而,造成我们的友谊仅仅是利益。我们把自己的好处给别人,并非是为了我们要对他们行善,而是为了我们能得到回报。

这种赤裸裸的观点从另一个角度逼近友谊的本质。拉罗什福科认为,没有什么事能与爱自己相比,当我们把友谊看得过重,爱友胜过爱自己的时候,"我们只不过是在遵循自己的趣味和喜好"。爱友胜过爱自己,说穿了仍然是一种自爱:

> 人们称之为友爱的,实际上只是一种社交关系,一种对各自利益的尊重和相互间的帮忙,归根结底,它只不过是一种交易,自爱总是在那里打算着赚取某些东西。

在中国古典诗词里,我们可以读到许多表现友谊的佳句,譬如杜甫的诗中,就常常可以读到他对李白的思念。据郭沫若考证,在现存的一千四百四十多首诗中,和李白有关的占了将近二十首。

渭北秦天树,
江东日幕云,
何时一樽酒,

重与细论文。

《春日忆李白》

醉眠秋共被，
携手同日行。

《与李十二白同寻范十隐居》

故人入我梦，
明我长相忆。

《梦李白二首》

从杜诗的题目中，也可以看出杜甫对李白的敬重，如
《赠李白》，《冬日有怀李白》，《天末怀李白》，《寄李
十二白二十二韵》，《送孔巢父谢病归游江东兼呈李
白》等等，喜欢杜甫的人免不了略有些不平，杜甫写
了这么多诗拍李白的马屁，李白的回应并不多，而且
还有几分怠慢。明朝都穆《南濠诗话》说：

> 今考之《杜集》，其怀赠太白者多至四十余
> 篇，而太白诗之及杜者，不过沙邱城之寄，鲁郡
> 东石门之送，及饭颗之嘲一绝而已。盖太白以
> 帝室之胄，负天仙之才，日试万言，倚马可待，而
> 老杜不免刻苦作诗，宜其为太白所诮。

杜厚于李，李薄于杜，按郭沫若的观点，虽然只
是"皮相的见解"，毕竟也是不争的事实。李白写给
杜甫不多的诗中，那首"饭颗诗"是杜诗爱好者不能
容忍的：

饭颗山头逢杜甫，

头戴笠子日卓午，

借问别来太瘦生，

总为从前作诗苦。

《戏赠杜甫》

　　古时候没有照相机，诗人的形象完全靠文字来形容。李白这一戏赠，落实了杜甫的苦相，一副可怜巴巴的模样。比较李白对杜甫和孟浩然截然不同的态度，不难看出友谊的差异，李白在孟浩然面前完全变了一个人，那种轻狂傲气全没了踪影：

吾爱孟夫子，

风流天下闻，

红颜弃轩冕，

白首卧松云，

醉月频中圣，

迷花不事君，

高山安可仰，

徒此揖清芬。

《赠孟浩然》

　　中国古代文人之间的友谊，带有尊长爱幼的功利目的，彼此在交往中学习、成长。一个是"希望对方成长为我希望的样子"，一个是"希望我成长为他那个样子"。而每一个人都是不同的"这一个"，因此友谊中的"爱他人"，也就是"爱自己"。

　　用这些诗来论证李白厚此薄彼是不确切的。孟浩然比李白大十岁多一些，李白也比杜甫大十岁多一些，正是这十岁多一些，很自然地产生了语调上的变化。长幼有序，中国古代文人之间的友谊，多少都有些亦师亦友的意思。尊长爱幼，友谊是为了让自己得到提高，李白敬重孟浩然，杜甫敬重李白，都不乏这种浅显的功利的目的，与傲气不傲气无关。杜甫被称为诗圣自有其道理，一个长得很清纯的女孩子，自称是文学青年，谈到李白和杜甫时，说她喜欢李白，不喜欢杜甫，因为李白靠才华写作，杜甫靠刻苦写作。

才华是天生的，自然的，刻苦则是后天的，人为的。我让这个女孩子说出她喜欢的李白的某首诗，和不喜欢的杜甫的某首诗，她顿时有些狼狈，随口报了一句，却是唐人王之涣的"黄河远上白云间"。诗人被误读不是什么奇怪的事情，既然是误读，过错就不能怪诗人自己了。毫无疑问，杜甫是中国最伟大的诗人。说杜甫没才华，必须得有十二分的无知才行。杜甫对于李白，既有年龄上的敬重，更有风格上的佩服。友谊的功利心就在于，我们总是佩服那些比自己更棒的人，友谊的益处在于我们能够以他人之长，改善自己所短。贺拉斯的一句名言曾被经常引用，那就是"对于思想健康者，什么也比不上一个令人愉快的朋友"。蒙田随笔中记载了一个小故事，一位年轻士兵的马在比赛中赢得大奖，国王问士兵那匹马想卖多少钱，是不是愿意用它换一个王国，士兵回答说："当然不，陛下，但我很乐意用它来换一个朋友，如果我能找到一个值得我交朋友的人。"

李白对于杜甫的意义，不仅是志同道合，更重要的还在于它能像一块磨刀石一样，能将杜甫的思想磨得闪闪发亮。正像培根说的那样，"讨论犹如砺石，思想好比锋刃，两相砥砺将使思想更加锋利"。武侠高手切磋武艺，双方必须是真正的高手才行，杜甫之倾慕李白，李白之倾慕孟浩然，都是差不多的道

志同道合，而这根基之上各自智慧能力的大小，当有不同，且在不同领域又有所变化，这些不平衡在友谊的熏陶渐染下会逐渐趋向于平衡，获得各自的超越。这便是不求反得。

理。友谊为互相学习提供了好机会,友谊可以从友谊中得到东西。培根关于友谊必须平等的观点,似乎也可以稍作更正,既然人们指望从友谊中得到些什么,就无所谓谁厚谁薄。换句话说,友谊的双方略有些不平衡,也没什么大不了。

三

我的祖父与朱自清先生有很不错的交情,1976年,祖父与俞平伯先生相约,一起去看望病中的朱先生遗孀,此时距朱逝世已经快三十年了。祖父在给俞先生的信中写道:

> 下书访佩弦夫人之事。前曾相约,五一以后共往一访。今五月将尽,故此奉商。弟可以要教部之车,而清华道远,耗油量多,不欲以私事而享此"法权"。至于雇车,其事不易,费亦不少。考虑久之,是否容弟先往,缓日再为偕访。弟已托人探询到朱夫人宿舍,于何站下车,入清华何门为便。到清华之公共汽车自平安里出发,则凤知之也。

这一年祖父八十二岁,当时没有出租汽车,从祖父住处去远在郊外的清华很不方便。俞先生回信同意祖父先去,祖父于是进一步"详细探明到彼之远近",弄明白"下公共汽车而后,只须步行一站光景即到",自忖"弟之足力犹能胜也"。到五月三十日终于成行,并写信向老友报告经过:

燕子来时

著名中学师生推荐书系

昨日上午与至善妇城访竹隐夫人，往返四小时有余，坐一小时，多年积愿，居然得偿，堪以自慰，兄伉俪代致意，已经转告。竹隐夫人不能谓如何佳健，肺气肿，时觉气喘，右目白内障，曾动手术，视力巳极差。子女五人，在京者仅两人，乔森在京市农林局，女容隽在北京师院，只能每周或间周来省视一次。有一每日能来三小时之阿姨帮做杂事，长时则独居一室。此境不能多想，设或临时病作，步履倾跌，呼而无应，如何是好。弟于此未敢说出，今作书简述，自当以所虑相告。

老派人的古板做法，在今天看来有些陈旧。不过，我们至少从这里看到友谊给人带来的另一种自慰。记得也是在"文化大革命"后期，祖父去上海复旦看望郭绍虞先生，市里要派一辆小车给他，祖父想了想，决定还是坐三轮车去，因为他觉得看望朋友是私事，而且坐小车去也有摆阔之嫌疑。考虑到当时教授属于"臭老九"之列，郭先生虽然是"文革"前的国家一级教授，日子未必好过到哪里，祖父不愿意让老朋友感到陌生。

"花径不曾缘客扫，蓬门今始为君开。"君子之交，其淡如水。割脖子换脑袋，同生共死，这是友谊的一种过分夸大。友谊根本用不到走那样的极端。友谊有时候都是些婆婆妈妈的小事，简单，琐碎，平淡，是"相思相见知何日，此时此夜难为情"。友谊根本用不着出生入死。譬如大家都熟悉的吴宓和陈寅恪晚年友情，一九六一年夏天，吴宓专程去广州看望

真正的友谊，当是为对方着想，见面不生困窘，久别重逢亦不觉陌生。

陈寅恪,临行前,陈先生来信详细嘱咐,关照下火车后如何雇三轮车,大约要多少车钱。又特别说明,自己家人多,不能安排吴住宿,"拟代兄别寻处"。当时正值三年困难时期,陈在信中实事求是地写道:

> 兄带米票每日七两,似可供两餐用,早晨弟当别购鸡蛋奉赠,或无问题。

这是一次感人的会见,陈先生这一年已七十六岁,身体很不好,因此与吴宓分别时,会很伤感地说"暮年一晤非容易,应作生离死别看"。陈死于"文革"中,吴死于"文革"结束后的一九七八年,六十年代初的这最后一晤,蕴藏了无限意味。对于吴宓来说,年长六岁的陈寅恪亦师亦友,让他终生敬重。到一九七一年,被群众运动无数次戏弄和迫害的吴宓,因为久无陈寅恪的音讯,按捺不住思念之情,给远在广州的中山大学革命委员会写了一封信,询问陈寅恪的消息。此信当然是石沉大海,陈寅恪夫妇早在两年前就已经含冤离开人世。我在《闲话吴宓》一文中曾引用过这封信:

广州国立中山大学革命委员会赐鉴:

在国内及国际久负盛名之学者陈寅恪教授,年寿已高(一八八〇光绪十六年庚寅出生)且身体素弱,多病,又目已久盲——不知现今是否仍康健生存,抑已身故(逝世)?其夫人清稚堂(唐筼)女士,现居住何处?此问宓及陈寅恪先生之朋友、学生多人,对陈先生十分关杯、系念,极欲知其确实消息,并欲与其夫人唐稚莹女士通信,详询一切。故持上此函,敬求贵校(一)复函示知陈寅恪教授之现况、实情,(二)将此函交陈夫人唐稚莹女士手收,请其复函与宓,不胜盼感。

信中说的陈先生1880年出生,是手误,应该是1890年。据说陈寅恪生前也很关注吴宓的命运,一九六七年,他的女儿从成都回广州探望老父,陈寅恪迫切地向她询问吴宓的近况,结果女儿只能无言以对。杜牧诗《赠别》中有这样的句子:"门外若无南北路,人间应免别离愁。"<u>友谊有时候正是因为距离,因为离乱,会产生特殊的美感。</u>

人说"距离产生美",而作为乱离人的真朋友之间,更多的当是思念的苦涩,关爱的心无处安放的无奈吧。

四

友谊常会面临严峻的考验,有时候如履薄冰,稍不留神,便掉进水里。我这个年龄的人,不会忘了小时候暑假里看的电影《战上海》,都能记得反派主角汤恩伯。这个汤恩伯完全是个草包,在人民解放军面前,像个小丑似的,蹦了两下就完蛋。真实的情况当然不是这么简单,汤恩伯能混到那么高的军衔,要是没有真才干,蒋介石绝不会把最后看家的那点军队都交给他指挥。

开门见山,提纲挈领。运用比喻的修辞手法,意蕴深刻。

汤恩伯并非出于黄埔,能得到蒋介石重用,与陈仪的引荐分不开。陈仪是日本士官生,与蒋介石既同乡又同学,交情非同一般,他与鲁迅和郁达夫也是好朋友。汤恩伯是陈仪的得意门生,情同父子,在最后关头,陈仪曾秘密动员他反戈一击,像傅作义那样起义,接受共产党的改编。这是一个聪明的选择,就当时形势看,汤虽然重兵在握,战场上已无任何胜机。

汤恩伯选择了失败,在恩师与党国之间,或者背师,或者叛国,他选择了不可救药的党国。人各有志,勉强不得,汤恩伯的悲剧在于,他没有告密,但是陈仪策反之事一旦被军统侦破,他就不得不站在证人席上,为恩师陈仪的"罪行"作证。陈仪因此被枪毙,汤也陷入终身愧疚之中,据说他在台湾很不得志,已无心于名利场,郁郁寡欢,疑神疑鬼,在家里为陈仪设了牌位,动不动就烧香磕头,惶惶不可终日。

不由地想起一个差不多的故事,在莎士比亚时代,培根结识了女王和情人艾塞克斯伯爵,两人成为好友。艾比培根小六岁,对他的才华十分敬佩,在艾的极力推荐下,培根在政界如鱼得水。可以这么说,没有艾塞克斯,就没有培根。艾塞克斯后来终于失宠,并以叛国罪被逮捕法办,培根作为一名王室顾问和法律公职人员,奉命参与此案的审理工作,由于他和艾塞克斯的私交众所周知,因此在审理过程中,为了表示不徇私情,表示自己坚决站在国家利益的立场上,培根表现得非常严厉和公正。六个月以后,艾塞克斯被保释回家,传记上说,艾对培根的表现非常失望,于是他就开始筹划一个新的政变阴谋,结果事泄失败,又一次被捕入狱,最终被处以极刑。

在艾塞克斯案件中,培根的做法曾得到后人的非议,人们不能容忍同流合污,也不赞成落井下石。培根的对手在这一点上大做文章,极力往他身上泼

燕子来时 ● 著名中学师生推荐书系

污水,结果,许多人一方面喜欢培根的文章,一方面又对他的人格产生怀疑。罗素不得不在《西方哲学史》上为培根辩护,认为把他"描绘成一个忘恩负义的大恶怪,这十分不公正",既然艾塞克斯已经构成叛逆,此时抛弃这样的朋友,"并没有丝毫甚至让当时最严峻的道德家可以指责的地方"。不仅罗素义无反顾地支持了培根,许多著名学者都持差不多的态度,一位研究培根的权威学者,在阅读了培根与艾塞克斯所有全部材料后,断然指出培根对艾塞克斯的处理,没有任何值得非议之处,大多数的指责不过是诽谤而已。《培根传》的作者也说:

> 培根的行为曾经受到一些人的苛责。不过谁也不能否认艾塞克斯的确犯有叛国罪。所以很难理解那些责难培根的人到底期待培根做什么?

要求培根像章士钊为梁鸿志那样做辩护,这是不现实的。理智和情感常常冲突,友谊虽然简单,到复杂的时候,永远不是语言所能描述清楚。培根也不可能像汤恩伯那样自责愧疚,西方价值体系中的理性思想,远比东方的盲目忠君报国,更富有人文主义的色彩。友谊毕竟不是哥们义气,不是小集团利益,不是沆瀣一气。友谊是试金石,可以折射出不同的光芒,培根的做法在人情上似乎有些欠缺,但是培根所以能成为培根,能成为一名大哲学家,成为一名大科学家,成为英国思想史或者说人类思想史上具有里程碑意义的人物,自有其内在的道理。

友谊是简单的,而面对复杂的境况时,理智与情感常常冲突,简单的友谊也就复杂起来。我们只有站在友谊之外的思想的至高点上去抉择,尽力不因偏私一己之友谊,而废全社会发展之纲常。

五

柳宗元的古文对后人的影响,显然要比他的诗大得多。我至今也弄不明白什么叫法家,柳的法家思想对我毫无影响。谈到思想教育,培根的《人生论》对我的影响更大,受益更多。印象中,柳宗元的最大特长是写游记,譬如《永州八记》,非常适合当写作的范本。林纾选评《古文辞类纂》的游记一栏,所选柳宗元文章的篇幅,相当于另选的古文大家韩愈、苏洵、苏轼、王安石的总和。

寄情山水多少有些迫不得已。并不是今天的人才想当官,古时候的人其实也很在意官场。柳宗元被贬为永州司马,司马在汉代是个大官,在唐朝却是贬谪的无职无权的闲散官员,他的心情一定很沉重。好在还能游山玩水,写诗写散文,此外,心目中必定依然存在着友谊,毕竟还有一批志同道合的朋友值得挂念。友谊不仅能提高自己的境界,还能增加快乐,消除忧愁。没有友谊会是繁华的沙漠,海内存知己,天涯若比邻,只要心中存着友谊,虽然被贬穷乡僻壤,就不会感到孤独无援。

友谊之美是实实在在的。这也就不难理解偶尔有朋友来看望柳宗元,会产生那么大的激动。李贺诗中有这样的句子:"梦中相聚笑,觉见半窗月。"一旦美梦成真,好友相逢,那份惊喜真不知如何形容才好。柳宗元做了十年的永州司马,苦尽甘来,终于获得了升迁,告别潇水湘江,告别了一望无际的水边萍花,升任柳州刺史。当年一起被贬的好友刘禹锡,也

友谊不是一束短暂的焰火,而是一幅真心的长卷,用心描绘的双方,都是彼此戈壁滩上的绿洲。

引自唐代诗人李贺《秋凉诗 寄正字十二兄》。

由郎州司马升任连州刺史。升了官，春风得意，柳宗元的诗风和文风都有所改变，他的倒霉蛋形象便不复存在，接下来，只是一心一意积极从政，为人民做了不少好事实事。虽然已经过了一千二百年，如果谁有机会去柳州，一定还能听见当地的老百姓在谈论他。

怀旧的西瓜

一件旧物、一部老电影甚至一句话都会让思绪回到往日的岁月里。此刻,西瓜、澡堂子是否也可以让作者在怀旧中复制那记忆中的特别情愫呢?

红袖章,红色的臂章,佩戴者在执行检查、领队等任务时所佩戴的一种标识。"文革"时期,有时候也特指红卫兵。

燕子来时 ●

著名中学师生推荐书系

小时候,西瓜总和澡堂子连在一起。说不清为什么,反正家门口那个人民浴室,到了夏日,它就兼卖西瓜。买的多,便服务周到,可以送货上门。我的小床底下,到日子排满了陵园西瓜,个头都不大,像故事片《地雷战》中的地雷。来送西瓜的伙计,照例说一口地道的扬州话,老练地叩着西瓜,生的往里放,熟的搁在外面,关照一番,汗淋淋地去了。

有一年,在浴室看见两个光溜溜的家伙,大大咧咧问伙计,说今年怎么不卖西瓜了。伙计说,卖什么西瓜呀,外面乱哄哄的,不敢卖了。光溜溜的家伙便说,怎么能说乱呢,我们哥俩刚从北京串联回来,这形势是一片大好。转眼已套上了衣服,我看见两个家伙的胳膊上,都戴着红袖章。那是我第一次看到有人戴这玩意,物以稀为贵,后来见多不怪,很快连澡堂伙计也套个红匝在膀子上。

我的童年记忆,伴随"文化大革命"逐渐清晰。印象中,过去的水果店不卖西瓜。公家水果店很少,私人好像又不可以开店,西瓜也不在街头上卖。吃的西瓜,都是从什么地方冒出来,一直让我想不明白。"文化大革命"开始的那几年,父母境遇极惨,或许根本没西瓜吃。毕竟四十年前的往事,我的记忆突然变得模糊起来。

也许，很重要一个原因，还是我不喜欢吃西瓜。不喜欢，就不会往心上去。小时候因为要吐籽，真是一件让人扫兴的事，怕麻烦，把籽咽下肚了，大人一个劲地吓唬，说是要拉肚子，会肚子痛。西瓜对于我，唯一有趣的记忆，是跑得很远地去拎一桶井水。住的地方叫杨公井，此地偏偏没井，必须跑到另外一条叫户部街的小巷去取水，水取回来，把西瓜浸在桶里，在当时，这就是所谓的冰镇西瓜。我并不觉得井水浸过的西瓜有多好吃，享受的只是大人的交口称誉，小孩子总是有虚荣心，能听到表扬，就心满意足。

我的祖母晚年是在北方度过的，她临终之前，南方人的思乡情绪强烈，突然想吃西瓜。于是到处去找，是 50 年代中期，听父亲说，在这没有西瓜的季节，为了弄到西瓜，花费了太大力气。后来终于找到，在一个大冰窖里，价格自然不菲，打开以后，内容已经很不堪，像棉絮一样食之无味。

冰箱之普及，真正的"冰镇西瓜"已不稀罕。种植技术革命，让西瓜失去了季节。骄阳似火，酷暑难熬，满大街都是愁眉苦脸的瓜农。瓜贱伤农的老调又在重弹，昨日黄昏散步归来，妻子说，我们买个瓜吧，卖瓜的太不容易。餐后边看电视，边分食西瓜。我感慨了几句，女儿不耐烦，说吃西瓜就吃西瓜，怀什么旧。

哎，女儿怎知"我"在时间流逝的河里，找寻并追逐时间的波痕呢？也许，正如"我"现在只能做做的，便是以一段拙劣的文字来祭奠那段流逝的岁月吧！

祠堂小学

我在农村念过两年小学,其中有大半年是在村祠堂小学度过。祠堂小学顾名思义,是一极小的祠堂改建的。就一间教室,一个老师,门口挖了个坑,埋上一口大缸,中间隔一块木板算是男女厕所。大约三十名学生,从一年级到三年级,都挤在一个教室里上课。

老师大约三十多岁,胸前挂着哨子,上课下课,十分潇洒地吹几声哨子。他长得很白净,见了大姑娘小媳妇,眼睛顿时发亮,常常忍不住说几句荤话,开一些无伤大雅的玩笑。<u>小学门前是生产队的打谷场,来来往往的人很多。</u>

有一次正上着课,老师的媳妇找来了,把他拉到打谷场上训话,一训就是半天。早过了下课时间,学生们在教室里自然不肯老实,除了不大声喧哗,什么调皮捣蛋的事都敢干。黑板上被涂抹得一塌糊涂,画了只大乌龟,几句标语似的下流话后面跟着好大的感叹号。唯一的一把扫帚和一个铁皮小桶放在了虚掩的门上。老师的媳妇火冒三丈,训起话来没完没了,老师一头一脸低头认罪的模样,正在教室里的学生早被他忘到九霄云外。

做好的圈套迟迟派不上用场,等得不耐烦的学生黔驴技穷,终于大叫:

"老师，我们肚子饿了。"

老师好像突然想到什么似的奔过来，一边吹哨子，一边往教室里冲。铁皮小桶咚的一声砸在地上，那把扫帚非常准确地落在他头上。<u>所有的学生快活地大笑，老师的年轻漂亮媳妇也笑，老师一边生气，一边也乐呵呵地傻笑。</u>

我那时仍然算是三年级的学生。当时正是"文革"最激烈的年头，我父母在同一天里双双进了牛棚，转眼间我成了无人管教的野孩子，便避难到了农村的外祖母家。既然是避难，也顾不上许多。三年级是祠堂小学的最高学历，于是我不得不做留级生，屈尊再读三年级。

上课要教的内容我似乎都懂。老师同时给不同年级的学生上课，一年级做算术，二年级写毛笔字，三年级大声地朗读课文。<u>教室里永远乱糟糟，永远生气勃勃。老师仿佛是乐队的指挥，眼观六路耳听八方，有条不紊安排着一切。</u>祠堂小学没什么太较真的事，出点小差错也无妨。老师严格起来，学生随便笑一笑他都会发火，马虎的话，学生上课时，跑出去撒尿拉屎也没关系。常常有学生很潇洒地从本子上撕下一张纸来，急匆匆跑出去，屁股撅多高的，光天化日之下，大模大样地离教室不远的茅坑里方便。

教室里的学生叫道："喂，你屁股都让人看到了！"

那边不服气地说：

"看到就看到，你又不是没有。"

有时老师上着课，忽然心血来潮，便把我叫到侧面的厢房里。那是老师简陋的办公室，放着一张课

允许孩子们以他们自己的方式获得快乐，难道还有比这更好的方法？笑声是会传染的，此处，也不例外。

两个显然不在同一节拍上的词语，不正写出了特别环境里特别快乐、特别纯真的特别记忆呢？

桌,一把椅子,桌上堆着作业本,一盏油灯。老师将作业本往边上挪挪,摊开了象棋,拿掉自己的一个车,然后和我厮杀,不杀得只剩下一个光杆司令绝不罢休。有时棋下多了,影响他批改作业,他一本正经地改出几个样本,指使我依葫芦画瓢,照着他的样子改。像抢什么似的,不一会儿工夫就把作业改完,火烧火燎地发还给学生,然后接着下棋。

我的棋艺很快有了长进,先是承让一个车,再下来是让马,到了后来,不用让一子,我和老师下棋也竟然互有胜负。老师是小孩脾气,不能输也不能赢,赢了喜欢乘胜追击,轻轻哼着"宜将剩勇追穷寇",眉飞色舞。输了当然不肯服气,一遍遍重来,脸色沉重地将棋子重新放好,走到教室里,吹吹哨子,"下课了,下课了",再回来,看着棋盘说:

"好,再来一盘,决一雌雄。"

于是昏天黑地乱杀一气,一直杀到我外祖母找来。

老师终于吃了批评,谁批评了他,我始终不曾知道。有一天,老师把我叫到办公室,脸色深沉地说:

"我们再下最后一次,以后不下了,省得人家乱说话。"

这一盘棋下了很长时间,临了到底是谁赢了,已经记不清。我记得最清楚的是,这以后,我再也没和老师下过棋。事实上,我从此也就失去了下象棋的兴趣。

单元链接

我们在中学课本中学习过朱自清的《荷塘月色》、郁达夫的《故都的

燕子来时
⦿
著名中学师生推荐书系

188

秋》、陆蠡的《囚绿记》等散文名篇,这些作品带着荷的清香、雨的气息、山的雄姿、水的光彩,像一幅幅清新优美的画卷展现在我们面前,"引领我们领略大自然和人生的多彩多姿"。本单元有五篇文章是有关植物的,分别为梅花、兰花、石榴、竹、芭蕉,其他文章更倾向于内在精神层面的风景及哲理性思考。在作家叶兆言笔下的它们,有发端,有历史,一路走来,随性生长,在人文思想的滋养下,在作家丰厚的学养里,摇曳生姿。

第四单元

DI SI DAN YUAN

生活感悟

　　主人依旧，故巢不存，你有没有看见翩翩新来燕迷失在水泥高楼的丛林中？面对突然降临的灾难，灾难之外的我们有没有"不停地拷问，别人已做了些什么，自己又做了些什么"，有没有因力不从心或者不曾身体力行而心生愧怍？公共场所屡放噪音，在利益面前唯有大大的自己，你有没有因如此旁若无人、唯我独尊、自私自利而羞耻？

　　在现代社会，每个人都要学会尊重别人；因为尊重别人，就是尊重自己。而对于生活不能欲望太多，功利性太强，否则往往会适得其反，莫如道法自然，顺势而为。

■ 燕子来时

"花褪残红青杏小,燕子来时,绿水人家绕",前几日写作疲倦,五楼晒台往下看,十来只燕子绿树枝头来来去去,不由浮想联翩,少年时背过的宋词突然冒出来。想当初年幼无知,一口气能背诵几十首宋词,祖父老人家很吃惊,不知道应该表扬还是批评。

那时候"文化大革命",唐诗宋词地道的四旧,当时的孩子能背诵半本《毛主席语录》,可以将"老三篇"倒背如流。现在的中小学生,包括大学生硕士生博士生,问他们什么是"老三篇",一个个都会傻眼。在破四旧的大革命笼罩下,一个孩子喜欢唐诗宋词,用今天的话来说,基本上属于智力有问题。

时过境迁,为了测试自己的衰老指数,我常常利用开会,正襟危坐,重温少年记忆。有一次尸位素餐,陪坐在主席台上一整天,领导们没完没了讲话,我便一首接一首默写唐诗宋词,结果坐下面的同志都以为是在认真记录。字写得比较大,差不多把一本薄薄的笔记本全部写满。写完也就扔了,虽然错误百出,有人捡到这笔记本,竟然以威胁的口气给我写信,说打算收藏手迹。理由是除了乱七八糟的唐诗宋词,还有好几句随手写下的骂人粗话。

一个笔记本全是古诗词,肯定没什么收藏价值,有那么几句脏话,罪证在案,情况会完全不一样。话

出自宋代词人苏轼词作《蝶恋花·花褪残红青杏小》。这首词的后面几句是:"枝上柳绵吹又少,天涯何处无芳草。墙里秋千墙外道。墙外行人墙里佳人笑。笑渐不闻声渐悄,多情却被无情恼。"

题还是回到燕子上，小时候很孤独，看到燕子，心里总会起些波澜。我在乡下待过几年，寄人篱下，那是童年中最不堪回首的日子，每当燕子归来，我就想自己什么时候才能回家。乐不思蜀，某个孩子如果一个劲在想家，肯定是过得不如意。

燕子给人留下的印象，永远飞来飞去，闪电一样划过。旧时王谢堂前燕，飞入寻常百姓家，这只能是书上的描述，对于今天的人来说，真能看到燕子的机会并不太多。燕子喜欢有堂屋的老宅，它更喜欢乡下的老房子。故巢尚未毁，会傍主人飞，这年头到处新农村，老宅旧屋越来越少，不仅城里人，乡下人怕也是久违。

这也就是为什么看到燕子会惊奇的原因。主人依旧，故巢已毁，我茫然地想着，燕子们会选择在哪里筑巢。也许可以考虑空调外机的下面，那会是个理想的所在，但是事实上，这样的燕子巢从未见过。翩翩新来燕，双双入我户，很显然燕子不太喜欢城市，城市化正不可阻挡，在水泥高楼的森林中，已不太可能再看到陶渊明笔下那种意境。燕子只是偶尔路过我们的住宅区，它们匆匆而来，也匆匆而去，带来了一点点春天里的消息，然后就不知所终。

城市化进程的快速发展致使燕子失去了栖居之所。我们的生活因为燕子的远去而少了趣味和诗意。不知是该为文明的发展而高兴，还是为燕子的来去匆匆而伤感？

■ 惭愧之心

地震时,正躺床上看书。这时候,按惯例结束一天的写作,放松阅读一会,然后午睡。忽然间地震了,有些眩晕,好像床也在抖动,再看天花板上垂下来的那盏吊灯,竟然在摇晃。

没想到是地震,首先怀疑自己错觉,一个人即将进入梦乡之际,不可能会有什么正确判断。我这人向来迟钝,有一年在杭州,一帮作家朋友在宾馆的房间里聊天,大楼突然微微晃动,最先明白过来的是史铁生,他脱口说应该是地震,于是我们才一个个有了反应,断定这确实是一场地震。

因为要午睡,把电话挂了,等到重新接通,妻子问有没有感到地震,才想起临睡前的异常抖动。妻子说她没任何感觉,当时正在行进中的汽车上。她告诉我一个信息,说有人发现游泳池里的水,竟然像海浪一样翻滚。

最初的反应是非常可笑,怎么可能呢,就在南京,就在我身边。上网浏览,汶川地震的大标题已赫然在目。真是该死,即使有了这样的信息,我仍然没有意识到有多严重。曾经几次经过汶川,立刻想到的是当地的风景秀丽,也听说过那里经常地震,网上的一些链接加深了自己的错误印象,我根本没有把这场灾难与三十多年前的唐山大地震相联系,只是

1976 年唐山大地震已远去多年,年轻一代无从经历过那样的时候,所以对于"地震"这个名词抑或是动词早已神经麻木。

195

感到过去的许多年,多多少少都是有地震的,而这一次,不过与那些不大不小的抖动差不多。

接下来,就一直被惭愧之心折磨。在这场难以想象的大灾难面前,我没有办法原谅自己,所有反应都显得很迟钝,很笨拙,很落后,很手足无措。事态远比想象要严重,而且逐渐加重,一天更比一天厉害。天天感到揪心,天天都有触动,魂牵梦绕,我只能被动地看电视,看直播,一次次震惊。

真羡慕那些军人,真羡慕那些记者,还有那些救护人员和志愿者,一个职业小说家在这种关键时候,会感到非常无助,感到非常无能。一直想写些什么,却不知道应该怎么写,愧疚感像块石头那般堵在胸口。同样以笔为武器,记者们做得最好,然后是诗人,而我,一个所谓的文化人,只能一直揣着惭愧之心,在惴惴不安中打发时光。大灾难让我们看到了太多的爱,看到了太多的无私和付出,也让我有机会不停地拷问,别人已做了些什么,自己又做了些什么。

感谢那三分钟的默哀,这三分钟里,被压抑的痛苦情绪终于得到释放,之前和之后,尽管也曾无数次泪水盈眶,都没办法与这实实在在的三分钟相比。这三分钟,大家都在默哀,都在经受洗礼。我知道,一个人的祈祷和祝福,或许微不足道,但是仍然忍不住心里默念,天佑汶川,天佑华夏,天佑人类。

作者虽没有亲临灾区为灾区切实做过一点儿什么,但悲天悯人情怀在此得以淋漓体现。

燕子来时 ●

著名中学师生推荐书系

■ 旁若无人

大清早被楼下的收音机吵醒，叽里咕噜不绝于耳，万般无奈十分恼火。昨晚睡得晚，人还很困，想睡又无法睡，只能爬起来写小文章。

天气正在变热，暂时还不需要空调，开着窗户睡觉，既低碳又绿色，然而来自楼下的噪音，像清晨升起的雾气一样阻拦不住。天刚蒙蒙亮，早锻炼的起来了。有一位戴着眼镜，看上去很瘦的中年人，正沿大楼前的小径来回散步，手上捏着个小收音机，虽然我住五楼，还是很清晰地听见那里面在胡说什么。这个理直气壮的家伙经常这样，有人已指责过他了，但是依然故我，根本听不见别人的意见。

我认识的一位女士经常抱怨她母亲，说天底下再也没有比她老人家更自爱的人了。这位老太太心目中一辈子没有别人，只关心自己，唯我独尊。早在女儿上中学的时候，这位母亲就说自己快死了，有这病那病，现如今，重孙都上小学了，老太太不但健在，都九十出头，仍然在对女儿抱怨身体不好。旁若无人未必幸福，老太太便是最好例子，她只知道自爱，只在乎自己，只希望别人关心她，爱她，从不考虑别人感受，根本不在乎自己之外的任何事。

常可以遇到那些肆无忌惮的打手机，这些人即使吊嗓子，也不会小声说话。越是公众场合越来劲，

想睡而又不能睡的滋味确实不好受。好在作者还有如此的小雅性来平复心绪，还真是一种人格上的大修养。

197

越是人多越嗓门大,越中气十足。黑社会老大说话都没这气势,在火车的车厢,在餐馆的大堂,在电影院,全然不顾别人存在。一个朋友对老外解释为什么中国人上馆子,动不动就要一个包厢,因为大堂的噪音实在太大,你又不可能戴着耳塞子去用餐。

到处都有这种旁若无人的厉害角色,无论所谓的贫民窟,还是成功人士的高档小区,都是差不多品质,都可以种菜,养狗,喂鸡,公然盖违章建筑,彻夜唱卡拉OK。一哥们住高档别墅,有钱人买楼通常都不住,平时见到的只有保安,一拨又一拨的装修民工,一条像藏獒一样动不动会溜出来的黑狗。为这条狗,110已出警数次,狗主人照样无动于衷。

都说八〇年后孩子太自私,都怪罪于独生子女政策,然而有什么样的父母,难免有什么样的子女。如果我们的日常生活,全然不能在乎别人,丝毫不考虑他人感受,永远是旁若无人,又怎么可以希望自己孩子突然得道成仙,成为处处会想到别人的君子或者雷锋。自私未必是人的天性,说来说去,还是我们自己养成。

走自己的路,让别人说去吧,这种道貌岸然的名人名言,可以用来励志,有时候,又会有很坏的后果。

父母是孩子的镜子和老师。我们要想知道自己什么样,看孩子的行为表现就知道了。他们在我们潜移默化的影响下,言谈举止间已然继承和留存了我们的影子。"择其善者而从之,其不善者而改之",从他人身上反观自己,每个人如果都有自省自察的意识,何愁我们的国民素质不提高呢?

燕子来时

◉

著名中学师生推荐书系

放弃是魄力，也是艺术

苏东坡是老百姓喜欢的一位古人，才华横溢，玩什么都一流。古人也分可爱和不可爱，他显然属于相当可爱。不断地有些矫情和艳事，喜欢竹子，更喜欢红烧肉。一生不得志，进退维谷，冰炭在怀。最忘不了他老年的一幕，从海南流放归来，病歪歪临终前一个月，突然想到要去江南养老。于是沿水路奔赴常州，当地老百姓因为苏东坡的到来，居然万人空巷。天气盛夏酷暑，从闷热的船舱里走出来，他衣衫不整，袒胸露腹，连声说："惭愧惭愧，如此厚爱，折煞我也。"

人生不得意十之八九，能这样坦然对待困境，活得有滋有味，着实让后生羡慕。潇洒从来不是装出来，性情多多少少还得靠修炼。有一次，苏东坡玩爬山，爬到一半，气喘吁吁，便坐下来休息，别人休息只是休息，他立刻就悟了道，变得哲学起来。苏东坡想起了打仗，文人谈武，标准的纸上谈兵，他想到了当兵的险恶，譬如冲锋，真到了节骨眼上，横竖逃脱不了一个死。进则死敌，退则死法，前面敌人的机枪，后面长官的诅咒，往前走枪林弹雨，向后撤是"退后一步，老子毙了你"。

真遇到这样的处境，还能怎么办。苏东坡找不到答案，只能静静咀嚼苦果的滋味，感叹人生的种种

第四单元　生活感悟

苏轼21岁中进士，神宗时曾在凤翔、杭州等地任职。元丰三年（1080）因"乌台诗案"受到诬陷，被贬黄州团练副使，期间于城东之东坡开荒种田，故自号"东坡居士"。苏轼关心民众疾苦，做了许多利民的好事，深受民众拥戴。

潇洒性情，并不是与生俱来，而是经历了无数次烈火重生的涅槃。太后和司马光全盘否定王安石的新法，苏东坡坚持原则，反对全盘否定。1089年贬任杭州太守，1093年降为定州太守；上任1个月又被贬到遥远的惠州，在那里住了2年零6个月；再贬，被贬到更远的儋州，就是今天的天涯海角。贬谪至此，

就再无处可贬了。

苏东坡的知难而退，是一种潇洒，也是一种有魄力的放弃。

相似。无路可走或者左右为难，是我们日常生活中的常态，虽然现在最时髦的口号是"永不言败"，是"绝不放弃"，然而有时候，嘴上说说可以，心里想想也行，真过不了那道门槛，果然身不由己，也没办法。

六百多年前，明朝的永乐大帝忽发奇想，要为自己父亲朱元璋竖个巨大石碑。想法很有创意，基本上是把一个现代足球场给立起来，如果真成为现实，绝对是文明世界的顶级奇观。最后却不了了之，只在南京留下了三块著名的阳山碑材，作为半成品供后人参观和瞻仰。尽管是未完成，它给我的印象已足够深刻。首先敬佩想象力，只有非凡的帝王，才会有如此奇思妙想，不妨琢磨琢磨，七十多米高，六个多世纪前。其次是果断放弃，不管什么理由，说放弃就放弃，这同样是魄力，必须充分肯定。

三块碑材见证了中国历史，它们代表一种可能，又代表另一种不可能。面对两难，苏东坡选择了坐下来，其实就是选择思考，意识到理性。胜负有时候并不重要，进退也永远只能相对。不管与天斗，与地斗，包括与人斗，我们都不一定是胜利者，也不一定非要去扮演这个胜利者。放弃显然不是愉快的事，不过恰当的放弃，不只是魄力，抑或还是一门艺术。

我穿睡衣我怕谁

　　一个长相有些奇怪的男人，穿着宽大棉睡衣，不红不绿的款式，傲气十足来到一家健身俱乐部。外面数九寒冬，健身房里温暖如春，锻炼的男女身着名牌运动服，一个个香汗淋漓。这家俱乐部，办个年度会员证，将近四千块钱，门槛不可以说不高。来锻炼的多为成功人士，男士不当官就经商，起码也混了个高级知识分子。女士多为白领，年轻的是小资，不年轻的是富婆。这场合，敢穿睡衣尤其棉睡衣，傻乎乎直闯进来，也得有点胆量才行。

　　跟着进来的还有个胖乎乎女人，显然是睡衣男人的太太。有什么样的男人，就有什么样的太太。顾客是上帝，遇到这样的上帝要参观，还真不能不让他进来。健身房小姐连忙上前应酬，睡衣男人也不客气，粪土当年万户侯，根本不把眼前的这些个鸟男女放眼里，东看看西望望，什么运动器材见着顺眼，便上去玩它几下，龇牙咧嘴，然后不置可否，扬长而去。

　　某居民小区的入口处，有个穿睡衣的中年妇女，喜欢站在岗亭边上跟保安聊天，一说就没完。大家都不明白她为什么有家不回，有事没事，总是站在那里，而且一定要穿着睡衣。保安的脸上屡屡显现出不安，又不能撵她走，毕竟人家也是小区的业主。终于有一天，一个保安的妻子跑来大闹，认定睡衣女人是狐狸精，与她年轻的丈夫有一腿，动静弄得很大，结果110也来了，很多人围观。睡衣女人十分委屈，说老娘穿不穿睡衣，跟你有什么关系。

保安妻子说，你成天穿着睡衣，睡觉穿什么。

睡衣女人说，我睡觉穿什么，关你屁事。

围观者都笑了，很快乐地笑，话虽然粗糙，却占着理。穿衣服是人家的自由，谁也管不了。只要她高兴，完全可以把睡衣当制服穿。有热心群众出来作证，安慰年轻好吃醋的保安妻子，睡衣女人不光喜欢与她丈夫说话，逮住任何一个保安都一样。这件事终于不了了之，睡衣女人依然穿着睡衣在门口说笑，什么叫心理素质良好，这个就是。

喜欢在公共场穿睡衣，地道的中国特色。我不知道还有什么地方，不可以穿睡衣，到处都能看到这样的男人或女人，在马路上，在超市，在广场，在公共厕所，五花八门琳琅满目。不由地想起小时候看电影，那些黑白影像中，穿睡衣的都是有钱的上等人，男人手上夹着一根雪茄，女人嗲声嗲气在接电话。我一直疑心是这些老电影在潜移默化，我们小时候，上等人可不是什么好玩意，后来世界观变了，有钱人再次成为众人的理想，于是我们不知不觉中，便在刻意模仿那些本该批判的对象。

穿睡衣的习惯来自欧美，西方人认为，睡衣只有伴侣才能看见，穿睡衣出门被认为是不文明和粗俗的。

在国际社会通行的穿衣原则：T.P.O原则，指穿衣的时间、地点、场合。也就是说，一个人的穿衣本身并没有对和错，这是个人的喜好决定的，但是分场合的。

燕子来时

●

著名中学师生推荐书系

欲望的尽头

　　欲望的尽头是什么，谁也说不清。欲望永远没有尽头，工资总是少一级，房间总是缺一间，人永远也不会满足。官最好再大一些，好运气最好再多一些，好了还要再好，此山看了那山高，没完没了。

总说"欲望"，从一般人最关心的东西谈起。

　　我是个俗人，官不想当，当然暂时也没人硬让我当。稿费若能多拿一些，房间再多上一间，我肯定会龇牙咧嘴笑个不歇。尤其我住的房子，每年十月初告别太阳，直到第二年三月份才会重见阳光，若是能分到一个冬日里阳光灿烂的房子，真不知道会怎么感谢。对于一个天天伏案工作的人来说，一冬天不见阳光实在忍无可忍。

转说"我"的欲望，与一般人相比，"我"的欲望实在算不得欲望，与其说是欲望，还不如说是愿望。

　　忍无可忍其实还是有些夸张。我并不是想提倡阿Q的战术，不过，与我同年龄的人中间，的确还有许多人不如我。幸福常常是一种很外在的东西，它只有在不恰当的比较中，才能体验到。有一年，我们去参观刚暴发起来的农民小楼，那阔，那外表的装潢，真是公家配给省长的住房也不能与之相比。可是进屋粗粗一看，满地扔着破鞋子，是房间就安装了防盗门，在一架二十英寸大彩电上，却放着一架九寸的黑白电视机，我心里顿时就觉得不是滋味。

保持知足常乐的心态才是淬炼心智、净化心灵的最佳途径。把忍受变为享受，是精神对于物质的胜利，这便是人生哲学。

物质丰富的同时却忘了精神世界的充盈。

　　一个朋友被一位很大很大的领导召见，那领导在许许多多的谈话中，极随口说了一句，十年前，他拥有的还是一个十二英寸的黑白电视机。这是一场极具领导艺术的谈话，这次谈话以后，不用说是我的朋友，就连我这么一个局外人，听了朋友的转述以后，也跟着对那位大领导感到亲切。现在很多人买电视都捡最好的买，要买什么画王，要买那种大屏幕上带小屏幕的。想想就好笑，真正明白事理的人，有台电视机就行了，看着清楚就足够。那么穷讲究干什么，电视台要是不播好节目，就是买到了画王的爷爷也没用。

欲望说穿了是不安于现状。在欲望的回光返照中，我们必然会什么都不满意。我们总是向最好看齐，结果对于最好的本义反倒模糊不清。有一个固定词组常常害人，这个词组就是"一定"。天下本来就没什么一定，人活着，千万不要为一定所困。帝王将相，宁有种乎，我们却自欺欺人老要谈什么一定。我们一定要吃什么，一定要看什么，一定要得到什么，可结果呢。明白这道理就足够了，有些什么没吃过，没看过，没得到过，并没有什么大不了。欲望的尽头，往远里说，是死亡；往近里说，是不要相信有什么一定。

"画王的爷爷"这五个字读来让人忍俊不禁，在平实的叙述中蕴含趣味，又直指人性。现代人一味地攀比，忽视了最简单的本源，着实可悲可叹可恨。

作者从远近两方面回答了文章开头提出的问题：欲望的尽头是什么？并且言简意赅地概括为"不要相信一定"。

燕子来时

著名中学师生推荐书系

散　步

记得上学时，最喜欢的就是体育课。无论中学还是大学，我的体育成绩都绝对理想。我一直不太明白，为什么有那么多人，练来练去，仍然达不了标。我从没有参加过什么专门的体育训练班，可是各个项目皆可。我曾是中文系的铅球和跳远冠军。每次开运动会，一人只能报两个项目，得第一名奖赏一条毛巾，加上集体项目另算的接力赛，我可以不太费劲地就得三条毛巾。

离开学校以后，很自然就变懒了。我做梦，常常梦到数学考试，梦到英语考试，从来不曾梦到体育考试。也许是体育考试对我太轻松的缘故。糊里糊涂便当了作家，整天坐在家里，闭门造车，压根没想到课堂之外，还有体育锻炼这回事。好端端的一个大活人，一本正经地跑步，或者去找旧时的同学打球，似乎有些不成熟的矫情。等到意识到身体有些问题，忙不迭地想到锻炼，却又好像来不及了。

我尝试过学太极拳，是杨式，是正宗的，不是那种简化太极拳。拳是学会了，很难静下心来打拳。在打拳的时候，常常情不自禁想到正在写的小说。于是改成了散步。我的家离玄武湖公园很近，买一张通行证，天天进去绕湖走一圈，效果说不出的好。玄武湖公园是南京人的骄傲，首先是堂而皇之的大，

杨氏太极拳是历史悠久的汉族拳术，太极拳的重要流派之一，是由河北省邯郸市永年人杨露禅及其子杨班侯、杨健侯等人发展创编的，在太极拳界执大旗地位。

205

因为大，人总是少。尤其是散步的时间里，除了在公园锻炼的人，几乎见不到什么游客。可以沿着湖没完没了地走下去，也可以在树林乱转。不同的季节里开着不同的花，各式各样的鸟叽叽喳喳叫着，在这样的环境里散步，都忘了自己是在锻炼。我感到最奇怪的，是在散步时，从来都不想要写的小说。

散步让人感到彻底放松，一个小时，甚至两个小时，不知不觉，就过去了。散步时，脑子里一片空白，人机械地往前走着，心里说不出的舒畅。也许正是这种空白感，才使大脑真正得到了休息。这是一种最便宜的锻炼，只要是个人就会，和打太极拳相比，和那些叫得出的体育项目相比，散步是一种最原始的锻炼办法。有人曾建议我买一套健身器材，说到了种种好处，进口的买不起，可以买一套国产的。但是我相信不管什么样的健身器材，效果肯定不如散步。因为使用了健身器材，锻炼的功利性太强，一招一式都在想着是锻炼，效果一定大打折扣。对于脑力劳动者来说，尤其对于写小说的人，锻炼的功利性不可能没有，可是太多了就麻烦。我不能想象自己会和充满了金属气味的健身器材交上朋友。

生命在于运动，为锻炼而锻炼未必是件好事，举例来说，参加什么健美训练班，并不意味着就一定能把身体弄好。身体的好坏，不在是否添了些肌肉。运动中包含了一切哲理，锻炼的诀窍，其实就在坚持，就看能不能把运动变成生活的一部分。就个人而言，散步最适合我这种性格的人，简单，实用，没有任何规则。散步可以使人置身于大自然，把人交给大自然，这就足够了。体育运动的极致，说穿了，也许还是为了让人更接近自然。

道法自然

几年前,曾经很认真地学过太极拳。我很笨,一起学的几个人,就我学得慢。太极拳一招一式,有许多讲究,在老师所讲的话中,印象最深的,是<u>道法自然</u>。

讲究自然不仅仅限于打拳,可以说每一个艺术领域,道法自然都是最高准则。我学打拳,除了接受能力缓慢,太紧张是一个大毛病。老师看我打拳,在一旁提醒最多的,就是放松,放松,再放松。老师让我想象垂柳,柳枝垂下来,那是一种最自然的放松。人的肢体也应该这样,要沉肩坠肘,沉肩坠肘有利于含胸拔背的自然形成,只有含胸拔背,才能气沉丹田。

老实说,我的太极拳学得很不怎么样,事实上,连坚持天天打一遍都不太容易做到。然而一起学的几个人中间,矮子里挑高个,我又是学得最好,练得最勤,打得最多的。

打太极拳,真正要做到身体放松,还是比较容易。难做到的是心理放松,绝大多数人学太极拳,都有很强的功利目的,这就是通过打太极拳,迅速达到强身目的。<u>欲速则不达,人有了功利心,往往一事无成</u>。我自己就是极好的例子,这些年来,也许是写作太辛苦,平时又不太注意保养身体,因此下决心学太

道法自然,出自《道德经》的哲学思想。意为,"道"所反映出来的规律是"自然而然"的。"人法地、地法天、天法道、道法自然",老子用了一气贯通的手法,将天、地、人乃至整个宇宙的生命规律精辟涵盖、阐述出来。

诸葛亮有"非淡泊无以明志,非宁静无以致远"之语。

极拳,唯一目的,就是让身体恢复过去的水平。

相比之下,学太极拳看似难,其实容易。因为是学,一招一式都要琢磨,脑筋用在研究动作上,便产生了一种兴趣,兴趣往往超出功利。<u>真正困难是学会了打太极拳,如何几十年如一日,天天坚持操练下去</u>。学会了太极拳,有很多莫名其妙的理由,使人不能持之以恒。

譬如身体感觉不错,这是典型的好了伤疤忘了疼。太极拳对人的身体状况有明显的调节改善作用,人一旦能吃能睡,立刻忘乎所以,早忘了应该坚持每天的太极拳。譬如短期内没什么效果,发现自己胃口不好了,睡眠也有问题,惊慌之余,匆匆恢复打拳。有时候,几天拳一打下来,感觉不错。有时候,却一点效果也没有,于是便放弃。

有的人始终坚信最新的什么功和什么操,喜新厌旧,总觉得最新式的就是最好的。有的人,什么功和操都不相信。有一段时间,我的身体特别不好,究竟什么原因造成的,到现在也不明白。我的朋友们都觉得奇怪,因为他们根本不锻炼身体,身体也不见得怎么不好,我常常煞有介事地打太极拳,身体却糟糕成这样,因此都认为打太极拳毫无道理。甚至我自己也怀疑太极拳不是个好玩意。一位对气功十分入迷的朋友告诫我,我的古怪症状,很可能是打拳时走火入魔。他相信我是在打拳时,运气不得法,气走偏了。他的话,使我很长一段时间内,不敢再打太极拳。

事实上,我的身体不好,和打太极拳毫无关系。仔细想想,身体不好,也许恰恰是不能持之以恒打太

杨绛先生有言:有些人之所以不断成长,就绝对是有一种坚持下去的力量。

燕子来时
●
著名中学师生推荐书系

极拳的缘故。人的身体好与坏,有着各种各样的原因,归结到是因为打拳打坏了,实在太荒谬。荒谬就荒谬在人总是以太强的功利心来评判是非。

我不能不想起太极拳老师最初教过的话,这就是要放松,真正的放松。不只是身体放松,而且要做到心理放松。无欲则刚,打拳的目的当然是为了强身健体,然而也必须意识到,并不只是仅仅为了这个。为强身未必真能强身,想健体也可能适得其反,这道理每个锻炼身体的人必须明白。

也许只能这么想,如果不坚持锻炼,也许我们会更糟。

我们锻炼,不是为了更好,而是为了不要更糟。

目标和结果未必会一致,有时可能会事与愿违。

狗的回忆

我们那时候在农村,最羡慕的就是知青。知青不过是公子落难小姐遭殃,不管怎么说,在乡下人眼里依然还是公子,还是小姐。知青比乡下人穿得好,知道的事多,而且打骨子眼里看不起乡下人。快过年了,知青十分兴奋,因为回城的日子就要来临。

知青在农村也是偷鸡摸狗的好手,和土生土长的农村青年比起来,知青不仅会运用大脑,而且更接近流氓无产者。光脚的不怕穿鞋的,当地的农民都不太敢招惹知青。那时候乡下的羊便宜,几块钱就可以买一只不小的羊。冬至刚过,知青领头,和村上的小伙子一起,动不动就去买只羊回来开荤。羊买回来了,杀了剥皮,然后扔在开水锅里煮,一煮就是一大锅,抓把盐扔下去,吃的时候再加上新切的蒜叶,香味可以传出去很远。

有一年过年,几位知青没回城,相约在农村过一个革命化的春节。由于羊已经吃腻了,突然想到了要吃狗肉。那年头,农村的狗也是稀罕之物,人的粮食都不够吃,谁还高兴养狗。想吃狗,首先得出去寻找。邻村的狗本来是很容易骗来的,如果是在平时,扔几块面饼,就可以成功。可是一到过年期间,狗大约是有东西吃了,你把饼扔过去,它照样吃,可就是死活不跟你走。

于是只好回来吃窝边草，生产队里养了一条狗，也不知当年从哪捡来的，饿得到处都是骨头。和今天时髦的名犬身价百倍相比，同样是畜生，那狗可真是太贱了，如今我的一位朋友养了一条小狮子狗，每天带去上班，上班的第一件事，就是让伙计到对面馆子里买一客蟹黄包，蟹黄包买回来，主人吃皮，馅喂给那狮子狗吃。可怜我刚刚提到的生产队养的那条狗，只要是能吃的，什么都吃。我敢说它自出生以后，从来就没吃饱过。它永远是在为吃奔波，成天东家西家地乱窜，人家吃饭了，它就可怜巴巴在一旁看，偶尔能吃一块肉骨头，那真是过年了。

谁家的孩子拉屎，它只要是遇上了，一定虎视眈眈地守在旁边。狗行千里吃屎，眼见为实，这条狗可真是把屎当作了好东西。

如今回想起来，把这么一条瘦骨嶙峋的狗吃掉，真有点让人感到恶心。这条狗谈不上有什么功德。那年头农村的日子太穷，没听说过有什么外来的贼。生产队养了一条狗，养了也就养了，用不到它替谁看家。见了谁，都讨好地摇头摆尾，见了陌生人，它也会张牙舞爪地叫，虽然瘦，在我们的带领下，一样把邻村那条比它大出许多的狗撕咬得落花流水。

把这条狗偷偷地吃了实在太容易。大过年的，到处喜气洋洋，没人注意到狗失踪。狗肉可以成为佳肴，但是也不知是佐料不对，还是狗太瘦了，满满地煮了一大锅，吃了极少的一点点，便在后门口挖一个坑掩埋了。

同样是狗，年代不同，长相不同，待遇天差地别，读来让人唏嘘不已。

单元链接

在中学语文课本中,我们会学到巴金的《小狗包弟》,并会拓展学习所选集子《随想录》中的部分作品,鲁迅的《风筝》《拿来主义》《祝福》《纪念刘和珍君》,诺贝尔文学奖获得者莫言的《蛙》,都反映了一个人对自我灵魂的拷问与批判,进而上升到对一个特定时期的民族的反思。

结合本单元的学习,我们对生活会有更多更深的思考。自我反省,也是自我救赎,个人因反省而成长,民族因反思而强大。

第五单元

DI WU DAN YUAN

家庭忆往

　　"家"，只是一个字，却是在经历了纷纷扰扰的世间情，世间事，世间人纠缠喧嚣之后，一个让心灵停靠的港湾，一个最温暖的去处。

　　"信"也好，"疑"也罢，都是流年碎影，雪泥鸿爪；手足深情，逝者的遗念，生者的怀念，生死相依；背井离乡，勇敢追梦，待衣锦还乡，以慰乡愁，一片归心似乱云；阴阳永隔人难留，睹物思人情愈深。作为男人的一生，是儿子也是父亲，子念父，父爱子，父子情深；父爱至深，亦严而生畏，女儿是父亲的软肋，终在包容中成长，理解万岁。

　　往事，如头顶飘散的流云，飘过，却不曾离去，会以雨、雪、气、水的形态潜行在你的身边，融进你的生活，滋养你的情感，慰藉你的心灵。

流年碎影

《流年碎影》是张中行老先生的自传,厚厚的一本,断断续续地看,看了十几天才看完。这是一本让人感到亲切的书,第一版就印了三万套,和明星的传记相比,是小巫见大巫,能印这么多,已经是奇迹。

我喜欢张中行已经有十几年。不止一位朋友向我表示过异议,他们有些不明白,我为什么喜欢这么一位爱说教的老先生。我说自己从来没有觉得他是在说教,朋友们说:他当然是在说教,唠唠叨叨,说一些大家都明白的道理。我不想和人争,朋友的看法自然有他们的道理。

我最早看张中行的作品是《负暄琐话》。这本书印得极少,大约是二三千本,市面上当时并不多见。我手头的一本,是张先生送给我祖父,很快转到我父亲手里,然后无意中又成了我的猎物。我不得不承认自己对于谈掌故的书,有一种特殊的兴趣。此外,我喜欢周作人,是真的喜欢,听到别人攻击他,心里就有些不太高兴。我一直在想,中国的散文,周氏兄弟之外,应该还有些好的。譬如丰子恺,我读过一些他在1972年时写的散文,这些散文极棒,是一个老人的绝唱,可惜生不逢时,能见到的人并不太多。后来终于有机会出版了,淹在他过去的著作中,人们也就不太会去想文章背景。

张中行(1909—2006),著名学者、哲学家、散文作家。和季羡林、金克木、邓广铭被称为"未名四老"。

以平平文字淡淡说出那些人与那些事。张先生是世纪老人,饱历沧桑,对于可记之事,可感之人,可念之情,难以忘怀,自然情动于中,发为文章,其中如对北大红楼的追念,风俗人情的叙说,立身处世的想法,对整风,破四旧,以至"文革"的反思等,娓娓道来,却有难得的清明的理性和脉脉的温情。

"如同一片片落英,含蓄着人间的情味",字里行间有一种朴讷而又明亮的味道。

张中行老人应该算是文坛新秀。虽然他已经是一位八十八岁的老人，出书走红，却是这些年的事。他最耐读的书，是《负暄琐话》，是《负暄续话》和《负暄三话》。要想了解他一生的故事，莫过于读他的这本取名《流年碎影》的自传。如今，很多人都已经知道张中行就是《青春之歌》中的余永泽，在没有接触他的作品前，很多人脑海里首先会有的印象，是电影《青春之歌》中扮演余永泽的于是之。于是之是位了不起的好演员，他塑造的反面人物形象，比女作家杨沫笔下负心落后而且顽固的书呆子，更入木三分。

作为一个过来人，张中行老人屡屡喜欢提到三十年河东，四十年河西。曾经红极一时的女作家杨沫已经过世，《青春之歌》书店仍然在买，然而今天的读者，怕是再也不会有我们小时候读这本书时的激动。张中行和杨沫的故事，有一个很浪漫的开始，但是却有一个十分沉重的结尾。用张中行老人的话说，两人的"思想感情都距离太远"，一个走的是信的路，始终是坚信，一个走的疑的路，忍不住就要怀疑，道不同，不相为谋，由合而分，自然在情理之中。

《流年碎影》记录了一个老人的一生，从疑开始，结束的可能是信，反过来，从信开始，很可能是以疑为终。

杨 沫（1914—1995），当代女作家。原籍湖南湘阴。其代表作是长篇小说《青春之歌》。

彼此的分合，隐含了现代读书人的两种命运路向。在张中行看来自己选择的是疑的路，杨沫则是信的路。疑，就不轻易被情感的冲动所裹挟，在静静地思考里看人看事；信，就卷入时代的大潮里，去殉道于自己的理念的世界。

一片归心拟乱云

一生中的最大遗憾，是没离开故乡。没离开，就谈不上归来，就谈不上乡愁。无家可归，不亦哀哉。没有乡愁，不亦憾哉。读唐诗宋词，读元人的小曲，读到关于乡愁的好句子，总有些淡淡悲凉。于右任《望大陆》中写道：葬我于高山之上兮，望我故乡；故乡不可见兮，永不能忘。这诗句深深打动了温家宝总理，为什么，因为写得好。为什么写得好，因为于老夫子离开了故乡大陆，一肚子乡愁。早是有家归未得，杜鹃休向耳边啼，难怪古人会说，欢愉之词难工，而愁苦之音易好也。

月有阴晴圆缺，人有悲欢离合，乡愁的大前提，必须是背井离乡。余光中把乡愁比喻成一张邮票，比喻成一张船票，要是不狠狠心肠走出去，老死在自己的狗窝，撑死了也只能是玩玩集邮或收藏一叠老船票。一位来自乡村的朋友，说起自己老父亲无限感慨，老人家一把年纪，竟然为了变成城里人，兴奋得像个三岁小孩子。他没有文化人的远虑，对自己赖以为生的土地被开发商拿走了，毫无丧权失地之痛，对未来可能有的严重后果全然不顾。一位德国诗人说过，哲学就是怀着永恒的乡愁寻找家园。老人家不是哲学家，他完全被眼前的利益给蒙蔽了，儿子的童年梦想，是成为一城里人，现在连老迈的父亲

阅之，耳畔响起"故乡何处是，忘了除非醉"、"露从今夜白，月是故乡明"等飘散着乡愁气息的诗句。

出自唐代佚名诗人的《杂诗·近寒食雨草萋萋》，前两句：近寒食雨草萋萋，著麦苗风柳映堤。歌咏游客居外不得返乡的游子思乡之情。

德国著名浪漫派诗人诺瓦利斯（1771—1801），对于哲学给予这样定义：哲学是全部科学之母，哲学活动的本质原就是精神还乡，凡是怀着乡愁的冲动到处寻找精神家园的活动皆可称之为哲学。

也是。

昔我往矣，杨柳依依，今我来思，雨雪霏霏。悲歌可以当哭，远望可以当归。城市化节奏越来越快，是好事，当然也不完全是好事。城市化使得更多的人背井离乡，使得充满诗意的乡愁，成了铸铁一般的事实。浩浩荡荡走出去，已成为历史发展的大趋势，客观地说，这不是件让人急得要跺脚的坏事。都说人挪活，树挪死，在眼下这个大时代里，好大的一棵树，从遥远的他乡搬移到大都市里来，都不一定是个死，更不用说战无不胜的人类。不妨想想，人的能耐有多大，不妨再想想，这世界各个角落，又有哪一处没有黑头发黄皮肤的中国人。

孤客一身千里外，未知归日是何年。不管怎么说，真能走到千里之外去，肯定还是个好兆头。在家则为虫，离家则为龙，湖南人毛泽东必须出湘，四川人邓小平一定要出川。伟人自有伟人的道理，为什么人和人会不一样，毛泽东能成为毛泽东，邓小平能成为邓小平，前提都是因为，他们当年勇敢地走了出去。

说来说去，还是不太清楚伟人们的乡愁，会是什么模样。伟人不是普通的平常人，可毕竟也是人。逢人渐觉乡音异，却恨莺声似故山，对大多数人而言，乡愁总是难免，思乡也是注定，回不回故乡都一样。人生之悲，莫过于无家可离，离不了家。其次才是无家可归，归不了家。也许，先潇洒地走遍天下，再带着些乡愁过年回家，这才是最普遍最令大家向往的人之常情。

最堪思何物

多年前吴亮兄来南京,海阔天空聊天,说起最喜欢。我说我真是很无聊,基本上废了,思来想去,竟然已无所谓"最"。人生热情早不知何处去,天下事都不在乎,都在可与不可之间。不由想起一个很有情调的老太太,爱憎分明风风火火,说事最喜欢用一个最,能一口气说出最喜欢看的电影,最喜欢吃的小吃,最心仪的男人是谁,最讨厌的女人又是谁。

很认真检讨过自己,是事皆有原因,为什么我的人生态度会如此消极。常有人问,你最喜欢的书是什么,我坦白说不知道,很多书都喜欢,偏偏没有一个最。80 年代初,看中了祖父案头的一套《管锥编》,这是钱锺书先生的扛鼎之作,因为喜欢,我便自说自话地据为己有。祖父叹气说,这书你也未必看得懂,不过既然喜欢,就拿去吧。我想起码在这一点上,自己受了老人的暗示和影响。祖父的观点向来是君子使物,不为物使,天下好东西太多,不可能归一人所有,有就是没有,没有就是有。人生无所谓得失,有些缺憾,没什么大不了。

祖父曾为我刻过一方章。有一次,他兴冲冲说,给你刻个图章吧;那是"文化大革命"后期,我高中刚毕业,不知天高地厚,不相信他还会干这事。他倒是说干就干,从一大堆旧章中随手找了一个,将上面的

钱锺书先生于 20 世纪六七十年代写作的古文笔记体著作。全书约 130 万字,论述范围由先秦至唐前。

出自《管子·内业》,即君子是外物的主宰者,不为外物所役使。

219

字磨了,然后在纸上写了几个字,问我喜欢哪种风格。我胡乱点了一个,他皱着眉头想了一会,说你还有些眼光,这个确实不错,就用它了。

我光知道祖父会写毛笔字,因此首先是觉得好玩,原来图章就是这么刻出来。他当时已经八十岁,一个劲抱怨手上力气不够,又嫌刻刀钢火不好,不顺手,索性改用案头的一小锥子帮忙。记得还返过一次工,又磨了从头开始,前后到底用多少时间,已忘了。终于把图章刻好,问喜欢不喜欢,我怎么回答也记不清,反正觉得好玩,沾了红红的印泥,在纸上乱盖。

祖父如此不厌其烦篆刻印章,是对印章情有独钟,还是对我用心良苦呢?

多年以后,看别人的纪念文章,才知道祖父从小就玩篆刻,年轻时下过苦功夫。求教一位喜欢篆刻的朋友,他把玩了许久,说祖父的篆刻很了不起,并不比他老人家的书法差。这位朋友千叮万嘱,让我将印章好生保存,说以后会值大价钱。这话十二分荒唐,我再没出息再没能耐,也不可能拿出去换银子。

有一种财富是经历,有一份情怀是回忆!此时,物是人非事事休,欲语泪先流,情何以堪?

一转眼,祖父过世快二十年。这印章一直伴随那段记忆,也许因为亲身经历,差不多就是最堪思之物。忽然间有些担心,自己喜欢,偷着乐就行,何苦要将它公之于世。这些年数次搬家,担心乱中遗失,格外小心珍重。我知道,自己喜欢的东西最容易损失,书借走不还,影碟借走没踪影,都是吹嘘卖弄的后果。

燕子来时
●
著名中学师生推荐书系

220

■ 旧式的情感

　　三年前，在纪念祖父诞辰一百周年时，我有一点想不明白，那就是人们为什么总是对整数特别有兴趣。莫名其妙，就成了习惯。记得祖父在世时，对生日似乎很看重，尤其"文化大革命"后期，一家老小，都盼过节似地惦记着祖父的生日。是不是整数无所谓，过阴历或阳历也无所谓，快到了，就掰着指头数，算一算还有多少天。

　　有时候，祖父的生日庆祝，安排在阳历的那一天，有时候，却是阴历，关键是看大家的方便，最好是一个休息天，反正灵活机动，哪个日子好，就选那一天。祖父很喜欢过生日，喜欢那个热闹。有一年，阳历和阴历的这一天，都适合于过生日，他老人家便孩子气地宣布：两个生日都过。

　　想一想也简单，一个老人乐意过生日，原因就是平时太寂寞。老人永远是寂寞的，尤其是一个高寿的老人。同时代的人，一个接一个去了，活得越久，意味着越要忍受寂寞的煎熬。对于家庭成员来说，也是如此，小辈们一个个都相对独立，有了自己的小家，下了乡，去了别的城市，只有老人过生日这个借口，才能让大家理直气壮堂而皇之走到一起。

　　老人的寂寞往往被我们所忽视。我侄女儿的小学要给解放军写慰问信，没人会写毛笔字，于是自告

叶圣陶（1894—1988），原名叶绍钧，江苏苏州人，现代作家、教育家、文学出版家和社会活动家，有"优秀的语言艺术家"之称。

"旧式的情感"，在本文中指漫长岁月中形成的相濡以沫的情感。此句表明祖父童心未泯。

奋勇带回来,让祖父给她写。差不多相同的日子里,父亲想要什么内部资料,想要那些一时不易得手的马列著作,只要告诉祖父,祖父便会一笔不苟地抄了邮来。有一段时候,问祖父讨字留作纪念的人,渐渐多起来,闲着也是闲着,祖父就挨个地写,唐人的诗,宋人的词,毛主席的教导,一张张地写了,寄出去,直到写烦了,人也太老了,写不动为止。

我记得常常陪祖父去四站路以外的王伯祥老人处。这是一位比祖父年龄更大的老人,他们从小学时代就是好朋友,相濡以沫,风风雨雨,已经有了几十年的友谊。难能可贵的,是祖父坚持每星期都坐着公共汽车去看望老朋友。祖父订了一份大字《参考》,大概因为级别才订到的,王伯祥老人虽然是著名的历史学家,一级研究员,他似乎没有资格订阅,于是祖父便把自己订的报,带去给他看。每次见面大约两个多小时,一方是郑重其事地还报纸,另一方毕恭毕敬地将新的报纸递过去,然后就喝茶聊天,无主题变奏。

说什么从来不重要,话不投机,酒逢知己,关键是看这一点。有时候,聊天也是一种寂寞,老人害怕寂寞,同时也最能享受寂寞。明白的老人永远是智者。我不得不承认自己在这些老人的寂寞中,学到了许多东西。我从老派人的聊天中,明白了许多老式的情感。旧式的情感是人类的结晶,只有当它们真正失去时,我们才会感到它的珍贵。老派的人所看中的那些旧式情感,今天已经不复存在。时过境迁,生活的节奏突然变快了。寂寞成了奢侈品,热闹反而让我们感到恐惧。

王伯祥(1890—1975),江苏苏州人。名钟麒,字伯祥。现代文史研究家。

充分表现祖父对友情的执着。

燕子来时

著名中学师生推荐书系

热闹背后往往缺少那份寂寞的温情。

222

老人最害怕告别，送君千里，终有一别，祖父晚年时，每次和他分手，心里都特别难受。于是大家就不说话，在房间里耗着，他坐在写字桌前写日记，我站在一边，有报纸，随手捞起一张，胡乱看下去。那时候要说话，也是一些和分别无关的话题，想到哪里是哪里，海阔天空。祖父平时很喜欢和我对话，他常常表扬我，说我小小年纪，知道的事却不少，说我的水平似乎超过了同龄人。我记得他总是鼓励我多说话，说讲什么并不重要，人有趣了，说什么话，都会有趣。早在还是一个无知的中学生时，我就是一个善于和老人对话的人。我并不知道祖父喜欢听什么，也从来就没有想过这些问题。我曾经真的是觉得自己知道的事多，肚子里学问大，后来才知道那是因为源于老人的寂寞。

纪念父亲

一扛一兜游戏间，一走一转有趣时，尽管忆起再悲伤，"我"却笑着，不愿忘！

方之（1930—1979），中国现代小说家。原名韩建国，祖籍湖南湘潭，生长在南京。代表作《内奸》被评为1979年全国优秀短篇小说。才华横溢、勇于探求，总以敏锐的目光和火热的心去观察和聆听时代的脉搏。

我对父亲的最初印象，是他将我扛在肩上，往幼儿园送。我从小是个胆小内向的孩子，记得自己总是拼命哭，拼命哭，不肯去幼儿园。每当走到那条熟悉的胡同口，我便有一种世界末日来临的恐惧。父亲将我扛肩上兜圈子，他给我买了冰棍，东走西转，仿佛进行一项很有趣的游戏，不知不觉地绕到了幼儿园门口。等到我哇哇大哭之际，他已冲锋似的闯进幼儿园，将我往老师手里一抛，掉头仓皇而去。

父亲不止一次说过，觉得我这个儿子和亲生的没什么两样。他知道这是我们之间一个永恒的遗憾，毕竟血缘关系永远都不可能改变。我很偶然地从一张小照片上知道自己本姓郑，叫郑生南，照片上的那个小男孩最多只有一岁，这个名字说明我出生在南京。

我很小就开始识字了，在识方块字这一点上，似乎有些早熟。父亲属于那种永远有童心的人，做了一张张的小卡片，然后在上面写了端端正正的字让我认。那时候他刚从农村劳动改造回来，和他的好朋友方之一起写歌颂大跃进的剧本。写这样的剧本究竟会不会有乐趣，我现在实在想象不出，我只记得父亲和方之常常为教我识字，像小孩子一样哈哈大笑。父亲和方之在1957年，为同一件事被打成了右派,他们内心深处自然有常人所不能体会到的痛苦,但是他们留在我童年记忆中的哈哈大笑,比他们教我认了什么字,印象深刻得多。

我记得父亲和方之老是没完没了地抽香烟。屋子里烟雾腾腾,两个人愁眉苦脸坐在那。他们属于那种典型的热爱写作的 20 世纪 50 年代书呆子。我小时候是一个公认的乖巧小孩,他们坐在那里挖空心思动脑筋,我便一声不响地坐在他们身后,很有耐心地等他们休息时教我识字。除了害怕上幼儿园,从来没有哭闹过,我永远是一个害怕陌生喜欢寂寞的小孩。

小时候做过的最早的游戏,就是到书橱前去寻找已经认识的字。祖父留给父亲的高大书橱,把一面墙堵得严严实实。这面由书砌成的墙,成了我童年时代最先面对的世界。父亲和方之绞尽脑汁地写他们的剧本,我孤零零拿着手上的卡片,踮起脚站在书橱前,认认真真核对着。厚厚书脊上的书名像谜语一样吸引住了我,就像正在写的剧本细节缠绕住了父亲和方之一样。

那时候我大概才三岁,有一次大约是发高烧,我在书橱前站了一会儿,不知怎么又回到了小凳子上坐了下来。我经常就这么老实地坐在那,因此正在写剧本的父亲丝毫没有意识到异常。现在已经弄不清楚究竟是方之,还是父亲先发现我像螃蟹一样地吐起白沫来,反正当时的样子把他们吓得够呛,他们手忙脚乱不知所措,慌了好一阵子,才想起来去找邻居帮忙。

笑在艰难岁月里,情在记忆长河中! 怎一"深刻"了得?

第五单元 家庭忆往

父亲与方之的专注与付出渐渐成文,在作品中讴歌生活中美好的东西,鞭挞丑恶的东西,写出了"人人心中所有,人人笔下所无"的东西。

225

宝像引起的话题

创刊于 1985 年 7 月,是由江苏省妇女联合会主办的江苏省社会影响力最大、最受读者喜爱的综合类文化期刊之一。

一个时代有一个时代的印记,这是一段历史的见证,也是一个时代的沉淀符号,深深地烙在那个年代人民的心上,如今再见,自然是睹物追忆,不甚感慨。

《莫愁》杂志上刊登了一篇关于我父亲的专访,专访中有一张摄于"文革"中期的照片,许多见到这照片的人,都注意到了照片上的我父亲母亲以及我的堂哥永和,胸前都佩戴着很显眼的毛主席宝像。这是最鲜明的时代特征,几乎不用任何说明,就可以知道是属于哪个年代。

照片上的我祖父没有佩戴毛主席宝像,我当时还是个孩子,弄不明白他为什么没有佩戴。那个时代并没有谁强迫必须佩戴宝像,大家都戴,谁要是真不戴,那实在是有些反潮流了。

照片上的我也没有佩戴毛主席宝像,有一段时间,我看着这张旧照片很得意,觉得自己当年也有些反潮流精神。但是有一天,我忽然想明白了,那天照相时,我听从摄影师的建议,把罩棉袄的衣服给脱了,很显然,我的宝像可能是留在外衣上了。我因此感到非常沮丧,原来自己小小少年,却也不能免俗。

拍摄这张照片的时候,是祖父经过几年的动乱,第一次来南方。祖父因为级别高,在轰轰烈烈的"文革"中,总算没受到什么太大的冲击。也有人贴过大字报,称祖父为修正主义教育路线的祖师爷,然而他属于重点保护对象,没有人直接找过他的麻烦。熟悉的人被批斗,被游街,被抄家,甚至被殴打致死,或

燕子来时 ●

著名中学师生推荐书系

者忍受不了屈辱自杀身亡，凡此种种，祖父听多了，不得不为我父亲的安危感到担心。

有那么几年，祖父根本得不到父亲的消息。祖父一生中经过无数战乱，见过许多生离死别，这么长的时间内，没有自己心爱的小儿子的消息，还是第一次。父亲是老牌的右派，"文革"中，没罪名的人都可能找出罪名来掉层皮，何况父亲这样的戴罪之人。祖父曾经感慨地对北京的堂哥说出他的担忧，在没任何信息的日子里，他担忧我的父亲可能已经不在人世。

是什么样的情境使得舐犊情深的祖父说出如此的话，这背后是怎样的迷茫、挣扎、绝望？只是几年没有信息，怎么就会把没有信息与死亡联系在一起，是经历了多少这样的伤痛才得出的结论啊？语言质朴，读来字字血泪。

过分的担忧引发了祖父的心脏病，医院发出了病危通知。那时候我父母都被关在牛棚里，也是沾了祖父级别高的光，我的父母被特赦出来，给了几天假去北京看望祖父。病危中的祖父逢凶化吉，见了日夜思念的小儿子，病情立刻减了不少。他没有问父亲为什么这么长时间不给他写信，也不问父亲究竟吃没吃过苦头，只是盯着我母亲胸前佩戴的毛主席像章一遍一遍地看，最后忍不住偷偷地问我母亲，为什么我父亲的胸前没有佩戴毛主席的像章。

人逢喜事精神爽，心病还须心药医。

我母亲已记不清她是怎么回答老人家的问话的。当时大家的心情都不好，乱糟糟的一团，自己身上的问题一大堆，同时还为祖父的健康操心。反正祖父不曾得到父亲为什么没有佩戴毛主席像章的准确答复。多年以后，我们在一起议论祖父当年怎么会留神毛主席的像章，会问这么一个今天看来十分幼稚的问题，一致认为他心里当时一定存在这么个疙瘩，那就是像父亲这样的身上背负着重大罪名的人，是不允许佩戴毛主席他老人家的宝像的。

戴上毛主席像章不只是一种形式，更有不可小视的政治意义。这是一种无声的宣传，也是一张特殊的"身份证"。无怪乎祖父如此紧张。

父亲和母亲在北京待了没几日，急匆匆回南京

227

继续接受批判。祖父又开始继续为心爱的小儿子的命运担忧。见面时,相顾无言无话可说,分别后,想说也没办法再说了。

"文革"中最急风暴雨的年头一过去,祖父不顾身体究竟能不能长途旅行,由我的堂哥陪着,南下看望我们一家。于是就有了那张我们一家三口和祖父的合影。

回首往事,难免一番感叹。事实上,"文革"中,就父亲而言,虽然吃了不少苦头,虽然他当时还关在牛棚里,但是也没有谁不让他佩戴毛主席的宝像过。去北京的医院探望祖父,完全是由于急急忙忙忘了佩戴。父亲做梦也不会想到这种小小的差错,会给一个卧床的老人带来的内心恐惧。

烽火连三月,家书抵万金,至于一直不往北京写信,父亲也有不可推卸的责任。当时虽然没有充分的通信自由,虽然每封信写好了,必须先交给造反派过目检查,然而父亲实在没有必要就此断绝了和祖父的通信。回头想想,让祖父操了那么多的心,父亲当年也太书呆子气了。

"文革"最大的悲剧就在于把人不当人。往事不堪回首,想到祖父寄来的信,先由造反派蛮不讲理地拆了检查过,然后再扔到父亲手里,心里便有一种说不出的滋味。扭曲的时代里,偷看别人的家信,也可以上升为一种权力。我忘不了有一次,那时候父亲刚从牛棚里放出来,已经恢复了和祖父的通信,造反派也停止了对来往信件的检查,父亲单位里的一位姓季的革委会主任来我们家串门,说着话,竟然拿起我祖父从北京寄给父亲的一封信,堂而皇之神气活现地读起来，根本不把在旁边的我们一家人放在眼里。

　　人不应该把别人不当人，把别人不当人，同样意味着把自己也不当人。历史的悲剧也许不会再重复，从过去的历史中吸取教训，人起码应该明白别再把自己不当人。

　　小宝像引发大话题。一个宝像带给我最深刻的感受是我感到的痛苦。这是我的沉重记忆，更是整个民族的沉痛记忆。

女儿语录

女儿一天天大了，说上小学就上小学。放学回来，书包往桌上一扔，做作业。话明显地比过去少了，越来越像个大人。童言无忌无欺，小孩子的话通常第一等的生动，女儿曾说过许多有趣和耐人寻味的话，好像是抢救文物遗产，不记下来，实在有些可惜。

女儿被蚊子咬了，心烦意乱，很严肃地问妈妈："妈妈，既然是被蚊子咬了一口，怎么不是少了一块肉，反而多了一块肉呢？"做妈妈的开始解释，有种简单的问题往往越解释越复杂，女儿听着不耐烦了，恍然大悟地说："我知道了，蚊子在咬人的时候，在肉上拽了一口，把肉拉出来了，所以会多一块肉出来。"

女儿晚上睡觉前，也喜欢捧一本书看。她到处扬言自己要成为叶家的第四代作家，并且要让第五代第六代都当作家。有一天晚上，她把小人书放在一边，眼泪汪汪地暗自伤心。总以为她是在幼儿园受了什么委屈，一问，却吞吞吐吐地说："我是在想，万一，你和妈妈离婚，爸爸有了后妈，他想对我好，又不敢对我好，怎么办？"这话当然不像话，肯定是受了电视上的影响，于是狠狠教训她，让她不要瞎想。女儿因此破涕为笑，再问她为什么会有如此荒唐的想法，笑着摇头不肯说。又问她为什么不想些高兴的

把童言喻作文物遗产，可见舐犊情深，女儿的一言一行对父母而言，是无价宝。

孩童是天生的哲学家，浅入而浅出，看似无理，又极有意思。

就像《安徒生童话》一样，孩子的思想里有成人世界的影子。

燕子来时 ◉ 著名中学师生推荐书系

230

事,回答说:"我喜欢悲剧。"

女儿常常被追问,问她长大了干什么,她的逻辑是:上小学,上中学,上大学,上留学,结婚,生小孩,听者无不捧腹大笑。

女儿很小就对人的起源感兴趣。告诉她,人是从肚脐眼钻出来的,深信不疑了很长时间,终于诘问妈妈:"人这么大,怎么能从肚脐眼里钻出来呢?"又问:"我是妈妈生的,妈妈是阿婆生的,那么最最头上的那个人,又是谁生的?"只好用进化论开导她,告诉她人是猴子变的。<u>女儿目瞪口呆,愤怒地说:"瞎说,大猴子应该生小猴子,怎么会生个人出来。"</u>

女儿三岁以前,捧着一本书,可以认认真真看几个小时。都觉得这孩子有异禀。这几年却变得什么事没长性,要她弹琴,非要画画,要她画画,又偏要剪纸。不肯好好地睡觉,不肯好好地吃饭,忍不住跟她说道理,总算眼睛瞪多大地听着,临了,叹口气总结说:"我觉得,我是天下最痛苦的人了。"

女儿最不要吃的食物就是茄子和豆腐,对于豆腐,她用反问进行回答:"豆腐有什么好吃的,我就不吃。"对茄子却仿佛有什么深仇大恨,"我就不上幼儿园,幼儿园又要吃茄子了。"

女儿给家里的人像梁山泊一百零八将一样排了座次:"奶奶第一,爸爸第二,我第三,妈妈第四,爷爷最后。"

女儿说:"爸爸,我有个想法不敢说,说了你要骂我。我想当班长,你说我会不会当?"女儿的两个堂姐都嫁给了外国人,一个远嫁欧洲,一个远嫁拉美,于是和她开玩笑,说她长大了也要嫁给外国人,她听

面对孩子的十万个为什么,达尔文也束手无策吧。

了，大不以为然，摇头说："还要学外语，烦死了。"

女儿做梦都想拍电影，电影拍不到，退求其次，说上电视拍个广告也行。这一阵发大水，她老是觉得遗憾，抱怨说，我们家也住在楼下，水怎么不把我们家淹了。"要是我们家淹了多好，"她很有心计地说，"这一来，人家都捐钱给我们，我们家不就发财了吗？"又说："要是淹的话，还有人来采访我们，我不就是上电视了吗，这多好。"

童言无忌，字里行间孩童那天真可爱的形象跃然纸上。

老同志

现在人的心态,和过去相比,不知年轻了多少倍。比如我现在这个年龄,在作家的圈子里混,和老作家相比,是青年作家,和青年作家相比,又成了老作家,当然这个老有些倚老卖"老"。今年中国作协分别开了中年和青年作家创作会议,以四十岁为界,而我正好四十岁,结果大家都很为难,说不清我究竟应该归哪个档。老实说我自己也弄不明白,常常开玩笑自称青年老作家,现在想想,这样称呼自己,心态依然还是年轻了一些。

如果不是去五台山体育馆游泳,我习惯天天去玄武湖公园散步。有一天,遇到两个迷路的大学生,一男一女,那男的气喘吁吁地对我说:"老大爷,请问解放门怎么走?"我一怔,被人尊称为老大爷,这毕竟是第一次。那女学生就在一边笑,或许是觉得如此称呼,稍稍早了一些。她笑,我也忍不住笑,然后热情指路,他们呢,连声地说谢谢。我呢,和蔼地说:"不谢,不谢。"

又过了一个多月,天转凉了,树上的叶子开始纷纷地往下落。我开始去五台山体育馆游泳。一天,路过女儿的中学门口时,正在举行爱鸟周活动,挂了许多初一学生出的小报在那展览,稀稀拉拉地有几个人在看。我女儿曾为此忙了好几天,我不能免俗,

作者在正当壮年的时候用自嘲的口吻说自己"老",可见作者心态的平和淡然。

骑车过去,想看看女儿的小报是否也挂了出来。一位中学教师远远地就盯住我了,我刚下车,他便走到我面前,很认真地对我说:

"老同志,我能不能向你提一个问题?"

这次我又一怔。说句没出息的话,他称呼我为"老同志",我当时还真有些不好意思,居然还脸红。然而他丝毫没有意识到有什么不妥,很认真地继续盘问,问我对爱鸟周有什么看法,对同学们办报这种形式,还有没有什么更好的建议。一看,就知道这是位很认真的教师,我当时说了几句什么,已经记不清了,只记得像领导干部那样,一本正经地点了点头,说了几声很好之后,掉头就跑。在游泳池里,我游了将近一千米的时候,突然有些悲哀,觉得自己是真的老了,回家就该照照镜子。

回家吃晚饭,把这事说给妻子和女儿听。妻子只是笑,女儿却很严肃地安慰我,她说:"爸爸,这不稀奇,我告诉你,那天有人还喊我大妈呢,你想,喊你一声老同志算什么?"

我一口饭差点喷出来,知道女儿是好心编故事,可这故事也太幽默了一点。

笑了一阵以后,我对妻子说:

"你看,我现在是真的老同志了,因为,女儿已经懂得安慰我们了!"

作者用"老大爷"和"老同志"这两声称呼点明自己在别人眼中的形象,但作者"热情指路""接受采访",恰似作者的从容、恬淡和稳重。

用女儿的懂事来印证自己的"老",看似无奈,却享受女儿的成长,享受生活。

■ 为女儿感动

常在文章中看见"逆反心理"几个字,有人说它是一种生理现象,表现在十六岁的女孩子身上尤其严重。在过去的一个月中,我充分领教了女儿的这种"逆反",喊她干什么,硬和你对着干,晚上很晚睡,早上睡懒觉,忍不住就看无聊的电视,然后便大谈歌星。我不是个严厉的父亲,却是个唠唠叨叨的大人。女儿出国前的一个月,我们之间并不是很愉快,发生过的激烈争执,数量相当于她长到十六岁的总和。老实说,我们都很失望。

我一次又一次失态,有一天,竟然动手打了她。一直到现在,我都不明白为什么会发生这样的战争。自从女儿出国定下来,我一直在为她操心,起码自己觉得是这样。在父母的眼里,孩子永远长不大,我们不停地要求这样,要求那样。作为父亲,我不明白为什么只看到女儿的缺点,女儿会弹钢琴,一次又一次考上重点学校,这次又以出色成绩,获得出国留学一年的机会。她毕竟只是个中学生,我不明白自己还希望她怎么样。

我为她在异国他乡的遭遇烦神,有个美国朋友来做客,他正翻译我的一部长篇小说,挺真诚地说:"你的女儿英语很好!"一个来旅游的英国女孩,在我们家住了一个星期,用英语和她整晚聊天,谈喜欢的

从"唠叨""激烈争执"到"动手打"女儿,父女之间的战争由暗到明到白热化。大人总是以自己的标准来要求孩子,完全不顾及孩子的感受,把自己的无能发泄到孩子身上,美其名曰——"爱"。

你以什么样的眼光看世界，世界就是什么样子，同样的，你以什么样的眼光看他人，他人就是什么样子。

燕子来时

"失去理智"、面目"可憎"、"不讲道理"、"成天吵"、"伤心寒心"，爱如果建立在别人的痛苦之上，这种爱不要也罢。

著名中学师生推荐书系

流行音乐，谈男生女生。可是我对女儿的英语程度还不放心，老是和尚念经一样地让她再背些单词。我知道自己在女儿的眼里很可笑，很愚蠢，越是可笑愚蠢，越要老生常谈。女儿出国的前十天，有机会去上海与曾经留过学的中学生联欢，她很希望我们全家一起去，我一口拒绝了，理由是有稿子要赶，女儿很失望，她知道自己有一个很没有情调的父亲，所以都没想到坚持。

我总是让女儿再用点功，要她记日记，要她看一两本名著。在这一个月中，我完全失控，一看到她看报纸的娱乐版，把频道锁定在无聊的肥皂剧上，嗓门立刻大起来，动不动就把她弄得眼泪汪汪。有一天，她去买东西，丢了一个帽子，我竟然很生气地让她去找回来。我不是心疼帽子，而是她什么东西都不知爱惜，出国后会为此吃苦头。这是很无聊的大动肝火，我平时很宠女儿，因为无原则的放纵，妻子总说我把孩子给宠坏了。也许担心她出国不能自理，也许担心她出国会过于放纵，我突然失去了理智，变得连自己想起来都觉得可憎。不仅我不讲道理，女儿也变得非常蛮横。我们成天吵，吵得大家都伤心，不仅伤心，甚至寒心，以至于大家都希望早日成行。终于到了8月9日，去上海机场送她，临上飞机，她悄悄塞给母亲一个小本子，上面密密麻麻的全是字。她的母亲已经在伤心流泪，看到小本子上的这些信，更是泪如雨下。

我做梦也没想到女儿会留下如此美丽的日记。她希望我们在思念她的时候，就翻翻这小本子。作为父母，总觉得女儿不懂事，可日记上的内容，分明让我们明白，真正不懂事的，是一些自以为是的大人。其实，何止女儿有点逆反心理，扪心自问，我们自己的心态也早就失衡，变得不可理喻。我曾经一再感叹，觉得女儿没什么爱心，因为现实生活中，差不多都是父母在为她服务，帮她叠被子，帮她倒水，半夜里起来帮她捉蚊子，强迫她喝牛奶，也许因为那些本能的爱，我们已经有些畸形，却忽视了一个最简单的事实，那就是女儿已长大。她不再需要婆婆妈妈的唠唠叨叨，需要的是另一种关爱，是理解。我不得不说自己深深地为女儿感动，女儿日记中表现出的那种爱，那种宽容，那种对父母的理解，让我无地自容。

征求了女儿的同意，从她临行前的日记中，挑出三分之二的篇幅，让读者阅读。我想，这些书信体的日记，不仅适合我们看，也适合其他的父母，它代表了一大批孩子的心声，这中间有委屈，有倾诉，有矫情，更有源源不断的真情实感，它有助于我们了解自己的孩子，解除两代人之间可能会有的那些隔膜。过去总以为只有父母才爱孩子，其实孩子更爱我们，父母的爱可能有时很自私，因为自私，会走向反面，会泥沙俱下，充满杂质，而孩子的爱是一股清澈的泉水，透明、纯净、美好，更接近爱的本义。

两代人之间有一座无形的墙，中间横着年龄、横着阅历、横着生活习惯……但归根结底，是横着拒绝理解。

红沙发

《哥达纲领批判》
是马克思在晚年写的
一部著作。

不是什么好沙发,红的人造革,矮矮的木把手,天生一种旧。刚买回来,坐上去硬绷绷地还有点劲,不多久中间便有一个坑。

买沙发时,我父母刚从牛棚放回来。记忆中那段时间最空,没事可做,父亲天不亮起床,也不锻炼,静静地坐在冷板凳上,抄《哥达纲领批判》,厚厚的一个硬皮笔记本,禁不起天天抄,毕恭毕敬的,都是字。差不多同时期,祖父也在北京抄书,不过他抄的是《毛选》,用英文。时间多得真恨不得拿来送人,母亲就是在这段时期学会烧菜的。那时什么菜都不贵,四毛钱一斤的大刀鱼,随时有卖。

有一天,从哪冒出来个人,说:

"哟,你们家怎么没沙发?"

突然发现确实没有,于是商议买沙发。商议来,商议去,买了一对小红沙发,价钱很便宜,包括熟人的应酬,一百元都对付了。有了沙发,才知道冷板凳的不舒服。过去也不算没钱,父亲母亲都觉得奇怪,结婚二十年,为什么没想到买沙发。虽然结束隔离审查有一段时间,再不是批斗的重点对象,母亲仍然还保持打扫单位公共厕所的习惯。也许只是一种习惯,没人让她一定要打扫,也没人一定要她不打扫,记忆中母亲常坐在红沙发上抱怨女厕所的脏。

燕子来时

◉

著名中学师生推荐书系

父亲每星期去郊区送一次垃圾,他是牛鬼蛇神中的强劳力。有时他一个人去送,有时也带我。一辆破车,回来的路上,口渴了便拿出几个硬币买大碗茶喝,又忘不了买几包廉价的阿尔巴尼亚香烟。"阿巴"的味很冲,却不难闻。父亲常坐在红沙发上,有一支没一支地抽着。

"文革"的急风暴雨已经过去。武斗之类的事也很难再听到。所有的人都随着"文革"的惯性在走。当时最倒霉的是"五一六"。斗来斗去,斗死斗活,和过去的日子相比,父亲母亲坐在红沙发上,不免有些知足。打扫厕所,送垃圾,这算什么。

我那时念初中,糊里糊涂念着,学习时好时坏。晚上从不看功课。有时偷着看小说,有时便傻傻地陪父母坐。"文革"最糟糕的年头,一会抄家,一会游街,一会这样,一会那样,今天家里的藏书被没收,明天凡是门都贴上封条,一家三口人各一方,成年累月碰不到一起。

渐渐的,母亲不再打扫厕所,父亲也不送垃圾。日子不知怎么就慢慢地好起来了。"四人帮"还在台上,"臭老九"还是"臭老九"。恢复了原工资,保姆也回来了。再下来,扣发的工资补发,时时有苦着脸上门借钱的年轻人。没收的书全部退还,借书的人便多了。父亲又开始坐冷板凳,夜夜都写,写那写不好也写不完的剧本。母亲又开始练功,快五十的人了,天天一身汗。

红沙发上有了灰尘,一家人似乎都有事要做,不死不活地瞎忙。终于"四人帮"倒了霉,这个平反,那个恢复,我们的日子一天比一天好。红沙发却依旧

> 习惯是一个很可怕的东西,因为习惯,会觉得理所当然。

239

"吁吁"、"酥酥"、"迟迟",只这三个叠声词就使一个奔波劳累的形象跃然纸上。

笔调诙谐,读来忍俊不禁,也有淡淡的忧伤。

闲着,没人有工夫去坐。这样的日子并不长。父亲母亲说老就老,悠闲岁月转眼演变成历史。一个眼见着头发就白了,一个浑身是病,三天两头要去医院。父亲去了《雨花》,先是副主编,继而主编,说不出的忙,又不会骑车子,上下班都要跑。气喘吁吁回家,酥酥地软在红沙发上,迟迟不愿起来。母亲老一套地喊这儿疼,那儿痛,坐红沙发上常惊叹"文革"中最糟糕的那些年头,怎么就挺了过来。人老了,总喊累。红沙发上一坐多久,还是喊累。

有一天来了个人,对着沙发上下打量。他是沙发厂的厂长,看了一会儿,皱着眉头说:

"这沙发哪是人坐的,这是玩具!"

我们一家都很狼狈,经他一提醒,开了茅塞,突然意识到这沙发的不好。靠背太矮,枕不到头,扶手太局促,摊不平手,弹簧太软,太少,钢火不好,人造革呢,冬凉夏暖。难怪越坐越累,越坐越不舒服。于是又商量,下决心换一对好沙发。

那时候,方之是我们家的常客。当年父亲母亲在"牛棚",听说方之戴着光荣花,兴冲冲下放,说不出的眼红。父亲的罪行似乎更重,下放也有缘分,不是谁都能轮上。记得父亲买了针灸针,拔火罐,赤脚医生的小册子,还有固体酱油,无望地等着对于别人是发配,在他来说意味着解脱的机会。

方之从南京下放,自然还该回南京。也不过几年工夫,老了许多,更黑,更瘦,人还是原来的那个人。回南京后,最要命的是没有房子住。原先不大的窝,别人已在那里孵儿育女。只好去住另一个人的厨房。那厨房大,放得下三张床。一家三代,挤了再挤,居然也住下。本来就没什么书,写字桌没地方放。方之是个只能写东西的人,不写作,便好像没事可干。从他那厨房的小家到我们家,直线距离,公共汽车得开过五个站。但是他天天不辞辛苦上我们家,跟上班一样。有时一天能来几次。来了,必定是坐角落里的那只红沙发。那时候我们家有一句笑话:

"这张红沙发,是方之的。"

方之天天来,说不完的空话,谁在家谁就得陪他聊。我当时刚上大学,自信得像个人似的。他的《内奸》连续从两个编辑部退回来,人有些萎,深深地陷在红沙发里,抽烟,笑,咳嗽,有时也叹气。

我们依旧聊天说空话,不知怎么主题到了沙发上,也不知怎么的,我讥笑起这对红沙发。无非那句老话:靠背太矮,扶手太局促,弹簧太乱,人造革太怎么怎么。方之极认真地听,又极认真地想。他个子太小,体重太轻,没有一个安身的地方可以待,这红沙发所有的缺点,似乎一丝一毫都体会不到。好沙发该是什么样的标准,他想象不出。突然,他一笑,三不着两地说:

"我现在和老丈人丈母娘住一起,大家一个房里用马桶,真,真有伤风化。"

我怔了一怔,他又说:

"你们都说我不写。写,写什么?"说完又是笑。

我永远忘不了方之的这一笑,当时他深陷在红沙发里,和红沙发一起畏缩着,嘴角上留着唾沫星子。酒瓶底一般的近视镜片把眼珠子都凸大了。黑的眼珠子,颧骨更高,一口烟牙。《内奸》的手稿半躺

241

半卷,撂在红沙发旁代替茶几的小圆桌上。谁也不知《内奸》能不能发表,更不会想到能得奖。

好在《内奸》发表了,最终还有些影响。方之对两家退稿的编辑部不免耿耿于怀,坐在红沙发上说了些狠话,便火烧火燎地和父亲商量怎样尽快弄房子。这时候,他的身体已经不能不考虑戒烟。我忘不了他总是抓着一支未点燃的香烟,放在鼻子下嗅来嗅去,样子极其狼狈,有时憋急了,便让父亲吸足一口烟,往他脸上喷。

为了房子,他和我父亲到处找人。我看着他不止一次伏在红沙发的扶手上,一边咳嗽,一边在刊登《内奸》的那期《北京文学》上,哆哆嗦嗦地签字。当时南京一定有好几位首长收到了"××首长斧正"的签名本。大约有一年,他就是这么乱忙。精力不济,但是整天滥用精力。他总是说要写,要写,我起码听他讲过十个短篇小说的构思,有的构思反复讲,听着叫人都觉得腻味,觉得凄凉。

方之说死就死,没人想到他会病得那么厉害。为了他住院,住了院又转院,父亲母亲奔来走去。当时"探求者"声誉日起。作家开始被人们刮目相看,高晓声,陆文夫,方之,引起了全国文坛的注目。但是终于有一天,父亲精疲力竭地从医院回来,说了句:

"你方叔叔,死了。"

我们黯然神伤地注视着方之常坐的那张沙发,看着那太小,玩具似的,该淘汰的,给了方之最后慰藉的红沙发。

方之几乎享受到了不该受到的礼遇,由于朋友的帮助,由于一些领导的关怀,作为一个普通作家,他死在南京级别最高的高干病房。那病房里有暖气,有大沙发,有可以洗澡的卫生间,卫生间面积比他家三世同堂的厨房都大。他的追悼会,参加者之多,殡仪馆最大的礼堂都容纳不下,最后人们不得不站在寒风凛冽的露天。<u>他的好运气来得太迟。书生老去,机会方来。他死了,《内奸》得奖。他死了,房子有了,一个大套。</u>

如果方之不死,他自然不会再像过去那样,一个劲地在我们家的红沙发上傻坐。物尽所用,一旦最起码的要求满足,这普通的红沙发对他又有什么意义。用不着别人替他担心,他自然会写,说不定还要继续得奖,做作协的副主席或者主席。

我们家也已经搬了再搬,沙发也换了再换。过时的红沙发早已弃之。我的父母已完成了中年向老年的过渡,有时想想,何苦换来换去,沙发不过是给人坐坐,那么讲究干什么。有时却想,也许正因为给人坐的,坐的是人,因此要讲究。<u>沙发如此,何况于人。</u>

> 为什么死后才被认可呢?恐怕是他的思想或见解太超前,同年代的人认识不到他的价值吧。

> 与庾信《枯树赋》的"树犹如此,人何以堪"有异曲同工之妙。

单元链接

中学课本中有鲁迅的《纪念刘和珍君》、巴金的《小狗包弟》、梁实秋的《记梁任公先生的一次演讲》;"表达交流"板块有"心音共鸣　写触动心灵的人和事",要求我们以敏感的热爱生活的心灵,去发现那些触动我们心灵的美好人和事。本单元所选的散文,都是触动作者心灵的人和事,在作者如椽巨笔下,风生水起,鱼龙潜跃,娓娓道来,自在亲和,似与我们抵掌而谈,促膝共语,显露出平常中最深挚的情感。相信同学们在阅读之后,会引起诸多心灵的共鸣。

图书在版编目（CIP）数据

燕子来时 / 叶兆言 著；贾龙弟，柯萍编著. 一上
海：东方出版中心，2017. 2（2020.5重印 ）
（著名中学师生推荐书系）
ISBN 978-7-5473-1069-4

Ⅰ.①燕⋯ Ⅱ.①叶⋯ ②贾⋯ ③柯⋯ Ⅲ.①散文集
中国一当代 Ⅳ.①I267

中国版本图书馆CIP数据核字（2016）第296375号

燕子来时

出版发行 东方出版中心
地　　址 上海市仙霞路345号
邮政编码 200336
电　　话 021-62417400
印 刷 者 三河市德鑫印刷有限公司

开　　本 890mm×1240mm 1/32
印　　张 8
字　　数 218千字
版　　次 2017年2月第1版
印　　次 2020 年 5月第 4 次印刷
定　　价 25.00元